심연의 텔레패시

- 본문 내 각주는 독자의 이해를 돕기 위해 옮긴이가 작성하였습니다.

심연의 텔레파시

가미조 가즈키

김은모 옮김

놀*

차례

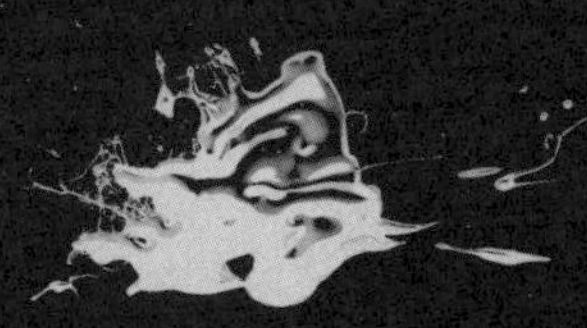

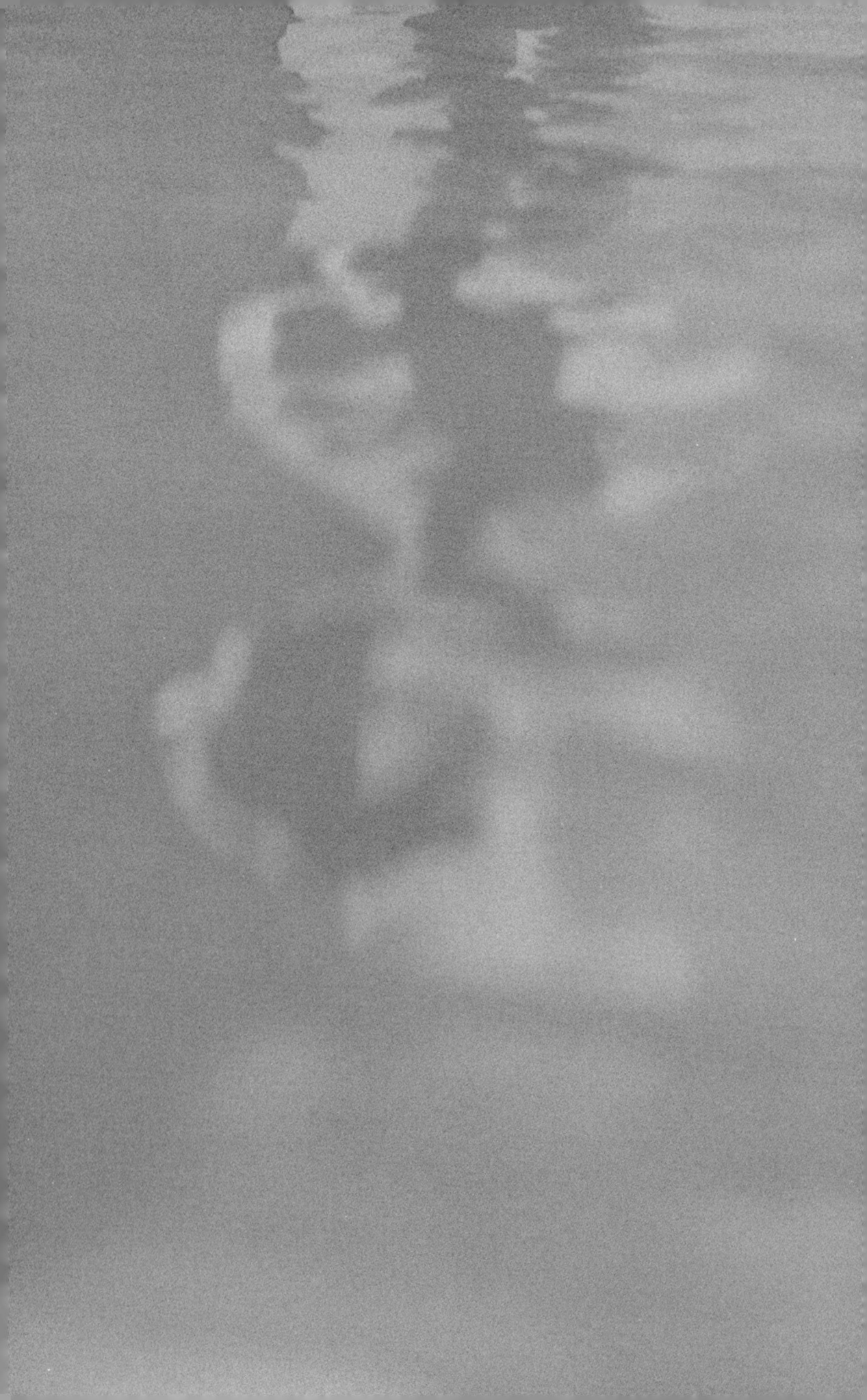

1

"이상한 괴담 들으러 안 가실래요?"

회사에서 내 자리에 앉아 있는데 누가 말을 걸었다. 고개를 들어 확인하니 부하 다치바나 유카리였다.

금요일 밤, 슬슬 퇴근 준비를 하려던 참이었다. 사무실은 이미 한산했고 군데군데 불이 꺼진 곳도 있었다.

이상한 계단이 뭘까. 한순간 의아했지만 무서운 이야기를 가리키는 '괴담'이구나, 하고 바로 이해했다.

"뭐야 또 생뚱맞게?"

내가 고개를 갸웃하자 유카리는 사근사근하게 웃었다.

"제 남동생은 아직 대학생인데요, 오컬트 연구회 소속이에요."

들어보니 그 동아리에서 괴담을 들려주는 이벤트를 일요일에 개최한다고 한다.

"동생이 멋지게 활약하는 모습을 보고 싶은 거구나."

"뭐, 그것도 있지만…."

유카리 말로는 출연자 중에 '이상한 괴담'을 들려주는 학생이 있다고 한다. 뭐가 어떻게 '이상한'지 물어보았지만 유카리도 자세하게는 모르는 듯했다.

"동생이 무서운 걸 좋아하면 꼭 한번 보라고 하더라고요."

"난 무서운 거 안 좋아하는데."

그리고 유카리도 무서운 걸 좋아한다는 말은 못 들어봤다.

"하지만 그렇게 무섭다면 혼자 가기 싫잖아요."

유카리는 진지한 얼굴로 그렇게 말했다. 요컨대 무서우니까 같이 가달라는 소리다.

그래도 그렇지 굳이 회사 상사에게 이런 부탁을 하느냐는 의문을 입 밖에 꺼내려다 가까스로 삼켰다. 서글픈 사실 하나. 우리 같은 일중독자에게는 친구가 별로 없다.

"그럼 카렌 씨, 일요일 저녁에 봬요. 약속 시간과 장소는 메신저로 알려드릴게요."

밝고 쾌활한 부하는 그렇게 말하고 자기 자리로 돌아갔다.

일요일이라. 괴담에도 유카리의 남동생에게도 흥미는 없었지만, 외출하는 김에 부하의 불만 하나라도 들어주면 업무에 도움이 될지도 모른다. 그리고 서글픈 사실 둘. 난 주말에 일정이 하나도 없다.

이상한 괴담이란 대체 어떤 괴담일까.

8월의 오후 6시는 아직 밝다.

한낮의 더위가 아직 가시지 않아서, 역에서 고작 몇 분 걸었을 뿐인데도 얼굴이 땀으로 끈적거려서 불쾌했다. 괴담을 듣기에는 딱 좋은 날씨인지도 모르겠지만.

이렇게 주말에 외출하는 것도 오랜만이었다. 애당초 주말에 제대로 쉴 수 있는 기회 자체가 그리 많지는 않다. 홍보대행사의 영업부에 근무하면 주말은 이런저런 이벤트에 동원된다. 솔직히 영업직은 이벤트 당일에 할 일이 크게 없지만, 고객에게 얼굴도장을 찍을 필요가 있으므로 토요일과 일요일은 결국 업무와 관련된 일정으로 채워지기 마련이었다.

직장을 옮긴 지 5년. 직함이 '영업부장'으로 바뀐 지 곧 1년.

원래 평균 연령이 낮은 회사라고는 하나 30대 중반에 부장직에 오르다니 아주 파격적인 인사였다. 그러나 '여성 관리직의 비율을 높여서 앞서가는 회사 이미지를 대외적으로 강조하겠다'는 의도가 그 이면에 훤히 보여서 마냥 기뻐할 일은 아니었고, 숨 돌릴 틈도 없을 만큼 바쁜 나날도 기다리고 있었다.

그 귀중한 '숨 돌릴 틈'이 바로 오늘이었다.

약속 장소는 오쿠마 대학교 교문 앞이었다. 약속 시간보다 일찍 도착했건만 나보다 더 일찍 와 있던 유카리와 만나 공연장이 있는 건물로 향했다.

"여기는 아슬아슬하게 신주쿠구잖아요."

목적지인 '학생회관'이라고 적힌 흰색 건물 앞에서 유카리가 중얼거리듯 말했다. 무슨 말을 하고 싶은 건지 금방 이해했다. 건물 너머는 널찍한 공원인 듯 울창한 녹음이 펼쳐져 있었다. 신주쿠라는 말에서 느껴지는 이미지와는 동떨어진 광경이었다.

녹음에서 눈을 돌리고 건물로 들어갔다.

아무래도 학생회관은 동아리동 같은 역할을 하는 듯했다. 일요일이지만 건물 안은 학생들로 북적여서 조용한 바깥과는 대조적이었다.

대학생들과는 벌써 열 살도 넘게 차이가 난다. 지나가는 그들이 정말 어려 보여서, 어울리지 않는 곳에 왔구나 싶어 마음이 조금 불편해졌다. 미래가 밝고 사회적 책임이 없는 그들의 웃음 띤 얼굴이 순수하고 눈부셔 보였다.

"저, 아직 대학생과 크게 차이가 없다고 생각했는데요."

유카리가 딱딱한 웃음을 지으며 말했다.

"막상 진짜와 마주치니 나이 먹은 게 실감 난다고 할까⋯. 피부도 매끈매끈하고, 저는 이제 저렇게 다리를 훤히 내놓고 다니는 옷차림은 엄두가 안 나네요."

"유카리, 넌 아직 20대잖아. 서른다섯이 넘으면 비교할 마음조차 안 들어."

"하지만 카렌 씨는 엄청 미인이시잖아요. 보세요, 지금도 저기서 남학생이 뜨거운 시선을 보내고 있어요."

"아, 그래그래."

무심코 쓴웃음이 났다. 바로 논점을 바꿔서 얄밉지 않게 비위를 맞추다니, 유카리도 영업부원으로서 실력이 많이 늘었다.

괴담회 공연장은 지하 2층의 한 방이었다.

접수를 마치고 안에 들어가니 암막으로 둘러싸인 무대와 천장에 매달린 조명 기구, 보조 의자를 늘어놓은 객석 등이 눈에 들어왔다. 생각했던 것보다 본격적이었다.

"아, 설문지네. 이거 써주세요."

적당한 자리에 앉자 유카리가 좌석에 놓인 바인더를 가리키며 말했다. 듣자 하니 설문지의 '응원하는 연기자'라는 항목에 적힌 이름 가운데 유카리의 동생 이름에 체크하면 이벤트 매출액이 그에게 조금 지급된다고 한다. 아무래도 이 또한 나를 부른 이유 중 하나인 듯했다.

공연이 시작되기를 기다리는 동안 바인더에 철한 A4용지를 같이 놓여 있던 연필로 채워나갔다. 바인더는 호러영화에 나올 법한 부적을 덕지덕지 붙여서 장식했고, 연필도 묘하게 낡은 느낌이었다. '화성 연필'이라는 익숙지 않은 상표명이 새겨져 있었다. 이것도 뭔가 연출의 일환일까.

갑자기 조명이 꺼졌다.

어느덧 가득 찬 객석이 술렁거렸고 으스스한 음악이 흘러나왔다. 드디어 시작하는 듯했다. 다시 조명이 켜지자 한 남학생이 무대에 방석을 깔고 앉아 있었다. 전통 공연의 하나인 '라쿠고'의 단상 같다고 생각하고 있자니 그가 조용히 괴담을 꺼내놓았다.

그로부터 약 한 시간은 아쉽게도 따분하기 그지없었다.

무대에 오르는 것에 익숙한지 학생들의 말투며 목소리는 아주 그럴싸했다. 하지만 문제는 내용이었다.

난 유령의 존재를 믿지 않는다.

그 때문인지 지박령이 어떻다느니 영적 존재의 기운이 저떻다느니 하며 겁을 줘도 먼 나라 얘기를 듣는 것 같아서 전혀 몰입이 되지 않았다. 한편 적당히 잘 구성된 괴담은 '아, 지금 겁을 줄 타이밍이구나.' 하고 공연자의 의도가 훤히 보여서 김이 샜다.

네 번째인가 다섯 번째로 나온 선이 가는 남학생이 유카리의 동생이리라. 그가 등장하자 옆에서 내 옆구리를 쿡 찔렀고, 그가 공연을 마치자 옆에서 한층 큰 박수 소리가 들렸다. 학교 옆에 펼쳐진 도야마 공원은 소위 '심령 스폿'인데, 공중화장실에 목을 맨 남자의 유령이 나타났다는 내용의 역시나 지루한 괴담이었다.

동생 차례가 끝나자 유카리는 옆에서 꾸벅꾸벅 졸았다. 나는 귀중한 휴일을 이렇게 보내는 게 조금 후회스러웠다.

그때였다.

한 여학생이 무대에 나타났다.

커다란 흰색 옷깃이 달린 검은색 원피스에, 하나로 묶어서 뒤로 늘어뜨린 긴 흑발. 피부가 이상하리만치 뽀얀 데다 검은 암막 앞에 있는 탓인지 잘린 머리가 둥실 떠 있는 것처럼 보이기도 하는 괴이한 모습이었다.

그 여학생이 무대 위에 나타난 순간, 공연장의 분위기가 달라졌다. 어떻게 달라졌는지 말로 표현하기는 힘들다. 긴장감과는 다른 듯했다. 굳이 말하자면….

청결함일까.

지금까지 텁텁함과 여름의 습기가 지배했던 공연장 내부 공기가 마치 겨울 아침 공기같이 청결하고 써늘하게 바뀌었다. 옆을 보자 어느 틈엔가 유카리도 자세를 바로 하고 무대 위의 여학생을 지켜보고 있었다.

느릿느릿한 걸음걸이로 무대 중앙까지 온 여학생은 방석을 거들떠보지도 않고 꼿꼿이 선 채 객석을 둘러보았다.

기묘한 정적이 사방을 감쌌다. 공조 설비가 나지막하게 돌아가는 소리만 멀리서 들렸다. 헛기침조차 하기가 꺼려졌다. 다른 관객들도 같은 기분인지 소리를 내는 사람은 아무도 없었다.

그 상태로 시간이 얼마나 지났을까.

여학생은 누군가를 찾듯 객석에 앉은 사람들의 얼굴을 하나씩 찬찬히 살펴보았다. 아마 실제로는 1분도 지나지 않았으리라. 하지만 1초 1초가 아주 천천히 흘러가서 언제 끝날지 모르는 침묵이 마치 영원처럼 느껴졌다.

그러다 문득 여학생과 눈이 마주쳤다.

생기가 느껴지지 않는 까만 눈동자로 나를 바라보았다. 나는 눈을 돌리지도, 깜박이지도 못하고 여학생과 마주 보았다.

마법이 풀린 것처럼 다른 관객들은 움직임을 되찾았다. 앞

줄의 관객이 머뭇머뭇 몸을 돌려 나를 보았다. 나는 여학생에게서 눈을 뗄 수 없어서 시야 구석으로 그 모습을 확인했다.

여학생은 아무 감정도 읽을 수 없는 표정으로 나를 바라보았다.

그러다 천천히 입을 열었다.

"당신을 부르고 있습니다."

괴담이 시작됐음을 알아차린 것과 동시에, 내가 계속 숨을 참고 있었다는 걸 깨달았다.

2

한 여학생의 괴담

당신을 부르고 있습니다.

당신은 그 목소리를 들을 수 없습니다.

난 어두운 물속에 있습니다. 어둡고 위험한 곳에서 당신을 기다리고 있습니다.

예를 들면 당신이 자고 있을 때.

당신 방의 이부자리에 누워서 잠든, 제일 무방비한 순간. 난 당신 곁으로 찾아갑니다. 당신을 물속으로 데려가기 위해.

난 당신이 알아차리도록 이런저런 방법을 사용합니다. 그것은 사소한 일로 시작됩니다. 물건이 없어진다든가 닫은 방문이 열려 있다든가, 그런 작은 위화감입니다.

난 점차 그 정도만으로는 당신을 물속으로 데려갈 수 없다는 걸 깨닫습니다.

난 모습을 바꾸어 당신 앞에 나타납니다.

아주 흉측한 모습으로.

당신은 내 무시무시한 모습을 보고 제정신을 유지하지 못할지도 모릅니다. 난 그렇게 되기를 바랍니다. 당신에게서 정상적인 판단력을 빼앗기 위함입니다.

제정신을 잃은 당신 곁에 난 몇 번이고 모습을 드러냅니다.

당신이 멍한 얼굴로 이부자리에 누워 있습니다. 아래층에서 내가 계단을 한 발짝 한 발짝 올라옵니다. 당신은 어쩌지도 못하고 그 모습을 보고만 있습니다. 당신은 이미 모든 것을 받아들였습니다.

그리고 당신은 드디어 내가 있는 물속으로 옵니다.

이렇게 된 건 당신 탓일까요.

아니면 내 탓일까요.

물속의 난 당신 탓이라고 생각합니다. 당신들 모두의 탓이라고 생각합니다. 지금 이렇게 앉아 있는 당신들 모두, 나를 포함한 모두의 탓이라고.

…당신에게 전하겠습니다. 그것이 내가 할 수 있는 유일한 일이기 때문입니다.

늘 빛과 함께 계십시오.

3

월요일은 마음이 무거워진다고 누가 그랬던가.

적어도 난 월요일에 부정적인 감정이 전혀 없다. 마치 기대하던 드라마 최신화를 드디어 보거나 라마단 기간에 무슬림이 해가 진 후 비로소 목을 축일 때처럼 목 빠지게 기다린 즐거운 순간이었다.

그런 마음을 품고 도라노몬역 지하 통로를 기운차게 걸었다.

출근하느라 통로에 가득한 남녀 직장인들도 함께 싸우는 아군 같아서 어쩐지 든든하게 느껴졌다.

물론 일이 무조건 좋다는 뜻은 아니다. 스트레스가 쌓이는 상황도, 너무 힘들어서 내팽개치고 싶은 업무도 헤아릴 수 없을 만큼 많다. 하지만 성취감에서 오는 행복이 내게는 그 이상으로 컸고, 애당초 '쉰다'는 행위 자체가 스트레스였다.

쉬면 인생이 멈춘 듯한 느낌이 든다.

내 인생이라는 스토리 라인이 일하는 동안만 조금씩 앞으로 나아간다. 쉬는 사이에는 1밀리미터도 나아가지 않는다.

"카렌은 참치나 가다랑어 같아. 가만히 있으면 죽는다니까."

그렇게 말하며 웃은 건 누구였더라. 오랫동안 보지 못한 학창 시절 친구일까, 헤어진 지 한참 된 전 남친일까.

사무실에 도착해 오늘 일정을 확인했다.

영업부장이 된 후로는 거래처를 돌아다닐 일이 확 줄었고, 사내 업무 조율을 위한 회의가 하루의 대부분을 차지하게 됐다. 거래처에는 주로 사과하기 위해 찾아가다 보니, 사과하는 데도 완전히 능숙해졌다. 평일 밤은 매일같이 회식을 해서 몸무게를 유지하기가 여간 힘든 게 아니었다.

아침 시간에 영업부는 사람이 없어서 휑하다. 다들 고객과 협의하기 위해 외근을 나갔기 때문이다. 아침 회의는 내가 부장이 되자마자 폐지했다.

현장이 조금 그립기는 하지만, 부장이 되면 그만큼 할 수 있는 일도 늘어난다. 팀장일 때는 다른 팀에 나태한 직원이 있어도 직접 뭐라고 하기가 꺼려졌다. 하지만 이제는 마음먹은 대로 부서 전체에 칼을 댈 수 있다. 지난 1년간 영업부는 거의 내가 원했던 형태로 바뀌었고, 실적도 대폭 상승했다.

고생하면서도 이상을 추구한다. 그 결과는 숫자로 나타난다.

이렇게 재미있는 일은 또 없다.

"카렌 씨, 안녕하세요! 어제는 잘 먹었습니다."

컴퓨터 화면에서 고개를 들자 유카리가 한 손에 커피를 들고 서 있었다. 어제는 괴담회가 끝난 후 '감상 타임'이라는 명목으로 술집에서 2차와 3차를 가졌다. 경리부장의 시선이 기분 나쁘다는 둥 같은 건물 종합상사 안내데스크에 새로 온 직원의 화장이 너무 진하다는 둥 아무래도 상관없는 이야기를 한참 듣다가 늦은 밤에야 귀가했다.

"그런데 그 후에 괜찮으셨어요?"

"응, 시간이 괜찮아서 전철 타고 들어갔는데….."

"아니요, 그게 아니라."

유카리는 몇 번 머뭇거리다가 "괴담 말이에요, 괴담." 하고 작게 말했다.

무슨 소리를 하는 걸까 잠시 생각하다가 그 여학생 말이구나, 하고 깨달았다.

그 여학생이 무대 위에 나타났을 때 분명히 분위기가 달라진 느낌이었다. 그리고 그 여학생은 어째선지 내 눈을 바라보며 관객 한 명을 대상으로 삼은 1인칭 괴담이라고 해야 하나 싶은 이야기를 들려준 후 바로 무대에서 내려갔다. 관객들이 조금 웅성거렸고 박수도 나오지 않았지만, 아무 일도 없었다는 듯 다음 공연자가 올라와서 괴담회는 이어졌다.

"그 이야기, 마치 카렌 씨에게 뭔가 일어날 것 같은 분위기를 조성하지 않았나요?"

"그랬나?"

‘목구멍을 지나가면 뜨거움을 잊는다’는 속담과는 좀 다르겠지만 아무튼 지금 돌이켜보자 무슨 이야기였는지 거의 기억나지 않았다.

“걔, 복장부터 무슨 사이비 종교 같달까 흑마술사 같은 느낌이었잖아요. …저주 같은 거면 무섭잖아요?”

유카리가 하도 진지하게 말해서 쓴웃음이 나왔다. 업무를 볼 때는 냉정하게 합리적인 판단을 내리는 유카리의 입에서 뜬금없이 ‘저주’라는 말이 나와서 우스웠다.

“동생한테 물어봤어요. 이름이 기리야마랬나, 걔는 늘 그런 식이래요. 매번 관객 중에서 한 명을 골라서 비슷한 이야기를 한다나 봐요.”

과연, 그런 퍼포먼스인가. 솔직히 재미없는 괴담이 많았는데, 그 가운데서는 창의성과 노력이 느껴진 편이었다.

“그런데 기리야마는 평소 동아리 활동이나 공연 뒤풀이에는 일절 참여하지 않고, 괴담만 선보이면 바로 돌아간대요. 참 희한하죠?”

자꾸 이야기를 꺼내놓는 유카리의 말을 반쯤 흘려들으며 컴퓨터로 유카리의 일정을 확인했다. 직원의 업무 일정은 달력 앱으로 전부 확인할 수 있다.

“유카리, 10시부터 화상회의인 것 같은데, 준비는 다 했어?”

“아차, 이만 가보겠습니다!”

허둥지둥 물러가는 부하의 뒷모습을 바라보았다.

저주라니, 무슨 중학생도 아니고. 다시 쓴웃음이 새어 나왔다.

자리에서 일어서려는데 문득 기리야마라는 여학생이 어두운 눈으로 바라보는 모습이 머릿속에 되살아났다. 다 잊어버린 줄 알았는데 꽤 기억에 남아 있구나, 하며 손목시계를 확인하려다가 어째선지 살짝 소름이 돋은 걸 알아차렸다.

저주라는 말이 머릿속에서 작게 메아리쳤다.

그로부터 이틀 후인 수요일 밤에 이변이 발생했다.

이날은 회식도 없었으므로 집 거실에서 남은 잡무를 처리하고 있었다.

1년쯤 전에 지원 업무를 담당했던 파견사원의 계약을 해지했다. 그 영향으로 몇몇 잡다한 업무가 여태 미비한 상태로 남아 있다.

계약을 해지한 원인은 그 파견사원 본인이 다분하게 제공했지만, 최종적으로 결단을 내린 건 나였다. 그래서 직원들에게 잡무를 떠맡기기가 조금 미안했다. 새 파견사원도 아직 채용될 기미가 보이지 않아서, 어쩔 수 없이 내가 밤에 조금씩 처리하기로 했다.

'…이 부근에 사시는군요….'

그 남자 파견사원 이노우에의 말이 뇌리를 스쳐서 무심코 인상을 찡그렸다. 밤중에 나를 기다리는 것처럼 우리 집 바로 근처에 서 있던 그 모습을 떠올리자 지금도 등골이 오싹했다. 동시에 그날 집 위치를 들키기 싫어서 묵었던 비즈니스호텔의 건조한 공기가 생생하게 떠올라 기분이 조금 침울해졌다.

그건 이미 끝난 일이라고 스스로를 타이르고 한숨을 내쉬었다.

역시 제일 무서운 건 살아 있는 인간이다.

유령이니 저주니 하며 철부지처럼 요란을 떠는 유카리나 괴담 동아리 학생들은 정말로 무서운 일을 당해본 경험이 없으리라. 그런 의미에서는 그들이 조금 귀여워 보이기도 했다.

이만 자려고 자리에서 일어난 순간이었다.

철퍽.

수분을 머금은 묵직한 뭔가를 단단한 표면에 내팽개치는 듯한 소리였다. 물에 적신 걸레를 바닥에 떨어뜨리면 날 법한 소리. 그 소리가 어딘가 가까이에서 들렸다.

철퍽.

한 번 더 들렸다. 침실 쪽이었다.

지금 나는 거실에 있다. 내 집은 현관에서 짧은 복도를 지나면 거실과 주방을 겸하는 5평짜리 공간이 나오고 복도 오른편에는 욕실과 화장실, 왼편에는 침실로 사용하는 3평짜리 서양식 방이 있는 구조다. 그리고 이상한 소리는 분명 침실에서 들린 듯했다. 내가 기억하기로 침실에 그런 소리를 낼 만한 물건은 놓아두지 않았을 텐데.

귀를 기울여 보았지만 더 이상 소리는 들리지 않았다.

하지만 확인하지 않을 수는 없다. 조심조심 복도로 나가서 불을 켜고 만약을 위해 현관문에 시선을 주었다. 자물쇠와 안전 체인은 단단히 잠겨 있었다.

어쩐지 어수선한 기분을 억누르며 침실 문을 천천히 열었다. 커튼을 쳐놓은 침실은 어둠에 잠겨 있었다. 재빨리 벽을 더듬어 불을 켰다.

아무 일도 없었다.

당연하지만 침입자도 쓰러진 물건도 없었다. 잘 정돈한 침대, 그 옆의 협탁과 독서등, 아담한 화장대가 평소처럼 조용히 자리를 지키고 있었다. 옷장 문도 닫혀 있었다.

닫혀 있다고…?

바람이 안 통하면 의류에 좋지 않다는 소리를 들은 후로 옷장 문은 늘 열어둔다. 어느 틈에 닫은 걸까. 잘 기억나지 않았다. 혹시 어쩌다가 무의식중에 닫았을지도 모른다.

옷장 속에 뭔가가 숨죽인 채 숨어 있는 이미지가 떠올라서 얼른 떨쳐냈다.

뭐가 숨어 있단 말인가. 현관문은 잠겨 있었는데.

용기를 북돋우듯 옷장으로 성큼성큼 다가가서 문을 활짝 열었다.

평소대로 가지런히 걸린 옷만 눈에 들어왔다.

나도 모르게 작은 웃음이 새어 나왔다. 대체 왜 겁먹고 흠

첫거린 걸까. 이 집에는 나밖에 없으니까, 옷장 문을 닫은 것도 다름 아닌 나다.

'난 어두운 물속에 있습니다.'

어렴풋하지만 기리야마라는 여학생이 들려준 괴담에 그런 구절이 있었던 듯했다. 어쩌면 물소리를 듣고 잠재의식이 '어두운 물속에서 뭔가가 다가와 소리를 냈다'는 이미지를 머릿속에 만들어냈는지도 모른다. 예상외로 그 괴담에 영향을 받은 것 같아서 또 자조적인 웃음이 흘러나왔다.

동시에 저주란 결국 그런 것 아니겠느냐고 제 나름대로 납득했다.

예를 들어 자동차 사고를 당할 뻔했는데 종이 한 장 차이로 살았다고 치자. 그 직전에 점술가에게 "당신은 운이 좋다."라는 말을 들었다면 '운 좋게도 사고를 피했다'라고 뇌가 처리할 테고, 주술사에게 저주의 말을 들었다면 '저주 때문에 사고를 당할 뻔했다'라고 받아들이리라. 그 여학생도 추상적인 말을 늘어놓음으로써 내게 무슨 일이 생겼을 때 '저주 탓'이라고 인식시키려 했던 것 아닐까.

그렇다면 그 여학생의 목적은 뭐였을까. 그냥 관객을 놀리고 싶었던 걸까, 또는 저주를 진심으로 받아들인 사람에게 부적이나 항아리라도 판매하려는 걸까.

단 한 가지 마음에 걸리는 점은 아까 그 소리가 뭐였느냐는 것이다.

만약 유해한 야생동물이나 무슨 설비 고장이라면 당장 업자를 불러야 하리라.

귀찮게 됐다고 생각한 순간, 개골창 같은 냄새가 코끝을 스쳐서 무심코 인상을 찡그렸다. 역시 뭔가 망가졌는지도 모른다.

그날은 더 이상 이상한 소리나 냄새가 나지 않았다.

다음 날은 거래처와 회식이 있어서 날짜가 바뀔락 말락 하는 시간에 집에 들어왔다.

연일 회식하며 단련됐는지 술이 아주 세졌다. 그래서 정신은 말짱했지만 피곤해서 몸이 무거웠다.

현관문을 열자 어둠에 잠긴 복도가 눈에 들어왔다.

가방을 내려놓고 전등 스위치에 손을 뻗었을 때였다.

철퍽.

무심결에 몸이 굳어버렸다.

그 소리였다.

온종일 업무에 시달리느라 어젯밤에 있었던 일은 까맣게 잊어버리고 지냈다. 젖은 천을 바닥에 떨어뜨리는 듯한 그 불쾌한 소리가 이번에는 거실 쪽에서 들렸다.

벽의 스위치에 한 손을 뻗은 자세로 어둠 저편에 시선을 모았다. 복도와 거실 사이의 문이 닫혀 있어서 거실 내부가 어떤 상황인지는 짐작이 가지 않았다.

철퍽.

또 소리가 났다. 당장 불을 켜고 확인하러 가야 한다. 머리로는 그렇게 생각했지만, 몸이 얼어붙은 것처럼 말을 듣지 않았다. 거의 아무것도 보이지 않는 어둠 속에서 유별나게 예리해진 청각만 거실 방향으로 집중했다.

철퍽.

헉, 하는 소리가 내 목구멍에서 났다는 걸 뒤늦게 알아차렸다.

기이한 소리가 가까워졌다.

거실과 복도를 구분하는 문 바로 뒤편. 거기에 소리를 낸 뭔가가 있었다.

물에 젖은 옷을 걸친 사람이 문 너머에 서 있는 이미지가 묘하게 선명히 떠올랐다. '그것'이 불쾌한 소리를 내면서 한 발짝, 한 발짝 이쪽으로 다가오는 듯한 기분이 들었다.

아니, 그럴 리 없다.

이 집에는 나밖에 없으니까.

무슨 소리가 났다면 그건 정체 모를 '뭔가'가 아니라 대처해야 할 문제에 불과하다. 업무와 똑같이 문제를 과대평가하지 말고 냉정하게 처리하면 된다.

심호흡을 하고 몸이 움직이는 걸 확인했다. 손가락을 움직여 불을 켜고 재빨리 거실 문으로 다가가서 힘차게 열었다.

아무것도 없었다.

당연하지만 평소와 똑같은 거실이 펼쳐졌다. 거실 불을 켜고 그런 소리를 낼 만한 물건이 없는지 구석구석 둘러보았다.

주방, 욕실, 화장실, 침실을 순서대로 확인했다. 어디에도 이상은 없었다. 다만….

다만 아주 약간 위화감이 느껴졌다.

평소 집을 나서기 전에 활짝 걷는 거실 커튼이 단단히 쳐져 있는 것. 예전에 파리로 여행 갔을 때 구입한, 악귀를 쫓는다는 장식품이 벽을 보고 놓여 있는 것. 침실 독서등의 플러그가 콘센트에서 빠진 것.

전부 아주 사소한 위화감이었다. 원래 어떤 상태였는지 자신 있게 단언할 수 없었다. 찜찜했지만 어쩌다가 자신이 직접 손을 댔는지도 모른다.

한숨을 푹 쉬었다.

회식의 피로가 새삼 밀려왔다.

소파에 쓰러지듯 앉자 어디선가 또 희미하게 개골창 같은 냄새가 났다.

난 이 문제에 대처해야 한다.

4

그로부터 엿새가 지났다.

그동안 그 이상한 소리가 매일 밤 들렸다. 소리는 반드시 밤에, 내가 없는 방에서 났다.

그리고 소리가 난 후에는 반드시 개골창 같은 냄새가 희미하게 감돌았다.

난 온갖 대처법을 닥치는 대로 시도해 보았다.

일단 관리회사에 전화해서 주로 상하수도 배관에 문제가 없는지 조사해 달라고 했다. 위아래층은 물론 양옆의 집을 모두 확인했지만 딱히 문제는 발견되지 않았다.

그리고 해충, 유해동물 퇴치업자에게도 의뢰해 천장 위쪽같이 동물이 드나들 수 있을 만한 곳을 조사했다. 솔직히 무슨 짐승이어야 그런 소리를 낼지 상상도 되지 않았지만, 할 수 있는 조치는 다 해보고 싶었다. 결과는 헛수고였다. 짐승이 있으면 반드시 눈에 띌 배설물 같은 흔적조차 발견되지 않았다.

거기서 그치지 않고 녹음기를 구입해 소리를 녹음해 보려고 했다. 그 소리가 내게만 들리는 것이 아니라는 사실을 증명하고 싶었다. 하지만 이 또한 실패로 끝났다. 어떻게 된 건지 녹음기를 켜두면 소리가 나지 않았다. 녹음기를 끈 순간 소리가 나거나, 이상한 소리가 나서 녹음기를 확인하면 어째선지 전원이 꺼져 있어서 허탈감만 커졌다.

인터넷으로도 이것저것 알아보았지만 딱 와닿는 답은 찾지 못했다.

그러자 결국 이상한 건 나 자신이 아닐까 하는 기분이 들었다.

근처 정신건강의학과를 찾아보았지만 공교롭게도 휴일이나 평일 밤에 진료 예약을 받는 곳이 없어서 아직 가보지 못했다. 다행히 사회인이 된 후로는 정신건강 문제와 무관한 나날을 보내왔지만, 나도 모르게 스트레스가 쌓여서 환청을 듣게 됐을 가능성이 없다고 장담은 못 한다. 하지만 그 이상한 소리는 환청치고는 희한하게 생생했고, 수수께끼의 냄새와 한 세트로 나타난다는 점도 포함하면 심리적인 문제로 보기는 힘들었다.

환청도 아니다. 설비 고장이나 유해동물도 아니다.

그렇다면… 남은 가능성은 인위적인 상황일까.

예를 들면 내게 원한을 품은 사람이 무슨 수단으로 못된 장난을 치고 있다든가. 어떤 방식으로 소리를 내는지는 확실치 않지만, 배후에 사람이 있다면 녹음 중에만 소리가 나지 않은 것도 설명이 될지 모른다.

문제는 누가 그런 짓을 하느냐는 것이다.

제일 먼저 떠오른 사람은 이노우에였다.

내가 반쯤 강제로 계약을 해지한 파견사원이다. 하지만 벌써 1년쯤 지난 일이다. 이제 와서 앙갚음하는 것도 이상하고, 무엇보다 내게 원한을 품다니 적반하장도 이만저만 아니다.

아니면 괴담회에서 공연한 기리야마라는 여학생과 관계있는 걸까. 이상한 소리가 들리기 시작한 시기도 그렇고, 괴담의 내용도 그렇다. 기리야마가 꺼냈던 '어두운 물속'이라는 말과 현재 날 괴롭히는 이상한 소리와 냄새는 기묘하게 부합된다. 오컬트적인 현상은 존재하지 않는다고 굳게 믿지만, 기리야마 본인이 장난을 치고 있다면 어떨까.

그렇지만 '뭣 때문에?'라는 의문은 사라지지 않는다. 애당초 기리야마가 우리 집이 어딘지 알 턱이 없다. 공연장에 있던 설문지에 이름은 적었지만, 주소와 연락처는 적지 않았다.

그 외에 누군가에게 원한을 살 만한 짓을 했을까. 작년에 채용 면접에서 내가 떨어뜨린 학생? 한때 자주 갔던 근처 식당에서 끈질기게 치근덕거렸던 종업원? 아니면… 아니, 전부 아닐 듯했다.

지난 엿새간 그런 생각만 했다.

그사이에도 간헐적으로 이상한 소리와 냄새가 나서 내 정신을 조금씩 좀먹었다.

집은 잠자러 들어오는 곳이라고만 생각했다. 그런 곳에서 정체 모를 현상이 일어난다고 해서 이렇게나 삶이 불안정해진단 말인가.

몸을 씻는데 간유리 한 장 너머의 탈의실에서 소리가 들린 적도 있었다.

어느덧 잠이 얕아졌고, 집에 있어도 몸과 마음이 휴식을 취하지 못했다. 호텔로 대피할까도 싶었지만, 그렇게 일시적으로 문제를 해결해 본들 근본적인 문제는 사라지지 않는다. 지금은 어떻게든 소리의 출처를 파악해 한시라도 빨리 대처하고 싶을 뿐이었다.

알아낸 사실이 하나 있었다.

'철퍽' 하는 소리와 개골창 냄새 둘 다 어두운 곳에서만 난다는 것이었다.

거실에 있을 때 불을 켜지 않은 침실에서 처음으로 그 소리가 들렸다. 다음번은 늦은 밤에 귀가했을 때 어두운 거실에서 들렸다.

그 후로도 괴현상은 반드시 야간에 내가 사용하지 않는 방, 즉 불을 켜지 않은 방에서 일어났다.

어제 그 사실을 알아차리고 시험 삼아 온 방에 불을 다 켜놓고 지내보았다. 잠자리에 들기까지 몇 시간 내내 이상한 소리가 나지 않아서 안심하고 잠을 청했다. 불빛이 밝아서 잠이 잘 오지 않았지만 그 소리에서 해방됐다는 기쁨이 더 컸다.

하지만 오밤중에 또 그 소리가 나서 잠이 깼다. 확인하자 어째선지 문이 닫힌 옷장 속에서 소리가 들렸다.

"카렌 씨, 괜찮으세요? 다크서클이 장난 아닌데요."

그런 일을 겪고 나서 오늘 밤에 내 자리에서 잡무를 처리하고 있으니, 유카리가 말을 걸었다.

요 며칠 회식이 없어도 늦게까지 회사에 머무는 날이 늘었다. 집에 있는 시간을 조금이라도 줄이고 싶었다.

"뭐야, 감쪽같이 감춘 줄 알았는데."

그렇게 말하며 웃었지만, 웃음을 제대로 지었을까. 유카리가 걱정스러운 표정으로 물었다.

"혹시 그 후에 무슨 일 있었던 거 아니세요? 뭐랄까, 그…."

"괴담의 저주?"

유카리가 말을 머뭇거리길래 일부러 내가 먼저 말했다. 유카리는 웃지도 않고 심각하게 고개를 끄덕였다.

"그럴 리가 있나. 다만 좀…."

조금 망설여졌지만 어제까지 집에서 일어난 일을 큰맘 먹고 유카리에게 말해보기로 했다. 혹시 유카리라면 이상한 소리의 정체에 짚이는 점이 있을지도 모른다 싶었기 때문이다. 이야기를 마치자 유카리는 미간에 주름을 잡았다.

"분명 뭔가 이상해요. 불을 켜두면 소리가 나지 않는다니 심상치 않다고요. 그래서야 마치…."

거기서 말을 어물거렸다. 뒤에 이어질 말은 '유령 같잖아요.'

일까. 빛을 싫어하는 유령이라니, 겁 많은 유카리다운 발상이다. 그때 어떤 구절이 머리를 스쳤다.

"…늘 빛과 함께 계십시오."

"어, 뭐라고요?"

"그게… 그 괴담이 그런 말로 끝나지 않았나?"

그랬었나요, 하고 유카리가 고개를 갸웃했다. 나도 기억이 가물가물했지만, 만약 이 기억이 옳다면 현재 내 상황에 으스스할 만큼 잘 들어맞지 않는가.

유카리도 같은 결론에 다다랐는지 안색이 창백해졌다.

"카렌 씨, 유령이나 저주를 안 믿으시는 건 알지만, 액막이 같은 걸 한번 해보면 어떨까요? 혹시 그래서 해결된다면 다행이잖아요."

유카리의 몹시 진지한 표정에 압도돼서 "알았어, 찾아볼게." 하고 대답하자 유카리는 뭔가 더 말하고 싶은 표정을 지으면서도 자기 자리로 돌아갔다.

내키지 않았지만 인터넷에 들어가 '저주 액막이' 같은 단어를 적당히 검색해 보았다.

바로 몇몇 홈페이지가 뜨길래 아무 링크에나 들어가 보았다.

묘하게 공들인 디자인의 홈페이지가 나타나고, 기모노 차림으로 불상같이 웃는 중년 남자의 사진이 표시됐다. 사진 밑에는 "심령 현상으로 고민하시는 분, 제게 맡겨주십시오."라는 대문짝만한 글씨와 함께 텔레비전이나 유튜브에 출연한 경력이 줄줄이 적혀 있었다. 참으로 수상쩍었다.

홈페이지를 잠시 둘러보다 조그마하게 '요금'이라고 적힌 부분을 발견했다. 우리 집 한 달 치 집세보다 높은 금액에 '~'라는 기호와 "교통비는 별도입니다."라는 설명이 덕지덕지 붙어 있었다.

그 외에 다른 홈페이지도 몇 개 살펴보았지만, 죄다 아무 근거도 없이 요금이 높은 데다 수상쩍은 느낌이 물씬 풍겼다.

인터넷을 가만히 닫았다. 액막이는 하지 않기로 했다.

다음 날도 늦게까지 회사에 남아 있었다.

다른 직원들은 이미 퇴근했고, 옆 부서에도 야근하는 사람은 없었다. 널찍한 사무실의 내 머리 위에만 미덥지 못한 불빛이 켜져 있었다.

어둠에 휩싸여 있으니 불안했지만, 나 하나 때문에 불을 다 켜놓을 수도 없는 노릇이다. 그리고 다행히 집 밖에서 그 소리가 난 적은 아직 없었다.

어젯밤에도 불을 환히 켜놓은 집에서 또 그 소리가 들렸다.

옷장 문은 닫히지 않도록 짐으로 받쳐두었다. 그러자 이번에는 주방 선반장 속에서 그 불쾌한 소리가 들렸다.

그때 살펴보고 깨달았다. 집 안에는 불빛이 닿지 않는 곳이 생각보다 많다. 식탁 아래. 소파와 텔레비전 뒤편. 세면대 하부장 속. 덮개를 덮은 욕조. 현관 신발장. 곳곳의 어둠 속에 누군가 숨어서 이쪽을 가만히 지켜보고 있다…. 그런 망상이 머릿속에서 점점 부풀어 올랐다.

철퍽.

어딘가 사무실 멀리서 그 소리가 난 것 같았다. 무심코 컴퓨터에서 고개를 들어 주변을 둘러보았다. 평소 떠들썩한 사무실이 어둠과 정적 속에 가라앉아 있었다. 저 멀리서 비상구를 나타내는 녹색등만이 희미하게 빛을 발했다.

방금 그 소리는 노이로제에서 비롯된 환청이리라. 그렇게 자기 자신을 타일렀지만 어두운 곳에 있으려니 아무래도 마음이 뒤숭숭했다.

재빨리 짐을 정리해서 사무실을 나섰다.

아주 밝은 도라노몬역의 지하 통로에 들어서자 마음이 약간 편해졌다. 비라도 내렸는지 바닥 여기저기 탁한 물이 튀었다. 그러고 보니 아까 회사 엘리베이터 홀에도 탁한 물이 떨어져 있었던 것 같았다.

지하철을 갈아타고 산겐자야역에서 내렸다. 번화가를 빠져나가 주택가에 들어서자 바로 내가 사는 맨션이 보였다. 가로등 불빛이 든든한 한편으로, 불빛이 닿지 않는 곳의 어둠이 두드러져서 불안한 기분이 샘솟았다.

건물을 올려다보고 우리 집이 환한 불빛으로 가득하다는 걸 확인했다. 요 며칠은 집 안에 어둠이 생기지 않도록 불을 전부 켜둔 채 출근했다. 어두운 집에 돌아가는 공포와 비교하면 전기세는 사소한 문제였다.

현관문을 열자 밝은 복도가 날 맞이했다. 가방을 내려놓는데 갑자기 눈앞이 캄캄해졌다. 현기증이라는 걸 1초 후에 이해했다. 수면이 부족한 탓일까. 쓰러질 뻔해서 허둥지둥 벽을 짚어 몸을 지탱하려다가 손이 닿아서는 안 될 것에 닿았다는 사실을 깨달았다.

전등 스위치다.

복도와 현관 조명이 동시에 꺼졌다.

한순간 머릿속이 새하얘졌다. 서둘러 불을 켜려고 뻗은 손이 어째선지 허공을 갈랐다. 현기증이 나서 몸을 제대로 가눌 수 없었다. 갑작스럽게 찾아온 어둠에 눈이 익숙해지지 않아서 아무것도 보이지 않았다.

철퍽.

바로 근처에서 그 소리가 났다. 몇 미터 앞, 어두운 복도 저편에서.

철퍽.

철퍽.

철퍽.

지금까지 경험한 적 없는 속도로 소리가 가까워졌다.

큰일 났다. 눈이 지금보다 더 어둠에 익숙해지면… 보일 것 같았다.

허공을 가르던 손이 드디어 전등 스위치를 힘껏 눌렀다. 대번에 불이 켜졌다. 불빛 아래서는 평소처럼 아무 일도 없을 것이다. 그런데….

물이다.

복도 전체에 탁한 녹색 물이 흥건했다. 마치 흠뻑 젖은 사람이 물을 뚝뚝 흘리며 걸어온 것 같았다. 그 구정물에서 희미하게 개골창 같은 냄새가 풍겼다.

심장이 무서우리만치 빠르게 뛰었다.

이제 한계다. 분명히 그냥 넘길 사태가 아니었다.

도움이 필요한 건 확실했다. 하지만 누구를 부르면 될까. 경찰을 부른다고 상대해 줄까. 역시 비싼 요금을 내고서라도 수상한 영매를 불러야 하는 걸까.

피로와 동요로 머리가 제대로 돌아가지 않았다. 도돌이표 그리듯 비슷한 생각을 하면서 현관에서 한 발짝도 움직이지 못하고 탁한 물만 바라보았다.

얼마나 그러고 있었을까.

갑자기 발 옆에 놓아둔 가방에서 스마트폰이 진동하는 소리가 들렸다. 정신을 차리고 가방에서 불빛을 뿜어내는 스마트폰을 꺼내자 화면에 알림이 하나 떠 있었다. 유카리가 메시지를 보낸 듯했다.

—카렌 씨, 늦은 시간에 죄송해요. 저도 액막이에 대해 좀 알아봤는데요, 이 사람들이라면 카렌 씨의 평소 생각과도 잘 맞지 않을까 싶은데요.

첨부된 링크를 누르자 '아시야 초자연현상 조사'라는 이름의 꾸밈 없이 수수한 유튜브 채널로 들어갔다.

'더보기'를 누르자 "오차노미즈지유 대학교 초심리학 연구실과 제휴해 초자연현상의 실태를 조사합니다. 조사를 원하시는 분은 아래의 메일 주소로 연락 주십시오."라고 짤막한 알림글이 적혀 있었다.

트위터의 팔로워에 해당하는 채널 구독자 수는 천 명 정도였다. 결코 인기 있는 채널은 아닌 듯했다.

'카렌 씨의 평소 생각과도 잘 맞는다'라는 유카리의 말은 무슨 뜻일까. 일단 이 채널에 최근 올라온 영상을 살펴보기로 했다.

난 현관에 선 채로 '천장 위의 소리 후편'이라는 제목의 영상을 재생했다.

5

영상 시작.

'전편의 줄거리'라는 글씨가 화면 오른쪽 상단에 표시됐다.

남자 목소리로 해설이 들어갔다.

"맨션 임대 사업을 하는 K씨의 제보를 받고 저희가 찾아간 곳은 도내 어느 곳의 S맨션. K씨는 맨션 504호에서 괴상한 소리가 난다고 했습니다."

얼굴에 모자이크 처리를 한 남자가 화면에 비쳤다. 그 옆에서 큰 키에 이목구비가 뚜렷한 여자가 남자에게 마이크를 대고 있었다. 두 사람은 504호로 추정되는, 가구 하나 없는 맨션의 빈방에 있었다.

"천장 위에서 노크하는 듯한 소리가 들리거든. 이런 식으로."

남자가 가까이 있는 벽을 두 번 두드렸다.

"그리고 삐걱삐걱하고 걸어 다니는 듯한 소리도."

카메라가 천장을 향했다. 또 해설이 나왔다.

"K씨는 504호 세입자에게 이야기를 듣고 몇 번 업자를 불러 천장 위를 조사했습니다. 하지만 소리의 원인은 발견하지 못했고, 세입자는 퇴거했다고 합니다. 심령 현상 아닐까 싶어 친분 있는 신사(神社)의 신관에게 액막이를 부탁했지만 효과는 없었습니다. 그래서 저희에게 조사와 대책 마련을 의뢰했습니다."

화면이 바뀌어 천장 위쪽으로 추정되는 어둡고 먼지 낀 공간이 비쳤다. 아까 그 키 큰 여자가 기다시피 엎드려서 곳곳을 불빛으로 비췄다.

"여러 차례 조사한 결과, 저희는 그 괴상한 소리를 실제로 관측하는 데 성공했습니다."

아무도 없는 실내를 촬영한 영상에서 희미하게 노크하는 소리가 났다.

그 후 천장 위쪽을 촬영한 영상으로 전환되고, 노크하는 소리가 좀 더 또렷하게 들렸다. '같은 시간에 촬영한 영상'이라는 자막이 떴다.

"다양한 장비를 사용해 소리의 발생지가 천장 위쪽이라는 걸 확인했습니다. 또한 수집한 자료를 연구기관에 보내 분석한 결과, 이 소리가 집 자체에서 나는 소리, 이른바 건물 구조에 의한 소음과는 달리 인간이 천장널을 두드리는 소리와 거의 일치한다는 사실이 밝혀졌습니다."

다시 화면에 나타난 키 큰 여자가 천장 위에서 천장널을 두드렸다. 그 소리의 파형을 '수집한 소리'라고 표시된 다른 파형과 나란히 비교했다.

두 파형은 거의 일치했다.

"아직 조사를 완벽히 마치지는 않았지만, 현시점에서 저희는 이 소리가 초자연현상일 가능성을 부정할 수 없다고 판단했습니다. 따라서 후편인 이번 영상에서는 '대책'을 마련하겠습니다."

여기서 드디어 '전편의 줄거리'라는 글씨가 화면에서 사라졌다.

횅뎅그렁한 504호에 키 큰 여자가 서 있었다. '아시야'라는 이름이 자막으로 표시됐다. 아시야가 입을 열었다.

"실은 본격적으로 소리의 정체를 조사하고 싶지만…. 의뢰인이 소리가 나지 않도록 해달라고 요청했으니까, 요청대로 아쉬워도 소리를 없애자."

"소리를 없애자니…. 어떻게 하시려고요?"

화면 밖에서 남자 목소리가 났다. 해설과 똑같은 목소리인 듯했다. 화면 아래쪽에 '카메라 고시노'라는 글씨가 작게 떴다.

"지금부터 생각해 봐야지."

아시야가 그렇게 말했을 때 천장에서 노크하는 소리가 들렸다. 아시야의 시선과 카메라가 동시에 소리가 난 쪽을 향했다.

"야, 곧 없애줄 테니 각오해."

아시야가 귀에 쏙 들어오는 목소리로 크게 말했다.

카메라가 잠시 천장을 촬영했지만 소리는 더 이상 들리지 않았다.

화면이 바뀌었다.

작은 왜건 차량의 뒷좌석 같았다. 좌석을 떼어낸 공간에 다양한 장비들이 잔뜩 실려 있었다. 나란히 놓인 모니터 세 대 중 하나에 아무도 없는 천장 위쪽 영상이, 다른 하나에는 아시야가 천장널을 두드리는 영상이 비쳤다. 아시야가 복잡한 표정으로 모니터를 들여다보았다.

"요컨대 소리가 안 들리면 되는 거잖아."

"뭔가 좋은 생각이라도 있으세요?"

고시노가 카메라 앵글 밖에서 질문을 던졌지만 아시야는 아무 대답도 없었다.

다시 화면이 바뀌었다. 천장 위에 설치된 카메라에 두 사람이 비좁은 듯 허리를 구부린 채 줄자로 무슨 치수를 재는 장면이 잡혔다. 둘 중 한 명은 아시야고, 다른 한 명은 젊은 남자였다. 그가 고시노 아닐까 싶었다.

또 화면이 바뀌고 대형마트에 있는 아시야가 비쳤다. 검고 평평한 방석 같은 물건을 차례차례 바구니에 담았다.

다음으로 대형마트 주차장 같은 곳에서 대량의 검은 물건을 왜건 차량에 싣는 장면이 나왔다.

"이건 뭔가요?"

"폴리우레탄 재질의 방음 매트야. 이거면 습기 대책도 완벽하지.”

아시야가 매트를 하나 꺼내서 카메라에 들이댔다. 표면에 함석판처럼 물결 모양의 돌기가 달렸고, 두께는 2센티미터쯤 됐다.

“뭐가 천장널을 두드리는지는 모르겠지만, 소리 자체가 천장널에서 나는 건 확실해. 천장널에 충격이 가해질 때 발생하는 진동이 소리로 바뀌는 거야. 그렇다면 충격의 원천이 아니라 천장널에 대책을 강구하면 되겠지.”

아시야가 차체를 주먹으로 두드리자 둔탁한 소리가 났다. 이어서 같은 곳에 매트를 대고 다시 두드리자 소리가 전혀 나지 않았다.

다시 화면이 전환되고 천장 위에 방음 매트를 빈틈없이 까는 장면이 나왔다. 작업 중에 카메라 바로 근처에서 노크 소리가 들려서 카메라가 놀란 듯 소리가 난 방향을 향했다. 아무것도 없는 어두운 공간만 비쳤다.

“무시해, 무시.”

아시야는 그렇게 말하며 덤덤히 매트를 깔았다.

잠시 같은 장면이 이어진 후 화면이 바뀌었다. 휑뎅그렁한 방에 의뢰인과 아시야가 마주 서 있었다.

“이제 소리가 안 날 거예요. 안심하세요.”

모자이크 처리를 했는데도 의뢰인의 얼굴에서 석연치 않아하는 낌새가 전해졌다.

“고맙지만, 괜찮을까? 괜히 이런 짓을 했다가 유령이 화내면 어쩌지?"

아시야는 작게 웃더니 "모르겠습니다." 하고 아무렇지도 않게 대답했다.

"저희도 아직 소리를 내는 존재의 정체가 뭔지 몰라요. 소위 말하는 '영적 존재'가 정말로 존재하는지도 아직 불분명하고요. 만약 방음 매트를 깐 걸 계기로 새로운 현상이 일어난다면 초자연현상에 관한 새로운 데이터를 얻을 기회겠죠. 그때는 저희가 다시 대책을 세울 테니 바로 불러주세요. 그리고…."

아시야가 천장을 올려다보았다.

"제 경험상으로는 더 이상 아무 일도 일어나지 않을 거예요. 지금까지 비슷한 조사를 몇 번 해봤는데요, 초자연현상은 보잘것없는 경향이 있습니다."

"보잘것없다니?"

의뢰인이 고개를 갸우뚱했다.

"네. 초자연현상은 분명 존재할 겁니다. 저희는 수집한 데이터를 세계 각국의 연구기관에 보내서 분석하는데, 과학적으로 설명이 안 되는 현상도 몇 가지 있어요. 그것들은 이른바 초자연현상일 가능성이 높다고 봐요. 다만 초자연현상이라 해도 소리가 난다거나 형체가 비친다거나 기껏해야 그 정도죠. 인간에게 직접 해를 끼치는 사례는 들어본 적 없습니다. 그러니까…."

아시야가 천장을 올려다보았다. 의뢰인도 따라서 고개를 들었다.

"필요 이상으로 무서워할 건 없겠죠. 무서워하면 인간은 존재하지 않는 괴물을 마음속에 만들어내서 멋대로 피해를 당하거든요…. 그게 제일 피해야 할 일입니다. 예를 들면 유령이 화났다는 망상에 겁을 먹어서 건강이 안 좋아진다든가."

의뢰인은 아시야의 말에 수긍했는지 "그렇군." 하고 몇 번이고 고개를 끄덕였다.

"뭐, 무슨 일이 있으면 또 불러주세요."

아시야가 쾌활하게 말한 후 화면이 깜깜해졌다.

어두운 화면에 '그 후'라고 흰색 글씨가 뜨고, 또 고시노의 해설이 시작됐다.

"그 후로 2주일쯤 지났습니다. K씨의 말에 따르면 소리는 전혀 나지 않는다고 합니다. 이것으로 이번 안건은 일단 해결됐지만, 현장에서 수집한 데이터에 대해서는 아직 일부 연구기관의 답변을 기다리는 중입니다. 새로운 정보가 나오면 영상을 올리겠습니다."

화면에 '상담 접수 중'이라는 글씨가 표시됐다.

"저희 '아시야 초자연현상 조사'는 초자연현상으로 고민하시는 분들의 제보를 기다리고 있습니다. 설명란에 있는 연락처로 마음 편히 연락해 주시기 바랍니다."

영상 종료.

2부

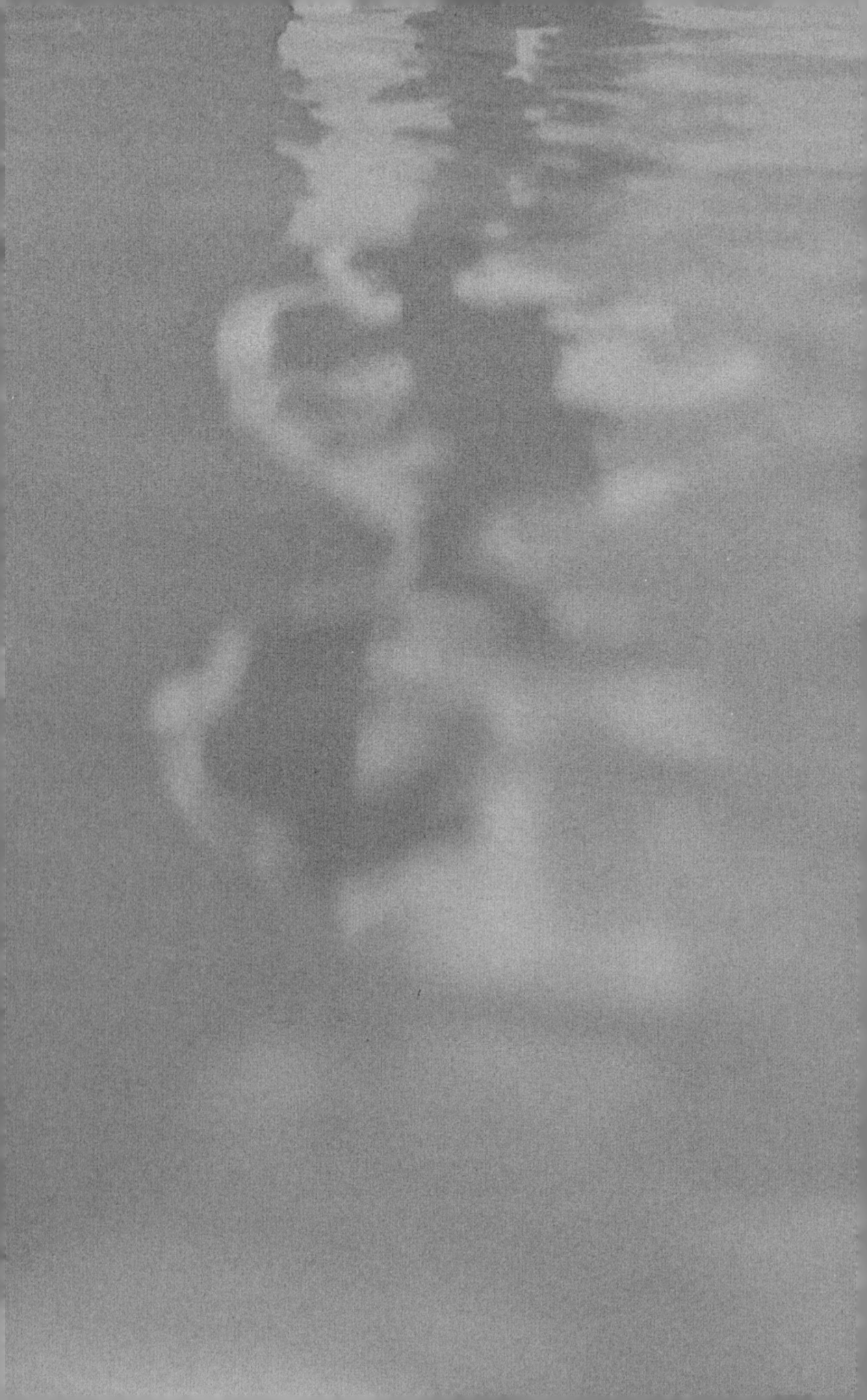

1

긴자의 지하에는 매일 아침 장례 행렬이 지나간다.

하나같이 검은 양복에 검은 머리의 무채색 남녀가 어깨를 움츠린 채 천장이 낮은 지하도를 나아간다. 나도 그 장례 행렬의 일부다. 매장되는 건 밤까지 이어지는 하루의 시간이자 65세까지 이어지는 40년의 인생이다.

지하도를 나서서 긴자 북쪽의 칙칙한 구역으로 향하는 동안에도 장례 행렬은 계속됐다. 사람들은 각자 직장이라는 이름의 관으로 빨려들어 사라졌다.

40년간, 이 짓을 계속해야 하는 건가.

아침에 내 뜻과는 달리 깨어나서, 내 뜻과는 달리 전철을 타고, 내 뜻과는 달리 사무실에 가서, 내 뜻과는 다른 행동을 밤 늦게까지 계속한다. 아니, 40년 후에는 정년이 65세가 아닐지도 모른다. 얼른 결승점에 다다르고 싶은데, 결승점에 쳐진 테이프가 뛰어서 달아난다. 진짜 못해먹겠다.

긴자와 교바시의 중간쯤에 위치한 비교적 깔끔한 상태의 좁은 빌딩에 도착했다. 오늘 마지막으로 맛보는 속세의 공기를 한껏 들이마신 후, 마음을 다잡고 엘리베이터에 올라탔다.

직원 20여 명이 건물 한 층을 사용하는 조그만 영화 마케팅 회사가 내 직장이다. 창업주와 2대째인 현재 사장이 대형 배급사 출신이라 그 연줄만으로 일감을 따내는, 불면 날아갈 듯한 영세업체다.

졸업 예정자로 입사한 지 5년째. 최근에 드디어 업무의 전체적인 흐름을 파악한 것 같다. 혼나지 않는 방법과 농땡이를 부리는 방법도 조금씩 체득해 왔다. 그리고 10년 후, 20년 후의 내 모습도 점점 선명하게 그려졌다.

"안녕하세요." 누구에게랄 것도 없이, 그렇다기보다 누구도 눈치채지 못할 절묘한 빈틈을 노려 인사를 던지며 내게 주어진 작은 책상에 가방을 내려놓았다. 주변을 슬쩍 둘러보니 사장 이나모리 씨가 '몇 명쯤 죽여본 것 같다'는 말을 자주 듣는 험악한 얼굴로 컴퓨터 화면을 노려보고 있어서 얼른 시선을 돌렸다. 그 안쪽에서는 평소 이나모리 씨에게 '못 써먹겠다'느니 '월급 도둑'이라느니 '똥멍청이'라느니 욕을 먹는 다나카 씨가 아무 생각도 없어 보이는 눈으로 스포츠 신문을 보고 있었다.

사회인 인생에 이나모리 씨 코스와 다나카 씨 코스가 있다면, 난 틀림없이 다나카 씨 코스다. 20년 후에 "그 나이를 먹고 이런 것도 할 줄 몰라?" 하고 나이 어린 상사에게 꾸중을 듣는 내 모습이 떠올라 암담한 기분이 드는 것과 동시에, 나 자신이 그런 상황을 타파하기 위해 적극적으로 행동하기를 귀찮아한다는 것도 깨달았다.

"어이, 고시노. 잠깐 와봐."

이나모리 씨가 위협적인 목소리로 불렀다. 난 의자에 앉아 있다가 비유가 아니라 진짜로 약간 튀어 올랐다. "네, 죄송합니다!" 하고 외치듯이 대답하며 이나모리 씨의 자리로 달려갔다. 이나모리 씨가 이름을 불렀다는 건 내가 뭔가 실수했든지 잊어버려서 질책당할 상황이 벌어졌다는 뜻이다. 그러면 내가 해야 할 일은 단 하나, 사죄다. 지난 5년간 "고시노!" 하고 부르면 "죄송합니다." 하고 사과부터 하는 버릇이 완전히 몸에 배었다. 파블로프의 사회인이다.

"요전에 환영회 때 갔던 가게, 여기 맞아?"

스마트폰 화면을 보여주길래 '다행이다, 혼내려는 게 아니었어.' 하고 안도하며 머릿속 검색 엔진을 필사적으로 가동했다. 요전의 환영회? 석 달 전의 그건가. 그렇다면 이 가게가 아니라 근처의 다른 체인점이다. "아니요, 여기가 아니라." 하고 말을 꺼내려다 간신히 꿀꺽 삼켰다. 대답은 부정형으로 시작하면 안 된다. 이나모리 검정 5급에 나오는 문제다.

"네. 다만 근처에 있는 체인점입니다."

"그렇군. 홈페이지 링크 보내줘."

"알겠씁니다."

자리로 돌아가서 최대한 빨리 가게 웹사이트의 링크를 메일로 보냈다. "보냈습니다!" 하고 말했지만 이나모리 씨는 시선도 들지 않거니와 대답도 하지 않았다. 이때 안 들렸나 싶어서 다시 보고하면 안 된다. 이나모리 검정 4급에 나오는 문제다.

이나모리 씨 덕분에 "고시노." 하고 내 성씨만 불려도 위장이 찌릿찌릿 아픈 체질이 됐다. 학창 시절 친구들은 '소타'라고 이름으로 불렀고, 초등, 중등, 고등학교의 같은 반에 기적적으로 나보다 두드러지는 고시노 성씨 아이가 있었으므로 교사도 날 성씨로 부르는 일이 잘 없었다. 그 때문인지 고시노라는 성씨로 정체성을 형성하지 않은 채 어른이 됐고, 그 결과 머릿속에 '성씨로 불린다' = '혼난다'라는 등식이 성립되고 말았다. 최근에는 병원에서 성씨로 호명해도 펄쩍 뛰어오를 만큼 남에게 '고시노'라고 불리는 것이 무섭다. 예외는 단 한 명뿐이다.

"좋은 아침, 고시노."

그 예외가 나타났다.

귀에 쏙 들어오는 큰 목소리와 180센티미터 가까이 되는 큰 키 때문에 어디 있어도 강한 존재감을 자랑하는 내 직속 상사.

하루코[晴子] 씨다.

그 이름에 걸맞게 맑은[晴] 초여름 날처럼 목소리가 산뜻하고 따스하다. 이 목소리로 이름을 부르면 신기하게도 안심된다. 조금쯤은 나도 가치 있는 인간 아닐까 싶은 기분이 든다.

"어이, 아시야. 지각이잖아."

"불평은 도쿄도시철도에 해요, 이나모리 씨."

하루코 씨는 사장의 성난 목소리에도 아랑곳없이 들고 온 커피를 유유히 마셨다. 이나모리 씨도 하루코 씨에게는 어째선지 마음대로 성질을 못 부리는 듯하다. 덧붙여 인터넷으로 알아보니, 오늘 아침 도쿄도시철도는 전 구간이 정시 운행했다. 이 사실은 덮어두기로 했다.

입사했을 당시 내 직속 상사는 이나모리 씨였다.

불호령과 질책이 내 심신을 갉아먹었다. 주변에서 안쓰러워할 만큼 몸무게가 쭉쭉 빠지는 나날을 보냈지만, 재작년에 상황이 크게 달라졌다. 이나모리 씨가 사장으로 취임하고 다른 팀이었던 하루코 씨가 부서를 이동해 내 상사가 됐다. 그 후로 내가 직장에 품었던 혐오감과 공포심이 극적으로 줄어들었다. 근로 의욕이 높아지지 않는 건 변함없었지만.

"고시노, 다음 주 현장의 취재 승낙이 떨어졌어. 매체에 시간만 전달해 줘. 그리고 티저에 관해 사무실에 확인하는 작업은 어떻게 됐어?"

"이제 두 곳 남았습니다."

"연결이 안 되거나 불만이 나오면 내가 맡을 테니까 말해."

하루코 씨는 일을 아주 잘한다. 그래서 지각하거나 윗사람에게 버릇없이 말대꾸해도 용서받는 것이다. 그렇지만 하루코 씨 본인은 나보다 더 의욕이 없다고 공언했으며, 내 상사가 됐을 때도 "내가 10년간 갈고닦은 농땡이 기술을 전수해 줄게."
라는 말을 제일 먼저 꺼냈다.

그리고 하루코 씨와 만나 극적으로 달라진 점이 하나 더 있다.

"고시노, 오늘 밤에 시간 있지?"

있다고 대답하자 하루코 씨는 좋아하는 음식을 본 어린아이같이 웃음을 지었다.

"오랜만에 의뢰가 들어왔어."

2

산겐자야역은 주말의 활기에 휩싸여 있었다.

금요일 밤의 해방감을 즐기는 남녀노소—'소'가 약간 우세인가—가 저마다 음식점으로 들어갔다. 달력상으로는 9월에 접어들었고 태풍 시즌인 탓인지 날씨가 궂어질 낌새를 보였지만, 거리를 돌아다니는 사람들은 말 그대로 전혀 신경 쓰지 않는 기색이었다.

지정된 패밀리 레스토랑에 꽤 일찍 도착했다. 하루코 씨는 나중에 차에 장비를 싣고 오기로 했으므로, 혼자서 의뢰인을 기다려야 한다.

"야, 카메라에 빠삭하지? 편집도 할 줄 알아?"

배치전환으로 하루코 씨가 내 상사가 된 지 얼마 지나지 않았을 무렵, 그런 질문을 받았다. 3년간 일하며 '상사의 질문에는 네 또는 예스로 대답한다'라고 학습했던 터라 아무 생각도 없이 고개를 끄덕였다. 난 그다음에 이어진 말에 깜짝 놀랐다.

"좋아, 그럼 나랑 함께 유령을 찍자."

들어보니 하루코 씨는 개인적인 호기심에서 초자연현상을 연구하는데, 카메라나 마이크를 활용해 연구 내용을 기록하고 싶지만 기계치라 기계를 자유로이 다룰 수 있는 협력자를 찾는 중이었다고 한다. 그리고 이번 배치전환을 계기로, 내가 입사할 때 대학 시절 영화 동아리에서 활동했다고 자기소개했던 게 떠올랐다고 한다.

"유령이 보이세요?"

"안 보이는데."

"유령을 믿으시는 건가요?"

"몰라. 그러니까 조사하는 거지."

내 질문에 하루코 씨는 그늘 한 점 없는 눈으로 대답했다.

유령이라는 말은 현대사회를 긍정파와 부정파로 멋지게 갈라놓는 리트머스 시험지다. 긍정파는 '당신에게 조상의 영혼이 붙어 있다'라고 주장하는 영매나, 부유령이니 귀문이니 떠들길 좋아하는 오컬트 애호가. 부정파는 심령이나 초능력은 존재하지 않는다고 다짜고짜 단정하고, 무조건 '현대과학'이라는 일신교를 신봉하는 사람들. 둘 중 어디에도 속하지 않고 검증과 데이터 수집을 꾸준히 반복해서 '초자연현상은 존재하는가', '존재한다면 어떤 성질을 지닌 현상인가'를 해명하고 싶다….

그것이 하루코 씨가 원하는 바라고 한다.

촬영한 영상을 다른 사람들이 볼만하게 편집해 유튜브에 올려보면 어떻겠느냐고 제안한 건 나였다.

애당초 하루코 씨는 내키지 않는 눈치였지만, 초자연현상에 관해 조사하고 싶어 하는 의뢰인을 얻는 데 도움이 될 거라고 설득하자 고개를 끄덕였다.

타산도 조금 있었다. 많은 사람이 시청하면 광고 수입도 얻을 수 있다. 시험 삼아 알아보니 심령 스폿을 탐사하는 영상을 올려 구독자를 수십만 명이나 얻은 유튜버도 여러 명이었다. 이 채널이 잘되면 일을 그만둘 수 있을지도 모른다.

하지만 그 타산을 다름 아닌 하루코 씨가 박살 냈다.

"이게 무슨 티브이 프로그램인 줄 알아? 전부 수정해."

기념비적인 첫 번째 영상을 편집한 후 하루코 씨에게 보여주자 그런 말이 날아들었다. 촬영된 초자연현상이 너무 수수하길래, 성공한 유튜버를 흉내 내 무시무시한 배경음악과 섬뜩한 글씨체로 쓴 자막을 넣어보았는데 전부 퇴짜 맞았다.

"겁주려고 하지 마. 목적이 흐려지잖아."

최종 완성본은 기업의 교육 비디오처럼 담담하니 단순한 영상이라, 유튜브에 올리자마자 인터넷의 바닷속 깊이 가라앉고 말았다. 그래도 계속 영상을 올린 성과가 나타났는지 최근에 드디어 구독자 수가 네 자리에 다다랐지만, 광고 수입으로 회사를 그만두려면 아직 한참 멀었다.

다만 하루코 씨의 목적을 이룬다는 측면에서 본다면 효과가 꽤 좋았다.

초자연현상으로 고민하는 사람들에게 진지하게 대응하는 자세가 좋은 반응을 얻었는지, 채널을 개설하고 약 2년 동안 끊임없이 조사 의뢰가 들어왔다. 오늘 우리가 만나기로 한 의뢰인도 영상을 보고 연락했다고 한다.

"실례합니다. '아시야 초자연현상 조사'에서 나오신 분인가요?"

패밀리 레스토랑의 메뉴판에서 고개를 들자 정장 차림의 여자가 서 있었다. 주변이 시끌벅적한데도 잘 들리는 목소리였다.

"메일 드린 다카야마입니다. 고시노 씨, 맞으시죠? 영상 잘 봤어요."

여자는 그렇게 말하며 물 흐르는 듯한 동작으로 명함을 내밀었다. 나도 허둥지둥 회사 명함을 꺼내서 교환했다. 받은 명함에는 들어본 적 있는 홍보대행사 이름과 '영업부 부장 다카야마 카렌'이라는 글자가 박혀 있었다.

"제가 부탁해 놓고 기다리게 해서 죄송합니다."

"아니요, 아니요. 제가 너무 일찍 도착했는걸요."

두세 마디 말을 나누며 맞은편에 앉은 의뢰인을 관찰했다. 어깨 길이로 가지런히 자른 밝은 갈색 머리에 서양풍 외모. '카렌'이라는 이름으로 판단컨대 어쩌면 유럽인이나 미국인의 피가 흐르는지도 모른다. 역 광고판에서 자주 보는 인기 외국인

모델과 조금 닮았다. 나이대는 잘 모르겠다. 어찌 보면 20대 같기도 하지만, 직함이 부장이니만큼 어쩌면 훨씬 나이가 많을지도 모른다.

다만 일을 꽤 잘하는 사람이라는 것만큼은 확실했다. 몸동작에도 대화에도 군더더기가 없고, 영업용 미소도 완벽하다. 온전히 일에 무게를 싣고 있다는 의미에서는 이나모리 씨 같은 유형이리라. 이런 사람이 상사면 힘들겠다고 멍하니 생각했다.

"카렌 씨죠? 기다리게 해서 죄송합니다!"

익숙한 목소리에 돌아보자 마침 하루코 씨가 도착했다.

장소에 어울리지 않게 쩌렁쩌렁한 목소리라 다른 사람들의 시선이 집중됐지만 본인은 전혀 신경 쓰는 눈치가 아니었다.

"고시노, 파르페 시켜놨어?"

"말씀 안 하셔서 안 시켰는데요."

"텔레파시를 보냈는데 실패했나."

"다음에는 문자 메시지를 보내주세요."

하루코 씨는 내 옆에 털썩 앉아 당황한 표정의 의뢰인을 보고 입을 열었다.

"그럼 이야기를 들어볼까요?"

산겐자야의 번화가를 벗어나 주택가로 나아갔다.

카렌 씨가 들려준 이야기는 충격적이었다. 집 안에서 들리는, 젖은 천을 내리치는 듯한 괴상한 소리. 그것과 함께 감도는 개골창 같은 이상한 냄새. 어느 틈엔가 닫혀 있는 옷장 문과 커튼. 그리고 딱 한 번 복도에 나타났다는 수수께끼의 구정물….

하루코 씨와 내가 지금까지 맞닥뜨린 초자연현상과 비교하면 확실히 이질적이었다. 현상이 너무 많이 발생했다.

"일단은 카렌 씨 말고도 그 현상을 인식할 수 있는지 확인해 보고 싶은데요."

하루코 씨의 그 한마디에, 당장 카렌 씨 집에 가기로 결정됐다. 의뢰인도 원래부터 그럴 작정으로 집에서 가까운 곳을 약속 장소로 잡았다고 한다.

지금까지 의뢰인 본인밖에 현상을 인식하지 못하는 사례도 있었다. 그럴 경우는 의뢰인 본인에게 문제가 있는 셈이다. 그러면 우리로서는 적절한 의료기관에 가서 진찰을 받아보라고 권하는 것밖에 할 수 있는 일이 없다.

잠시 후 아담한 4층짜리 맨션이 눈에 들어왔다. 건물 자체는 상당히 낡아 보였지만, 안으로 들어가자 공용 부분은 새것 같았다. 최근에 리모델링한 걸까.

"저어, 집 꼴이 말이 아닌데요…."

"저희는 상관없습니다만, 촬영하면 안 되는 물건이 있으면 정리하셔도 됩니다."

내가 사무적으로 대답하자 카렌 씨가 말을 조금 머뭇거렸다.

"…어질러져 있다는 뜻이 아니에요."

그럼 무슨 뜻이냐는 의문은 현관문을 열자마자 해소됐다.

참으로 해괴한 광경이었다.

현관은 불빛으로 환했고, 현관 바닥에 놓인 전기스탠드 두 대가 활짝 열어놓은 신발장 안쪽을 비추고 있었다. 신발장 문은 닫히지 않도록 받침대로 막아두었다.

집 안은 전부 비슷한 상태였다. 선반장 속, 책상 아래, 텔레비전 뒤편 등 어둠을 하나도 빼놓지 않고 비추겠다는 것처럼 조명 기구를 놓아두었다. 주방은 선반장을 비추기 위한 조명 기구로 발 디딜 틈이 없을 정도였다. 침실 옷장에는 조명 기구를 세 대나 설치해서 내부를 빈틈없이 비추고 있었다. 그리고 옷장 문을 포함해 모든 문은 받침대로 막아서 닫히지 않도록 했다.

"이렇게 해두면 소리가 안 나거든요."

그렇게 말하며 멋쩍게 웃는 카렌 씨를 보자 등골이 조금 오싹했다. 집 꼴이 너무나 이상해서 패밀리 레스토랑에서 느낀 '우수한 회사원'이라는 카렌 씨의 인상과는 너무나 동떨어지게 다가왔다.

"가전제품 대리점의 조명 기구 코너 같네요."

남의 일처럼 중얼거리는 하루코 씨와 무심코 얼굴을 마주 보았다. 추가 조명 탓인지 집 안이 눈부시게 밝아서 괜히 마음이 어수선했다.

바로 영상을 촬영하기로 하고 근처에 세워둔 하루코 씨의 애차, 오래된 닛산 클리퍼에서 장비를 집으로 옮겼다.

일단 영상 도입부에 사용하기 위해, 집에서 일어난 초자연현상에 대해 카렌 씨에게 다시 설명을 듣기로 했다.

처음으로 소리가 들린 곳은 침실이다. 다음 날에 거실에서 소리가 났고, 그 후로 집 여기저기서 자주 소리가 들렸다. 현관에서 거실로 이어지는 짧은 복도에 수수께끼의 구정물이 나타난 적도 있었다.

"그 물을 사진으로 찍어두지는 않으셨죠?"

"네, 워낙 소름 끼치고 정신도 없어서… 얼른 닦았어요."

즉, 그 구정물도 카렌 씨 본인밖에 보지 못한 셈이다.

난 설명을 빠짐없이 카메라에 담으면서도 기이한 소리가 나지 않는지 귀를 기울였다. 하지만 사방에 놓아둔 조명 기구의 효과인지, 이상한 일은 한 번도 일어나지 않았다.

"현상이 시작된 원인은 뭘까요? 짚이는 일은 없습니까?"

하루코 씨의 질문에 카렌 씨는 잠깐 생각한 후 대답했다.

"…괴담회에 갔었어요."

오쿠마 대학교의 괴담 이벤트를 보러 갔는데, 거기서 기리야마라는 으스스한 분위기의 여학생이 내내 카렌 씨와 눈을 맞춘 채 기묘한 괴담을 들려줬다고 한다.

"뭐, 하지만 별 상관없지 않나 싶기도 해요. 괴담 한번 들었다고 저주받은 것처럼 괴현상이 일어나다니 말도 안 되죠."

카렌 씨는 자조하듯 웃으며 말했지만, 하루코 씨는 복잡한 표정이었다.

“괴담 말고 짐작 가는 점은요? 남에게 원한 살 일을 했다든가, 길가의 도조신(道祖神)을 걷어찼다든가.”

카렌 씨는 생각에 잠긴 듯한 표정을 지었다.

“…없는데요. 적어도 도조신은 걷어차지 않았어요.”

짐작 가는 점이 없는 것치고는 대답에 시간이 좀 걸려서 찜찜했다.

“최근에 스트레스가 심하지는 않았나요? 사생활을 물어봐서 죄송하지만, 가까운 사람이 돌아가셨다든가, 연인과 헤어졌다든가, 직장에서 말썽이 있었다든가.”

“아니요, 그런 일도 없었어요. 회사 일도 순조롭고, 최근에 크게 달라진 일도 딱히 없어요.”

이번에는 막힘없이 대답이 나왔다.

“알겠습니다. 그럼 그 소리가 저희에게도 들리는지 실험해 볼게요.”

하루코 씨는 그렇게 말한 후 침실로 향했다. 옷장 속을 비추는 조명 기구로 다가가 “이거 꺼도 될까요?” 하고 물었다. 카렌 씨는 망설이는 기색이었다.

“밝으면 이상한 소리가 나지 않잖아요. 일단은 소리를 확인할 필요가 있습니다. 옷장만 어둡게 해서 소리가 나는지 확인할게요.”

“네… 알겠어요.”

“안심하세요. 무슨 일이 생기면 바로 대처할 테니까요.”

하루코 씨는 아무렇지도 않게 말했다. 평소의 허세구나 싶었지만, 여기서는 언급하지 않고 넘어갔다.

고정식 카메라 두 대, 장시간 녹음할 수 있는 핸디 녹음기, 온도 변화를 기록하기 위한 열감지 카메라, 그리고 전자파 측정기를 옷장 방향으로 설치했다. 초자연현상이 어떤 성질을 지니고 있는지 아직 확실치 않기 때문에, 이렇게 다양한 데이터를 계측한다.

데이터에 이상이 있으면 오차노미즈지유 대학교의 이와키 교수에게 보내고, 거기서 곳곳의 전문기관에 의뢰해 데이터를 검증하는 것이 일반적인 흐름이었다. 이와키 교수는 국내에서는 보기 드물게 초심리학을 연구하는 학자로, 하루코 씨의 활동을 다양한 형태로 지원한다. 난 아직 못 만나봤지만.

장비를 다 설치한 후 조명 기구를 치우고 스위치를 껐다. 옷장 안쪽에 어둠이 생기자 뒤에서 카렌 씨가 작게 숨을 삼키는 소리가 들렸다.

"지금 소리가 들리나요?"

아니요, 전혀, 하고 카렌 씨가 고개를 저었다. 우리에게도 들리지 않았다.

"잠시 이대로 놔두죠. 우리가 있으면 소리가 나지 않을지도 모르니까 일단 차로 철수하겠습니다. 무슨 일 있으면 부르세요. 바로 달려올게요."

하루코 씨와 나는 걸어서 약 2분 거리에 있는 코인 주차장의 작은 왜건 차량으로 이동했다. 뒷좌석에 설치한 모니터로 카메라 한 대에서 실시간으로 전송되는 영상을 지켜보았다.

"어떻게 생각해?"

"반반일까요? 그 집 상태를 보니 카렌 씨 본인에게 문제가 있는 것 같기도 해요."

"그렇지. 다만 괴담회 이야기가 마음에 걸려."

하루코 씨가 스마트폰 화면을 내게 보여주었다.

"방금 조사해 봤는데 오쿠마 대학교 오컬트 연구회는 두 달에 한 번, 꽤 빠른 주기로 괴담회를 열어. 기리야마라는 여학생이 매번 출연한다면 기리야마의 괴담을 정면에서 들은 사람이 더 있을 거야."

과연, 그 괴담이 방아쇠 역할을 했다면 다른 관객에게도 똑같은 현상이 일어났을지 모른다. 그걸 확인하면 괴담이 현상의 원인이라는 추측이 선다.

"기리야마에게도 직접 이야기를 듣고 싶지만, 과연 어떠려나. 만약 정말로 걔가 원인이라면 순순히 '네, 제가 저주했어요.' 하고 인정할지는 의문이야."

게다가 저주가 과연 실제로 존재하는지도 불확실한 상황에서 '제가 저주했습니다'라고 증언한들 별 의미 없으리라. 저주의 실태를 증명하기 위해 필요한 사항은 재현성의 확인과 객관적인 데이터다.

결국 그 후 카렌 씨가 내어준 차를 마시고 잡담도 나누면서 두 시간쯤 차와 옷장 앞을 오갔지만 이상한 소리는 한 번도 들리지 않았다.

"오늘은 이만 철수하겠습니다."

하루코 씨의 말에 카렌 씨는 미안한 듯한 표정을 지었다.

"죄송해요. 괜히 헛걸음하셨네요."

"아니요, 무슨 말씀을. 머피의 법칙이죠. 의사 앞에서는 어째선지 몸 상태가 좋아지거나, 수리업자가 와 있는 동안은 고장 난 기계가 멀쩡할 때도 있잖아요."

그리고 초자연현상은 수줍음이 많거든요, 하고 하루코 씨는 말했다.

"수줍음?"

"네. 어찌 된 일인지 카메라나 마이크를 들이대면 현상이 일어나지 않죠. 지금까지 그런 사례가 많았어요."

카렌 씨는 직접 경험해 봤는지 절실하게 수긍하는 표정으로 고개를 끄덕였다.

장비의 전원을 끄자마자 현상이 발생하거나 분명히 촬영했는데 어째선지 데이터가 파손된다…. 그런 일은 우리 활동에서도 비일비재했다.

"따라서 현상을 관측하려면 인내심이 필요합니다. 당분간 댁을 방문해도 괜찮을까요?"

"네, 물론이죠. 저도 빨리 해결하고 싶어요."

카렌 씨의 승낙을 얻은 후, 장비는 남겨둔 채 물러가기로 했다.

“이제 어떻게 하실 거죠?”

차가 있는 곳으로 돌아가서 물어보자 하루코 씨는 팔짱을 끼고 인상을 찌푸렸다.

“일단 오컬트 연구회와 접촉해 볼까. 내일은 토요일인가. 시간 있지?”

“네.”

“오쿠마 대학교에 가보자. 그리고 비슷한 현상이 일어났다는 기록이나 괴담이 없는지도 알아봐야겠군. 그건 내 지인이랑 상의해 볼게.”

집까지 바래다주겠다며 하루코 씨가 조수석을 가리켰다. 난 호의를 감사히 받아들이기로 했다.

밤의 산겐자야에 비가 내리기 시작했다. 태풍 몇 호인지가 접근 중이라고 카스테레오에서 흘러나오는 라디오가 거듭 전달했다.

차창 밖으로 지나가는 어두운 주택가를 곁눈질하며 카렌 씨가 불빛으로 가득한 그 환한 집에서 혼자 잠을 청하는 모습을 상상해 보았다.

3

다음 날은 두툼한 비구름 아래에서 어스레한 아침을 맞았다.

밤새 내린 비가 아침이 됐는데도 그치지 않았다. 반소매만 입으면 쌀쌀함이 느껴지는 날씨라 어제까지 더웠던 것이 믿기지 않을 정도였다.

하루코 씨가 약속 장소로 정한 곳은 오쿠마 대학교 옆에 펼쳐진 도야마 공원 앞이었다. 도쿄돔 네 개는 들어갈 법한—이 비유로 크기를 가늠할 수 있을지는 제쳐두고—크기를 자랑하는 거대한 공원으로, 대학생과 인근 주민의 휴식 공간으로 활용되는 듯했다. 비 때문인지 오늘은 사람이 거의 보이지 않았다.

약속 시간보다 5분쯤 늦게 하루코 씨가 나타났다. 분명 궤변으로 지각한 이유를 둘러댈 테니 아무것도 묻지 않고 넘어가기로 했다.

"왜 이 공원에서 보자고 하신 거죠?"

근처 역에서 도야마 공원으로 오는 길에 오쿠마 대학교 앞을 지나쳤다. 학교에서 만났어도 됐을 것이다.

"이 공원, 심령 스폿이라나 봐."

어, 하고 나도 모르게 목소리가 새어 나왔다. 아무리 봐도 아주 평범한 공원이다. 운동장같이 널찍한 공간이 있고 그 안쪽에 나무들이 무성할 뿐, 심령 스폿 같은 느낌은 전혀 들지 않았다.

"제2차 세계대전 당시 여기에 육군 시설이 있었어. 731부대의 연구시설이 있었다나 뭐라나."

731부대는 분명 생화학 무기를 연구했다는 부대의 통칭이었을 것이다. 세균 병기로 인체 실험 등을 자행한 탓에 미친 과학자 같은 이미지와 함께 언급되는 경우가 많다.

"그거, 도시전설 수준의 이야기 아닌가요?"

"보통 그렇게 반응하겠지. 그런데 놀랍게도 1989년에 후생성이 청사를 짓기 위해 일대를 파헤쳤더니 100구도 넘는 인골이 발굴됐어. 인골에는 생전에 입은 듯한 총상도 남아 있어서 인체 실험에 사용된 중국인 포로의 뼈 아니겠느냐는 말이 돌았지."

지금 서 있는 지면 아래에 인골이 묻혀 있는 광경이 머리를 스쳐서 등골에 한기가 살짝 흘렀다.

"인골이 발견된 후부터 이 일대는 심령 스폿으로 취급됐어. 특히 공원 안쪽에 있는 하코네산이라는 인공산에서 유령을 목격했다는 이야기가 많대."

설명을 마친 하루코 씨가 이를 보이며 웃었다.

"잠깐 살펴보러 갈까."

물웅덩이를 피하며 5분쯤 걸었다. 공원은 놀랄 만큼 넓었다. 도중에 좁은 도로를 한 번 건너자 하코네산이 나왔다. 나무가 울창해서 전체 모습은 파악할 수 없었지만, 그렇게 큰 산은 아니다. "야마노테선 안쪽에서는 제일 높은 인공산이야. 높이가 44미터쯤 될걸." 하고 하루코 씨가 의기양양하게 깨알 지식을 자랑했지만 흘려들었다.

5분쯤 오르막길과 계단을 올라 정상에 도착했다. 정상은 가로세로 5미터 정도의 작은 광장이었고, 한복판에 벤치가 있었다. 주변에 키 큰 나무가 우거져서 전망은 좋지 않았다. 공원 내부의 교회와 유치원으로 추정되는 건물이 나무 사이로 간신히 보이는 정도였다. 비 때문인지 인적은 없었지만, 그렇다고 심령 스폿다운 분위기가 느껴지는 것도 아니었다. 역시 아주 평범한 공원이었다.

"좋아, 고시노. 거기 서봐. 심령사진을 찍자."

하루코 씨는 유령의 존재를 긍정도 부정도 하지 않는다면서도 가끔 이런 소리를 한다. 그냥 장난인 것 같길래 시키는 대로 적당한 곳에 서자, 하루코 씨가 스마트폰 카메라로 사진을 여러 장 찍었다.

"좀 더 포즈를 취해봐."

"심령사진이라면 저는 어떻게 나오든 상관없잖아요."

"내가 재미없어서 그래."

둘이 함께 화면을 들여다보며 사진을 확인했지만 딱히 이상한 점은 없었다. 하루코 씨가 내 등 뒤에 찍힌 나무 사이를 확대해서 거듭 확인했지만, 금세 질렸는지 냉큼 산을 내려가기 시작했다.

"심령사진은 뭘까."

하루코 씨가 갑자기 진지한 표정으로 그런 말을 꺼냈다.

"전부 날조라는 결론은 일단 제외. 가령 유령이 존재하더라도 사진에 담긴다는 건, 유령 자체가 빛을 반사하고 그 빛을 렌즈가 받아들여 필름을 감광시킨다는 거잖아. 그렇다면 유령은 무슨 물질로 이루어진 걸까."

확실히 그렇다. 유령이 카메라에 포착된 이상, 거기에는 뭔가 물질적인 원리가 존재하는 셈이다.

"반사한 빛을 받아들인다는 의미에서는 육안도 똑같지 않나요?"

"인간은 좀 더 복잡해. 빛으로 받아들이지 못한 걸 뇌가 멋대로 보기도 하거든. 이른바 환각이지. 하지만 카메라는 환각을 보지 않잖아."

카메라는 환각을 보지 않는다. 확실히 그럴 것이다.

"그리고 심령사진을 소개하는 방송에서 흔히 '거기에는 아무도 없었는데 사진을 보니 사람이 찍혀 있었다'라는 식으로 말하잖아. 즉, 육안으로는 보지 못한 걸 카메라만 포착한 셈이야. 만약 정말로 그런 심령사진을 찍는다면, 유령이 어떤 물질로 이루어졌는지 추측할 좋은 재료가 될 텐데."

주변 나무들을 둘러보았다. 어쩌면 여기에 육안에는 보이지 않고 카메라에만 보이는 존재가 있을지도 모른다고 상상해 보았다.

"자, 슬슬 협력자가 올 시간이로군."

"협력자? 누군데요?"

"오컬트 연구회의 대표자. 어제 연락해서 이야기를 좀 들려달라고 부탁했어."

그러면서 하루코 씨가 명함을 한 장 내밀었다. 확인하자 업무상 친분이 있는 지상파 방송국의 피디 명함이었다.

"뭔가요, 이게?"

"우리가 찾아왔다고 해서 기분 좋게 뭐든지 다 알려줄 거라는 보장은 없잖아? 그래서 당근을 매달기로 한 거야. 자, 여기서 고시노 군에게 문제를 내겠습니다. 대학생이 가장 원하는 건 뭘까요?"

"네?"

"오답입니다. 정답은 '취업'이죠. 그것도 대기업 취업 말이지."

"설마 방송국 피디를 사칭하겠다는 건 아니시죠?"

"넌 지금부터… 명함 좀 보자, '다케이'야. 까먹지 마. 난 스즈키라고 불러.”

너무 어이없어서 헛웃음만 짓고 있는데, 저쪽에서 우산을 쓴 사람이 다가왔다.

“아, 저기, 스즈키 씨이신가요?”

“응, 그쪽은 오컬트 연구회의?”

“네, 문학부 3학년, 부대표 다치바나입니다. 잘 부탁드립니다.”

다치바나라고 이름을 댄 청년이 아주 공손한 태도로 고개 숙여 인사했다. 대체 하루코 씨는 뭐라고 그를 구워삶아서 약속을 잡았을까. 그것도 모자라 태연하게 스즈키 아무개의 명함을 꺼내 다치바나에게 내미는 모습을 보고 말문이 턱 막혔다. 너무 당당하다.

“연락처는 예전 거니까 볼일이 있으면 손으로 쓴 이쪽 번호로 연락해.”

다치바나는 “감사합니다!” 하고 고액지폐라도 받듯이 방송국 로고가 들어간 명함을 받아서 빤히 들여다보았다. 나도 허둥지둥 다케이라고 적힌 명함에 내 전화번호를 휘갈겨 써서 그에게 건넸다. 어쩐지 몹시 나쁜 짓을 하는 기분이었다.

“홈페이지에 실려 있던 대표는?”

하루코 씨가 묻자 다치바나는 미안한 듯한 표정을 지었다.

“…이시무라 씨는 지금 나올 수가 없어서 부대표인 제가 대신 나왔습니다.”

“어머, 그렇구나.”

“안내하겠습니다. 이쪽입니다.”

다치바나는 내버려두면 우리가 지나갈 길을 비질이라도 할 듯한 태도로 앞장서서 공원에 면한 대학교 건물로 들어갔다. 거기는 동아리동인 듯 휴일인데도 학생들로 가득했다.

다행히 건물 입구에서 방문자 출입 명부에 이름을 쓰거나 경비원에게 붙들리지도 않고 쉽사리 안으로 들어갔다. 하루코 씨는 “옛날 생각나네, 다케이.” 하고 뻔뻔하게 말했다. 아무래도 우리는 이 대학교 졸업생이라는 설정인 듯했다.

엘리베이터를 타고 4층으로 올라가 ‘오쿠마 대학교 오컬트 연구회’라는 팻말이 걸린 방으로 안내받았다. 실내에는 마주 놓인 소파, 구형 텔레비전, 구형 게임기, 쌓아놓은 골판지 상자, 괴기 소설과 만화, 뭔가 사연이 있어 보이는 프랑스 인형 등이 난잡하게 널려 있어서 그야말로 ‘집합소’ 같은 인상이었다. 다른 학생은 없었다.

“메일로 이야기했던 대로 괴담회에 대해 물어보고 싶은데, 괜찮을까?”

“네, 물론이죠! 제가 주최자니까 뭐든지 대답해 드릴 수 있습니다.”

다치바나가 전단지를 내밀었다. 지난번 괴담회용으로 만든 것인지 8월 20일이라는 날짜가 적혀 있었다. 아무래도 이게 카렌 씨가 보러 간 회차인 듯했다.

"작년 10월부터 시작해서 짝수 달에는 빼먹지 않고 공연하고 있습니다. 지난달이 제6회였어요."

"이야, 굉장한걸. 시작한 계기는 뭐였지? 역시 괴담 붐?"

그것도 있습니다만, 하고 대답하는 다치바나의 시선이 흔들렸다. 뭔가 이야기하기 힘든 사정이라도 있는 걸까.

"저희 동아리는 대표 이시무라 씨가 3년 전에 만든 건데요, 원래 활동 취지는 심령 스폿을 탐사하는 거였습니다. 그, 이시무라 씨가 좀 예의 없는 사람이라… 심령 스폿에서 멋대로 물건을 가져오곤 했죠. 저기 있는 프랑스 인형도 그중 하나고요."

거기까지 말한 후 다치바나는 알랑거리듯 하하하 웃었다.

"전리품인 셈이군."

"그렇습니다. 그런데 1년쯤 전에 이시무라 씨가 동아리에 발길을 끊었어요. 그래서 심령 스폿 탐사는 그만두기로 했습니다."

"발길을 끊었다고?"

"네, 잠수를 탔다고 할까요. 이시무라 씨 말고도 동아리원이 꽤 유동적이에요. 스포츠나 음악 동아리와 달리 대회 같은 행사가 있는 것도 아니라서 사람을 붙들어 놓는 힘이 없다고 할까요."

그렇다고 해서 대표까지 동아리에 나오지 않는다니 좀 놀랐지만, 돌이켜보면 내가 대학생이었을 때도 그런 사람이 있었던 것 같다.

"그래서 이왕이면 정기적으로 모일 기회를 만들자는 의견을 받아들여 괴담회를 시작한 겁니다."

들어보니 동아리원은 총 스무 명이고, 괴담회에는 매번 열다섯 명 정도가 참가한다. 관객은 기본적으로 동아리원의 지인이 대부분인데, 괴담을 들으러 오는 몇몇 호사가도 포함해 매번 마흔 명 정도라고 한다.

"괴담회가 실제로 어떻게 진행되는지 볼 수 있을까."

"네. 매번 카메라를 돌려서 전부 영상으로 남겨놓거든요."

다치바나가 그렇게 말하고 컴퓨터를 꺼내 텔레비전에 연결했다. 텔레비전 화면에 소극장 같은 무대가 비쳤다. 검은색 막을 둘러친 무대의 중앙에 방석을 놓아두고, 학생이 거기 앉아서 괴담을 들려주는 스타일인 듯했다.

우리는 다치바나가 틀어준 괴담회 영상을 끝까지 시청하기로 했다.

대부분 복선 회수나 의외의 결말 없이 '유령이 나왔다'라는 담백한 이야기거나 인터넷에서 본 적 있는 듯한 이야기라 솔직히 지루했지만 하루코 씨는 흥미진진하게 보고 있다는 자세를 무너뜨리지 않고 화면에 집중했다. 이런 점이 하루코 씨의 굉장한 점이다. 도중에 다치바나도 화면에 등장했다. 화면 속 자신이 괴담을 들려주는 동안 곁에 있는 다치바나가 연신 우리 눈치를 살펴서 마음이 편치 않았다. 미안해, 다치바나. 우리가 좋은 반응을 보여도 네게는 아무 이득도 없어.

그리고 괴담회가 종반에 접어들었나 싶었을 무렵, 그 여학생이 등장했다. 검은 원피스를 입은 아담한 여학생. 기리야마다. 기리야마는 아무 말도 없이 객석을 둘러보았다. 거북한 침묵이 화면 속에 흘렀다. 천천히 고개를 돌리던 기리야마가 한순간 카메라에 시선을 주었다. 그 순간 어째선지 온몸에 소름이 끼쳤다. 아무것도 읽어낼 수 없는, 어둡고 공허한 시선이었다.

"얘는?"

하루코 씨가 마치 지금 우연히 흥미를 품었다는 듯한 태도로 물었다.

"2학년 기리야마 가에데라고 해요. 특이하죠?"

당신을 부르고 있습니다.

화면 속 기리야마 가에데가 갑자기 입을 열었다. 객석 한곳에 시선을 고정한 채 '당신'이라는 이인칭으로 시작되는 괴담인지 아닌지 잘 모를 이야기를 덤덤히 늘어놓았다. 무슨 범행 예고같이 느껴지기도 했다. 객석에 앉은 사람들의 뒤통수도 화면에 살짝 비쳤는데, 기리야마 가에데가 바라보는 곳에는 낯익은 밝은 갈색 머리가 있었다. 카렌 씨다.

"얘, 재미있네. 연락 돼?"

기리야마 가에데의 괴담이 끝나자마자 하루코 씨가 물었

다. 다치바나는 난처한 표정이었다.

"기리야마는 괴담회 말고 다른 활동에는 전혀 참여하지 않고, 연락도 안 됩니다. 괴담회 당일도 훌쩍 나타났다가 자기 차례가 끝나면 바로 돌아가고요."

"까칠한 성격인가."

하루코 씨가 쓴웃음을 지으며 말했다.

"그럼 얘를 만나고 싶어도, 어디 사는지도 모른다는 거네."

"그렇죠…. 평소 강의는 듣겠지만, 월말까지 여름방학이라 그동안 어디 있을지는 짐작도 안 되네요."

기리야마 가에데와 직접 만나기는 아무래도 어려울 듯했다. 빨라도 개강하는 9월 말이 되어야 확실히 접촉할 수 있다는 뜻이다.

"기리야마라는 애는 매번 이런 식으로 관객 한 명에게 괴담을 들려주는 스타일이야?"

"네, 그렇습니다."

"회차마다 누구에게 괴담을 들려줬는지 알아?"

하루코 씨의 질문에 다치바나는 고개를 갸우뚱했다. 왜 그런 걸 묻는지 의아해하는 눈치였다.

"아무래도 그건 알 수가 없죠…. 다만 제1회 공연에서는 아저씨였을 겁니다. 저희도 이 괴담을 처음으로 봐서 참신하다고 수군댔던 게 기억나네요. 그리고 괴담회가 끝나고 며칠 후에 그 아저씨가 기리야마를 만나게 해달라며 찾아왔었거든요."

나도 모르게 하루코 씨와 얼굴을 마주 봤다.

"위험해 보이는 인상이라 함부로 만나게 해줄 수는 없었죠. 어차피 기리야마가 어디 사는지도 몰랐고요. 다음에 괴담회를 또 보러 와달라는 식으로 달래서 보냈는데, 결국 다시는 나타나지 않더군요."

이건 뭔가 관계가 있을지도 모른다.

질문을 더 해보았지만 다치바나도 다른 회차가 어땠는지는 모른다고 했다. 처음에는 기리야마의 참신한 괴담에 놀라서 지인을 초청하기 위한 홍보 문구에도 사용했을 정도였지만, 내용이 매번 거의 다를 바 없었으므로 다치바나 자신은 점점 흥미를 잃었다고 한다.

"방송에서 소개할지 검토하고 싶은데, 이 영상 좀 빌려줄래?"

하루코 씨의 '방송'이라는 말에 반응했는지 다치바나가 다시 몸을 내밀었다.

"물론이죠. 외장하드에 복사할게요."

"제1회부터 제6회까지 전부 다 부탁해. 그리고 기획을 통과시키려면 관객층의 정보가 필요한데, 관객 명부 같은 건 있나?"

완전히 막무가내다. 관객 명부로 기리야마 가에데가 괴담의 대상으로 삼은 사람을 찾아내려는 속셈일까.

"물론 명부는 있습니다만… 넘겨드리는 건 좀. 아무래도 개

인정보니까요.”

당연하지만 다치바나도 내키지 않는 듯한 태도였다.

“아, 그래, 아쉽네…. 다치바나, 그나저나 굉장한걸. 공연장 확보에, 모객에, 이 정도의 이벤트를 정기적으로 열다니 참 우수한 학생이야. 인사부에서 채용을 담당하는 동기가 있는데 소개해 볼까.”

“정말요? 감사합니다!”

“응응, 그걸 위해서라도 꼭 관객 명부를 빌려주면 좋겠는데. 단단히 관리하고, 기획서 작성하자마자 돌려줄게.”

진지한 얼굴로 적당한 소리를 잘도 술술 늘어놓는구나 싶어 감동한 마음으로 지켜보고 있으니 “그렇다면야.” 하고 다치바나가 동아리방 선반에서 파일을 꺼내서 가져왔다. 야야, 그래도 되겠어? 우리야 고맙지만.

“그럼 다치바나, 기리야마와 연락 되면 알려줘.”

오쿠마 대학교를 뒤로하고 지하철을 탔다.

“이 파일을 어쩌시려고요?”

“우리는 평일에 일하고, 주말 출근도 많지. 밤에는 카렌 씨 집에서 초자연현상을 조사해야 하고 말이야. 따로 조사할 시간이 없으니까 전문가의 도움을 받아야지.”

그렇게 말하길래 이와키 교수가 있는 오차노미즈에 가는 건가 싶었는데 도착한 곳은 신바시였다.

술집과 유흥업소가 늘어선 꾀죄죄한 구역을 빠져나와 텅 빈 것처럼 사람도 가게도 없는 길로 나와서 한층 낡은 건물로 들어갔다. 골동품 같은 엘리베이터를 타고 5층에서 내리자 4미터 정도의 좁은 복도와 간판이고 뭐고 없는 철문이 눈에 들어왔다. 작은 간유리가 끼워져 있었지만 안쪽은 전혀 보이지 않았다.

"넌 처음 와봤지?"

하루코 씨가 그렇게 말하며 문고리를 잡으려는데 안쪽에서 문이 힘차게 열리고, 험상궂게 생긴 양복 차림 남자 세 명이 줄줄이 나왔다. 남자들은 하루코 씨와 내게 "비켜." 하고 소리치더니 엘리베이터를 타고 내려갔다.

"얼굴값 하네."

하루코 씨가 입을 삐죽 내밀며 철문을 열고 안으로 들어갔다. 나도 뒤따라 들어갔다.

"뭐야, 아직 볼일이 남았나?"

갑자기 위협적인 목소리가 날아들어 나도 모르게 몸을 움찔했다.

"진정해. 나야, 이 멍청아."

"아, 하루코였구나."

으름장을 놓은 사람은 40세 전후의 곰 같은 남자였다.

길게 기른 더벅머리와 깎지 않아 삐죽삐죽한 수염, 그리고 덩치가 상당히 좋았다. 다만 얼굴은 여리여리하다고 할까, 별 특징 없이 깔끔한 느낌이라 어쩐지 불균형적인 인상을 받았다.

"그쪽 남자는?"

"회사 후배야. 고시노, 이 녀석은 구라모토. 내 오랜 친구지."

잘 부탁드립니다, 하고 고개를 숙이자 구라모토가 손을 쑥 내밀었다. 악수를 청한다는 걸 알고 나도 손을 내밀자 덥석 움켜쥐었다. 예상했던 것보다 훨씬 힘이 셌다.

"아까 그자들은 누구야? 변호사로는 보이지 않던데, 검찰?"

"형사야. 놈들이 붙잡아 들인 용의자를 불기소 처분할 수밖에 없는 증거를 내가 찾아냈거든. 열받아서 일부러 인사하러 납신 거지. 이제 나한테는 일감을 주지 않겠다면서."

"경찰도 참 한가하구나."

"탓할 거면 본인들의 형편없는 수사력을 탓하라고 한마디 해줬지."

구라모토는 그렇게 말하고 작게 웃었다.

실내를 둘러보자 간소한 사무실 같은 곳이었다. 앞쪽은 소파와 테이블이 있는 응접 공간이고, 칸막이로 구분한 안쪽에 허름한 철제 책상을 세 개 늘어놓았다. 벽 앞에는 철제 선반이 놓여 있었다.

어쩐지 드라마 세트 같은 느낌이었다. 그렇게 느낀 이유를 조금 늦게 알아차렸다. 이 사무실에서는 생활감—그런 표현이 올바른지는 제쳐두고—이 전혀 전해지지 않았다. 철제 책상 위는 깨끗이 정리했다기보다 아무것도 없었고, 벽 앞 선반도 보이는 범위는 텅 비어 있었다. 빈껍데기 같은 사무실이라고 해야 할 법한 기묘한 장소였다.

"구라모토는 탐정이야."

하루코 씨는 그렇게 말하며 소파에 멋대로 앉았다.

"특수한 유형이라 고객은 대부분 변호사나 검찰, 경찰이지."

하루코 씨 말에 따르면 주로 불륜 조사 등을 의뢰받는 일반적인 탐정과 달리, 재판을 위한 증거 수집이나 증언의 뒷받침 조사가 전문이라고 한다. 그래서 이렇게 살풍경한 사무실에서 간판도 달지 않고 장사한다나.

"뭐, 자청해서 탐정 운운하지는 않지만. 그리고 그렇게 대단할 건 없어. 옛날에 벚꽃 문장[1]을 달았었으니까 그쪽 방면으로 발이 넓을 뿐이지."

구라모토가 나지막한 목소리로 말했다.

"도쿄 경시청이 아니라 경찰청 쪽이었지." 하고 하루코 씨가 보충 설명했다.

"그런데 오늘은 어쩐 일이야? 이 녀석을 소개하러 온 건 아닐 테고."

그렇지, 하며 하루코 씨가 가방에서 아까 다치바나에게 빌린 외장하드와 파일을 꺼냈다.

"사람을 좀 찾아줘. 보수는 지불할게."

---

1 벚꽃은 일본 경찰의 공식 상징이다.

구라모토가 안쪽에서 노트북을 가져와서 외장하드를 연결했다. 내가 노트북을 넘겨받아 괴담회 영상이라는 걸 간단하게 설명하며 기리야마 가에데를 화면에 띄웠다.

"한 사람은 이 여학생. 이름은 기리야마 가에데, 오쿠마 대학교 2학년이고 오컬트 연구회 소속이야. 직접 만나서 이야기하고 싶으니까 어디 있는지 찾아내서 알려줘."

구라모토는 노트북 화면을 노려보듯 바라보며 고개를 끄덕였다.

"그리고 기리야마는 관객 중 한 명과 눈을 마주친 채 괴담을 들려줘. 괴담회 제1회부터 제5회까지 기리야마와 눈을 마주친 채 괴담을 들은 사람이 누군지 알아내 줘. 이게 관객 명부야."

"이건 고생깨나 하겠군. 시간을 좀 줘."

구라모토가 명부를 팔락팔락 넘기며 말했다.

"다섯 명 중 한 명이라도 상관없어. 제1회 때 괴담의 대상은 아저씨였대. 여기 이 사람."

컴퓨터 화면에 제1회 괴담회에 출연한 기리야마 가에데가 비쳤다. 하루코 씨가 가리킨 건 나이가 좀 있을 듯한 대머리 남자의 뒷모습이었다. 기리야마 가에데는 이 남자를 대상으로 괴담을 들려주는 것처럼 보였다.

"찾아보긴 하겠지만 지금은 아무래도 일손이 모자라서 말이야. 너무 큰 기대는 하지 말고 기다려."

"일손이 모자라다니? 그 조수는 어디 가고?"

그제야 생각났다는 듯 하루코 씨가 사무실을 둘러보자, 구라모토는 어깨를 으쓱했다.

"그만뒀어. 지난번 사건을 조사할 때 이런저런 일이 있어서 겁먹고 도망쳤지."

"그거 잘됐네. 나, 걔가 좀 거북했거든."

하루코 씨는 작게 웃으며 그렇게 말한 후 "부탁한다."라고만 당부하고 얼른 일어서서 사무실을 나서려 했다.

"차 한 잔도 안 마시고 가는 거야?"

"차도 없으면서 무슨. 오늘은 볼일이 하나 더 있거든. 뭔가 알아내면 연락 줘."

하루코 씨는 말을 마치자마자 들어온 문으로 쌩하니 나갔다. 나도 따라가려는데 "이봐." 하고 구라모토가 불러세웠다.

"고시노라고 했나? 하루코랑 유령을 조사하러 다니지?"

아, 네, 하고 대답했다. 정확하게는 초자연현상을 조사합니다만.

"녀석이 왜 그런 짓을 하는지 들었어?"

"못 들었는데요."

하루코 씨가 자기와 함께 초자연현상을 조사하자고 제안했을 때 몇 번 물어봤지만, 말을 얼버무리면서 가르쳐주지 않았다. 하루코 씨의 오랜 친구라는 구라모토는 뭔가 알고 있는 걸까.

구라모토는 생각에 잠긴 표정으로 턱수염을 쓰다듬었다.

"녀석이 터무니없는 짓을 하지 않도록 신경 좀 써줘."

"…알겠습니다."

그의 목소리에서는 진심 어린 걱정이 묻어났다. 동시에 거부할 수 없는 박력도 느껴졌다.

"고시노, 엘리베이터를 얼마나 붙잡고 있으라는 거야. 넌 계단으로 내려올래?"

밖에서 하루코 씨가 크게 소리쳐서 난 부랴부랴 사무실을 나섰다.

두 사람은 어떤 관계일까. 문득 의문이 머리를 스쳤다. 그냥 오랜 친구 이상으로 친밀한 뭔가가 있을지도 모른다.

다음으로 향한 곳은 오시아게였다.

역을 나서자 하늘 높이 우뚝 솟은 도쿄 스카이트리가 보였고, 그 밑부분에는 관광객으로 북적거리는 거대 상업시설이 펼쳐졌다. 하지만 그러한 시설을 등지고 조금 걸어가자 얼마 지나지 않아 서민 동네의 정서가 남아 있는 오래된 주택가로 풍경이 바뀌었다.

성큼성큼 걸어가는 하루코 씨를 따라 좁고 복잡하게 얽힌 골목길을 누비듯이 나아갔다.

"기리야마 가에데를 찾는 건 구라모토에게 맡길 거야. 다음은 오컬트 노선을 알아봐야지."

만약을 위해서, 하고 하루코 씨가 덧붙여 말했다. 오컬트적인 요소를 무조건 믿지는 않지만, 무턱대고 부정도 하지 않는 것이 하루코 씨의 기본자세였다. "액막이에 효험이 있다면 그 것도 일종의 데이터겠지." 하고 예전에 말했었다. 액막이의 소금, 독경, 선향 연기 중 무엇이 효과를 발휘했는지도 개별적으로 시험하고, 재현이 가능한지도 검증하고 싶다고 했다.

"저기 편의점에서 술과 안주를 사 와. 싼 거면 돼."

2천 엔을 주길래 지나가는 길에 있는 편의점에 들러 캔 츄하이 등을 샀다.

5분쯤 더 걸어가니 목적지인 집이 나왔다.

작은 맨션과 단독주택이 뒤섞여 있는 한적한 주택가에서 그 낡은 단층집은 분명 주변과 겉돌았다. 말을 가리지 않고 표현하자면 조잡하기 짝이 없었다. 목조 가옥을 군데군데 함석으로 이어 붙여 보강했고, 유리창이 깨진 곳에는 접착테이프를 붙였다. 집 자체가 조금 기운 탓에 진도 3 정도의 지진만 와도 무너질 것 같았다.

"이봐, 나 왔어."

하루코 씨가 현관 미닫이문을 부술 것처럼 세게 두드리며 말했다. 잠시 후 미닫이문이 비명을 지르며 열리고 몸집이 작은 남자가 나왔다.

"하루코잖아, 들어와."

비쩍 말랐고 햇볕에 구릿빛으로 탄 남자였다. 숱이 적은 머리카락은 새하얬지만 피부는 반질반질하니 좋았다. 그 때문에 40대로 보이기도 했고, 60대로 보이기도 했다.

"이쪽은 내 후배 고시노. 선물도 가져왔지."

하루코 씨의 얼굴을 보고 헤실거리던 남자가 날 보자마자 노골적으로 언짢아하는 표정을 지었다. 인사하며 편의점 비닐봉지를 내밀자 낚아채듯이 빼앗아 속을 들여다보고 인상을 찌푸렸다.

"쳇, 순 싸구려뿐이네."

남자는 그렇게 말하며 집 안으로 들어갔다. 하루코 씨가 그 뒤를 이었고 나도 따라갔다.

집 안은 햇빛이 거의 들지 않아 동굴처럼 어두웠다. 집 안이 어떻게 생겼는지 짐작도 안 될 만큼 가재도구를 곳곳에 쌓아놨고, 향이라도 피웠는지 달짝지근한 냄새가 풍겼다.

"저기, 이 사람은 뭐 하는 사람인가요?"

앞서가는 하루코 씨에게 작게 귓속말하자 "난 이누이야. 머릿속에 잘 넣어둬." 하고 남자가 돌아보지 않고 말했다. 귀도 참 밝다.

"이누이하고는 이와키 교수님의 실험을 통해 안면을 텄지. 난 견학만 했지만 이누이는 피실험자로 참가했어."

하루코 씨가 쾌활하게 말했다. 초심리학자의 실험에 참가했다면 설마….

"이누이는 초능력자야."

하루코 씨가 아무렇지도 않게 꺼낸 말에 깜짝 놀랐다.

이누이는 쑥스러운 듯 코로 픽 웃더니 불 켜진 방으로 들어갔다. 뒤따라 들어가자 거기는 비교적 잘 정리된 약 3평 크기의 일본식 방이었다. 이누이는 바닥에 늘 깔아두는 듯한 이부자리에 앉아 츄하이를 마시기 시작했다. 난 하루코 씨를 따라 바닥에 흩어진 옷가지와 잡지를 밀어내고 앉았다.

"우리는 그 세대가 아니지만 옛날에는 초능력 소년으로 유명했었대. 봐봐."

하루코 씨가 가리킨 벽에는 잡지나 신문에서 오려낸 빛바랜 기사가 죽 붙어 있었다. '초능력 소년'이니 '숟가락 구부리기' 같은 글씨가 존재감을 나타내는 가운데, 이누이와 닮은 소년의 사진이 몇 장 눈에 띄었다.

"내가 붙인 거 아니야. 어머니가 모은 건데 버리기도 미안하잖아."

이누이가 부끄러운 듯이 말하고 더 위쪽을 가리켰다. 거기에는 안경 낀 여자 사진이 걸려 있었다. 영정사진인 듯했다.

"매스컴이 제멋대로 난리법석을 떨었어. 그런데 비슷한 시기에 주목받았던 다른 아이가 숟가락 구부리기로 사기를 쳤다는 사실이 들통났지. 그동안 실컷 비행기 태우던 놈들이 나까지 사기꾼 취급하면서 추락시켜 버리더라고."

이누이가 먼 곳을 보며 말했다. 마치 어제 있었던 일을 이야기하는 듯한 말투였다.

"숟가락으로 돈 벌어서 대궐 같은 집을 지어주겠다고 어머니에게 큰소리를 떵떵 쳤었는데."

영정사진을 바라보며 츄하이를 마시는 모습이 어쩐지 서글퍼 보였다.

"조직폭력배에게 죽을 뻔한 이야기도 해줘, 그게 걸작이니까."

하루코 씨가 꺼림칙한 소리를 했다. 이누이는 떨떠름한 표정을 지으면서도 입을 열었다.

"꽤 오래전 일인데, 알고 지내던 방송국 사람이 능력을 이용해 도박을 해보지 않겠느냐고 제안했지. 그리고 주사위로 홀짝 맞히기 도박을 하는 가와사키의 불법 도박장에 데려갔어. 긴가민가하면서 해보니 기가 막히게 잘 맞더라고. 돈 좀 만지겠구나 싶었는데 도박장을 운영하는 조직폭력배가 타짜로 단정하고 반쯤 죽도록 두들겨 팬 것도 모자라서 가지고 있는 돈을 몽땅 빼앗았어."

어디가 '걸작'인지 모르겠는 비참한 일화였지만, 하루코 씨는 "그렇게 되리라는 것도 능력으로 맞혔으면 됐을 텐데." 하며 깔깔 웃었다. 이 사람은 어쩐지 이상하다.

"그런 일도 있고 해서 더는 일본에 살기가 싫더군. 연줄에 의지해 페루로 수행하러 떠났어. 그런데 5년 전에 어머니가 돌아가시고 빈집만 남아서 돌아온 거야."

이누이가 츄하이를 들이켜고 빈 캔을 찌그러뜨렸다. 바로 다른 캔을 집어서 마시기 시작했다.

"저기, 수행이라 하시면 초능력을…?"

머뭇머뭇 물어보자 이누이는 귀찮다는 듯한 표정으로 부근의 선반장에 손을 뻗어 숟가락을 하나 꺼냈다.

"잘 봐."

이누이가 숟가락의 자루 부분을 손가락으로 문질렀다. 그러자 숟가락은 살아 있는 것처럼 변형되더니 자루 부분이 동그랗게 말렸고, 거의 구체처럼 변했을 때 이부자리에 힘없이 툭 떨어졌다.

내가 말문이 막혀 아무 말도 못 하자 이누이가 의기양양한 얼굴로 아까까지 숟가락이었던 구체를 건넸다. 일반적인 스테인리스 숟가락과 똑같은 감촉이었다. 도저히 힘으로 구부릴 수 있을 만한 강도가 아니었다.

이렇게 가까이에서 숟가락 구부리기를 본 건 처음이었다. 심장 박동이 빨라진 게 느껴졌다. 손바닥에 땀도 살짝 맺혔다. 이건 진짜다.

"이와키 교수님은 이 숟가락 구부리기를 검증하기 위해 실험하신 건가요?"

"아니, 그게 아니라 텔레파시 실험이었지."

텔레파시? 평소 같으면 코웃음 쳤겠지만, 숟가락 구부리기를 실제로 보고 나니 기대감이 솟구쳤다. 이누이라면 텔레파시도 가능하지 않을까 싶었다.

"그것도 한번 해볼까."

하루코 씨의 말에 이누이는 혀를 차면서도 다시 선반장을 뒤져 트럼프 카드를 꺼냈다. 거기서 카드 네 장을 뽑아서 내밀었다. 확인하자 네 종류의 에이스 카드였다.

가슴이 두근거렸다. 텔레파시가 정말로 가능할까?

"한 장 골라. 나한테는 보여주지 말고. 어떤 무늬를 골랐는지 마음속으로 강하게 생각해."

시키는 대로 한 장 골랐다. 스페이드다.

스페이드, 스페이드, 스페이드….

속으로 중얼거렸다.

이누이는 눈을 감고 의식을 집중하는 듯했다. 단번에 맞힐 것 같은 분위기가 느껴져서 나도 모르게 침을 꿀꺽 삼켰다.

"…하트로군."

체온이 조금 낮아진 것 같은 기분이었다.

"틀렸는데요."

내 말에도 이누이와 하루코 씨는 놀라거나 낙담하는 기색이 전혀 없이 아무렇지도 않은 표정이었다.

"한 번 더 해보자."

하루코 씨의 말에 다시 카드를 골랐다. 이번에는 다이아몬드다. 다이아몬드, 다이아몬드.

"…다이아몬드."

맞혔다. 굉장한… 건지도 모르지만, 한 번 틀린 후라서 그런지 순순히 감탄할 수 없었다.

"한 번 더."

하루코 씨가 또 시켜서 나는 한 번 더 카드를 뽑았다. 이번에는 틀렸다.

"뭐, 이런 거야."

이누이가 머리를 벅벅 긁으며 시큰둥하게 말했다. 척척 맞히기를 기대했던 만큼 아쉬움이 앞섰다.

"이와키 교수님의 실험 결과는 어땠나요?"

"학생과 이누이가 똑같이 통제된 상황에서 실험했고, 결과에는 유의미한 차이가 나타났어. 텔레파시는 실제로 존재할 수도 있겠지. 다만…."

앞으로 몸을 내미는 나를 제지하듯 하루코 씨가 손가락을 세웠다.

"그저 그래. 보잘것없어."

"네?"

이누이가 "뭐, 그렇지." 하고 웃었다.

실험은 다음과 같이 진행됐다고 한다. 텔레파시 송신자와 수신자는 각자 똑같은 사진을 네 장 가지고 있다. 송신자는 그중 한 장을 고르고 '어떤 사진을 선택했는지' 수신자에게 텔레파시를 보낸다. 수신자는 사진 네 장 중에서 송신자가 선택했다고 생각하는 사진을 고른다. 선택한 사진이 일치하면 성공이다. 두 사람은 각각 물리적으로 거리가 멀고 전파도 통하지 않는 방에 있으므로 정보를 일절 전달할 수 없다. 또한 사진도 엄중히 관리하기에 어떤 사진이 사용되는지 피실험자가 사전에 알아내기는 불가능하다.

"평범하게 생각하면 송신자가 무슨 카드를 선택했는지 수신자가 알아맞힐 확률은 4분의 1이야. 시행 횟수가 많으면 많을수록 대수의 법칙에 따라 결과는 4분의 1로 수렴되지. 그런데 말이야."

이누이가 송신이나 수신 중 하나를 맡으면 확률이 3분의 1까지 높아진다고 한다.

확실히 대단하다. 하지만 동시에 '보잘것없다'라는 말이 무슨 뜻인지도 이해가 갔다.

"통계를 무시한 확률로 맞히니까 초능력이 있다고 해도 무방하겠지. 하지만 그래봤자 3분의 1이야. 그 정도로는 아무 실용성도 없으니까 연구해 본들 의미 없는 셈이지."

3분의 2가 틀린다면 군사적 목적 등에 이용하기도 불가능하리라.

"그런 이유로 자금 지원이 끊겨서 실험이 중단되는 경우가 흔해. 뭐, 이와키 교수님의 연구실에서는 그래도 끈질기게 실험을 계속하고 있지만."

그렇지만, 하고 이누이가 끼어들었다.

"ESP 능력자가 송신자와 수신자를 맡으면 적중률이 훨씬 높아진다고."

"ESP요?"

하루코 씨가 들어본 적 없느냐며 웃었다.

"Extra-sensory Perception의 약자야. 흔히 '초감각적 지각'이라는 식으로 번역되지. 텔레파시나 투시 같은 능력을 가리켜. 여기에 사람을 나타내는 'er'을 붙이면?"

에스퍼인가.

"뭐, 에스퍼는 속칭이지만."

이누이가 귀찮다는 듯한 표정으로 말했다.

"텔레파시 실험에서는 수신자의 ESP 능력만 중요하고 송신자는 누가 맡아도 상관없다는 게 정설이야. 하지만 이누이는 송신자로서도 결과에 영향을 줄 수 있어. 그래서 이누이가 송신자를 맡고, 다른 ESP 능력자가 수신자를 맡으면 적중률이 크게 상승하는 거지."

어쩐지 잘 모를 이야기로 흘러갔지만, 이누이 본인은 자랑스러워하는 기색이었다.

"그리고 우리 같은 사람은 환경만 좋으면 ESP 능력을 훨씬 잘 발휘할 수 있어. 3분의 1 같은 허접한 수준이 아니지. 백발백중이라고. 이봐, 후쿠라이 도모키치와 미후네 지즈코의 이야기는 알지?"

후쿠라이 도모키치는 제2차 세계대전 이전에 초능력을 연구했던 인물이던가. '천리안'으로 불리던 미후네 지즈코라는 능력자와 유명한 투시 실험을 했다. 하지만 미후네 지즈코는 미디어 앞에서 진행된 공개 실험에 실패했고, 훗날 스스로 목숨을 끊었다. 소설 『링』의 소재로도 사용됐다는 실화다.

"난 미후네 지즈코의 심정을 이해해. 명필은 붓을 탓하지 않는다지만, ESP는 붓을 엄선하거든."

하루코 씨가 설명을 이어받았다.

"미후네 지즈코는 여러 사람이 지켜보는 환경에서는 능력을 발휘하지 못했어. 이건 현재의 ESP 능력자에게서도 확인되는 현상인데, 실제로 이와키 교수님이 데려온 능력자 중에도 카메라를 돌리면 능력을 제대로 발휘하지 못하는 사람이 있었어. 사람에 따라 능력을 발휘하기 힘들거나, 반대로 발휘하기 쉬운 환경이 있다는군."

"나한테는 밤바다가 최고의 환경이야. 페루에서 수행하다가 깨달았지. 어두운 물가가 집중력을 높여줘. 예를 들어 아까 카드 맞히기 같은 경우는 말이지."

이누이 말에 따르면 텔레파시로 송신된 이미지는 머릿속에 사진처럼 떠오른다고 한다. '스페이드'라고 생각한 순간 송신자는 무의식적으로 머릿속에 스페이드 무늬를 떠올린다. 수신자는 그 이미지를 받아들이는 셈인데, 평소는 흐릿한 사진밖에 나타나지 않는다. 스페이드와 클럽이 똑같아 보이기도 한다. 복잡한 무늬는 더 알아보기 힘들다. 하지만 자신에게 알맞은 환경에서는 사진이 좀 더 뚜렷하게 나타난다고 한다.

그렇다고 해서 밤바다나 호수에서 실험할 수도 없는 노릇이다. 열린 공간에서는 정보를 완벽하게 차단할 수 없으므로, 성공해도 실험의 정당성을 인정받기 힘들다.

현재 초능력의 위상이 어떤지는 그럭저럭 이해했다.

신기하게도 초자연현상과 비슷한 듯했다. 실제로 존재하는지도 모르지만 보잘것없다. 카메라를 돌리면 잘 발현되지 않는다.

"자, 즐거운 초능력 강의는 이쯤에서 끝내고, 본론으로 들어갈까."

그렇다, 여기에는 오컬트에 관련해 의견을 들으러 왔다.

"이누이는 괴담이나 요괴 쪽도 잘 알지?"

"옛날 인맥 덕분에 그쪽 분야 편집자에게 줄이 있으니까 입에 풀칠하기 위해 글쟁이 흉내를 내기도 하지. 다소는 알아."

"그럼 이 이야기에 가까운 괴담이 있는지 알아봐 줘."

하루코 씨의 재촉에 나는 카렌 씨에게 들은 이야기를 이누이에게 전달했다. '철퍽'이라는 괴상한 소리, 비릿한 개골창 냄새, 수수께끼의 구정물…. 그리고 기리야마 가에데의 괴담도 영상으로 보여주었다. 외장하드는 구라모토에게 넘겼으므로 노트북 화면을 스마트폰으로 촬영해서 해상도가 낮은 영상이었지만, 이누이는 스마트폰 화면을 뚫어지게 들여다보았다.

화면 속에서 기리야마 가에데가 이야기를 시작했다. 그다지 크지는 않지만 신기하게도 잘 들리는 목소리가 스피커를 통해 이누이의 집에 울려 퍼졌다.

당신을 부르고 있습니다.

난 어두운 물속에 있습니다. 어둡고 위험한 곳에서 당신을 기다리고 있습니다.

난 당신 곁으로 찾아갑니다. 당신을 물속으로 데려가기 위해.

당신은 내 무시무시한 모습을 보고 제정신을 유지하지 못할지도 모릅니다.

제정신을 잃은 당신 곁에 난 몇 번이고 모습을 드러냅니다.

그리고 당신은 드디어 내가 있는 물속으로 옵니다.

그것이 내가 할 수 있는 유일한 일이기 때문입니다.

늘 빛과 함께 계십시오..

영상 속 기리야마 가에데가 무대에서 내려갔다.

"잘 모를 이야기로군. 키워드는 '물속'인가?"

이누이는 츄하이를 꿀꺽꿀꺽 들이켠 후 말했다.

"유령이 물을 남긴다는 이야기는 흔해. 택시에 탄 손님이 유령이고, 손님이 사라진 후 시트가 흠뻑 젖어 있더라는 이야기가 유명하지."

그 괴담이라면 나도 안다. 분명 비 내리는 날이 무대인 이야기였을 것이다. 요즘 비가 자주 내린다. 비와 이상한 소리의 상관관계를 조사해 보는 것도 한 가지 방법일지 모르겠다.

"그리고 후쿠시마현이었나. '효우론'이라는 요괴가 있어. 호수에 살면서 쓰레기를 버린 인간을 물속으로 끌고 가는 요괴지."

“이번에는 그런 친환경 요괴의 소행이 아닐 것 같은데.”

하루코 씨가 불만스럽게 말하자 이누이는 껄껄 웃었다.

“뭐, 일단 조사해 볼게. 더 비슷한 이야기가 있을지도 몰라.”

“고마워.”

이누이가 구체처럼 똘똘 뭉친 숟가락을 바닥에서 주워서 내던졌다. 숟가락이었던 물건은 둔탁한 소리와 함께 몇 미터 앞의 쓰레기통에 떨어졌다.

그날부터 한동안 하루코 씨와 나는 산겐자야를 방문했다.

주말은 두세 시간. 평일은 업무가 끝나고 늦은 밤에 한 시간 정도. 매일 옷장에 어둠을 만들고 기록했다.

하지만 초자연현상은 일어나지 않았다.

지금까지도 조사에 나서면 현상이 좀처럼 관측되지 않는 경우가 많았다. 심할 때는 한 달 가까이 빈집에 드나든 적도 있었다. 그래서 우리는 이런 사태에도 익숙했지만 카렌 씨는 헛걸음하게 해서 미안하다며 거듭 사과했고, 비싸 보이는 양과자와 스타벅스의 디카페인 커피를 매일 사주었다.

“고시노, 큰일이야. 이러다 살찌겠어.”

하루코 씨는 그렇게 말하면서도 매일 양과자를 맛있게 먹었다.

상황에 변화가 생긴 건 수요일 밤이었다.

두 시간쯤 조사했지만 아무 일도 일어나지 않아서 이만 철수하려는데 카렌 씨가 머뭇머뭇 말을 꺼냈다.

"저기, 아직 시간 괜찮으실까요?"

"네, 물론이죠."

우리는 거실 식탁에 둘러앉았다.

"좀 생각해 봤는데요. 두 분이 조사를 시작한 뒤로 소리가 딱 끊기다니, 역시 누군가 장난친 게 아닐까 싶어서요."

우리가 빈번하게 드나드는 모습을 보고 장난을 그만둔 게 아니겠느냐는 것이 카렌 씨의 생각인 듯했다.

"그렇게 말씀하시는 걸 보니, 누군가 짚이는 사람이 있나 보군요?"

하루코 씨가 묻자 카렌 씨는 약간 망설이는 기색을 보이다가 "네." 하고 고개를 끄덕였다.

"에이, 그런 건 빨리 말씀하셔야지."

"죄송해요. 그냥 제 착각일지도 몰라서요. …실은."

철퍽.

어, 하고 나도 모르게 목소리가 새어 나왔다. 그 이상한 소리다. 침실 쪽에서 들렸다.

놀라서 얼굴만 마주 보는 나와 카렌 씨를 놓아두고 하루코 씨가 침실로 뛰어갔다. "고시노, 찍어." 하는 목소리에 나도 정신을 차리고 서둘러 따라갔다.

'젖은 천을 바닥에 내리치는 듯한 소리'라고 카렌 씨는 표현했는데, 과연 그 말대로였다. 다만 상상했던 것보다 훨씬 불쾌하고 무시무시한 소리였다.

"이것 좀 봐."

침실에 도착하자 하루코 씨가 늘어놓은 장비 앞에서 고개를 갸우뚱했다.

"난 안 건드렸어."

옷장을 향해 설치한 카메라 두 대가 고개를 숙인 것처럼 바닥을 향한 상태였다. 삼각대에 스토퍼가 달려 있어서 누군가 손을 대지 않는 한 멋대로 움직일 리 없다.

살펴본 결과 옷장 안쪽에 이상은 없었다. 스마트폰 손전등으로 구석구석 비추면서 '구정물'이 한 방울이라도 떨어져 있지 않나 조사했지만, 눈에 띄지 않았다.

"아까 그게 카렌 씨가 들었다는 이상한 소리죠?"

"네, 틀림없어요."

"…영상을 확인해 보자."

녹화와 녹음 기능은 작동 중이었으니까 뭔가 기록됐을 것이다. 카메라 한 대를 삼각대에서 떼어내고 본체에 딸린 작은 모니터를 재생 화면으로 전환했다. 바로 그때였다.

철퍽.

거실 쪽이었다.

나는 또 굳어버렸지만 하루코 씨는 즉시 바닥을 박차고 뛰어갔다.

몇 초 늦게 거실로 돌아가자 뒤에서 카렌 씨의 외마디 비명이 들렸다. 싱크대 하부장을 비추기 위해 주방에 놓아둔 조명 기구가 꺼져 있었다. 그리고 주방 바닥에 생긴 작은 어둠 속에 탁한 녹색 물웅덩이가 보였다.

말로만 들었던 '구정물'이었다.

"이 냄새…."

하루코 씨가 중얼거렸다. 아까부터 겨울에 방치된 수영장에서 날 법한 희미한 비린내가 코를 스쳤다. 이게 카렌 씨가 말했던 '개골창 냄새'인가.

마침내 현상이 발생했다.

흥분과 동요로 등에 땀이 흘렀다.

"아까 침실로 뛰어갈 때 누가 코드에 걸린 걸까."

하루코 씨가 바닥에 늘어진 전원 코드를 들고 말했다.

전원이 꺼진 조명 기구에 달린 코드다. 침실로 이어지는 동선을 가로지르는 형태로 벽의 콘센트에 꽂혀 있던 플러그가 빠졌다. 다리가 걸렸나 싶어 기억을 더듬어보았지만, 아까 침실의 이상한 소리에 정신이 팔린 탓에 잘 기억나지 않았다.

"현상이 계속될지도 모르겠네. 집 안의 조명을 확인하자."

"알겠습니다."

크게 동요한 카렌 씨를 소파에 앉히고 나와 하루코 씨는 집 안을 둘러보았다. 불이 꺼진 곳은 없었고, 이상한 소리도 멈춘 듯했다. 냄새도 어느 틈엔가 사라졌다.

"기록을 확인하자."

하루코 씨는 놀랄 만큼 침착했다.

지금까지도 초자연현상을 몇 번 목격하긴 했지만, 주방에 생긴 물웅덩이처럼 확실한 물질이 나타난 적은 처음이었다. 현상이 발생하고 몇 분 지났지만 여전히 심장이 빠르게 뛰었다.

일단 옷장을 향해 설치했던 카메라 두 대의 녹화 파일을 확인했다.

한 대는 차에서 모니터로 지켜보았던 일반적인 비디오카메라고, 다른 한 대는 어두운 곳을 찍기 위한 적외선카메라였다.

"뭐야, 이게?"

기묘한 영상이 녹화돼 있었다.

옷장을 촬영하고 있던 카메라 두 대가 거의 동시에 천천히 아래로 내려가다가 완전히 바닥을 향한 순간, '철퍽' 하고 소리가 났다. 흡사 소리를 낸 뭔가가 영상으로 찍히기 싫어서 카메라를 움직인 듯한 느낌이었다.

나는 무심코 침을 꿀꺽 삼켰다.

"다른 기록은 어때?"

마이크는 이상한 소리를 선명하게 잡아냈다.

그 앞뒤로 뭔가 다른 소리가 들리지 않는지 귀를 기울이자, '철퍽' 하고 소리가 나기 직전에 뭔가가 문질리는 듯한 소리가 들렸다. 아마도 카메라가 움직였을 때 난 소리이리라. 그 외에 이상한 소리는 기록되지 않았다.

"이래서는 잘 모르겠는데."

"다음부터는 빔포밍[2] 기능이 있는 마이크로 바꿔보죠. 소리가 어디서 발생했는지 확인할 수 있을지도 몰라요."

열감지 카메라는 소리가 난 순간에 옷장을 찍었지만, 유의미한 온도 변화는 나타나지 않은 듯했다.

전자파 측정기의 로그에는 약간 변화가 있었다. 하지만 공동주택에서는 다양한 곳에서 전자파가 발생하므로, 수치상 현상에 관계가 있다고 단언하기는 힘들었다.

"만약을 위해 전부 이와키 교수님에게 보내자."

"알겠습니다."

가져온 노트북에 데이터를 옮기고, 현상이 발생하기 1분쯤 전부터 데이터를 잘라냈다. 그러다가 마음에 걸리는 광경을 발견했다.

"이것 좀 보세요. 카메라가 아래를 향하기 30초쯤 전인데요."

옷장 속을 비추던 영상이 갑자기 전체적으로 흐려졌다가 2초쯤 후에 원래대로 돌아왔다.

"오토포커스 모드로 설정해 둬서 초점은 자동으로 맞춰질 겁니다. 어두운 곳에서는 안정되지 않을 때도 있지만, 지금까지 몇 시간이나 초점이 맞다가 이 순간에만 초점이 어긋나는 건 이상한데…."

---

2 원하는 방향의 음성만 집중해서 받아들이고 주변 잡음을 줄이는 기술.

"원인을 찾는다면?"

"일반적으로는 밝기가 달라졌거나 피사체가 움직인 거겠죠."

하루코 씨가 미간에 주름을 잡고 말했다.

"예를 들면 뭔가가 카메라 앞을 지나갔다든가."

4

창문으로 비쳐 드는 아침 햇살이 이렇게까지 고마워 보인 적이 있었을까.

나는 인스턴트커피를 세 잔 타서 소파에 축 늘어져 있는 아시야 씨와 고시노 씨 앞에 한 잔씩 내려놓았다.

"감사합니다. 30대가 되니 밤새우는 것도 힘드네요."

아시야 씨가 쓴웃음을 지으며 말하더니 "넌 젊으니까 정신 똑바로 차려야지." 하고 옆에서 하품을 씹어 삼키는 고시노 씨를 팔꿈치로 툭 쳤다.

어제 두 사람은 집 여기저기에 카메라와 마이크를 설치하고 불침번을 섰다. "카렌 씨는 주무세요."라고 했지만 그럴 수는 없는 노릇이라 결국 나도 아침까지 뜬눈으로 시간을 보냈다. 또 눈 밑에 다크서클이 진하게 생길 듯했다.

그 후로는 괴현상이 일어나지 않았다.

그래도 어제 며칠 만에 그 소리를 듣자 등골이 얼어붙었다. 이제 더는 괴현상이 발생하지 않는 것 아닐까 기대했는데, 대번에 지옥으로 떨어진 기분이었다. 소리 자체도 무섭지만, 언제 소리가 날지 모르는 상황이 다시 돌아와서 정신적으로 힘들었다.

동시에 아주 약간이나마 안도했다.

두 사람을 부른 후로 괴현상이 전혀 발생하지 않아서 조금 초조했다. 매일 밤 아무 수확 없이 돌아가는 두 사람에게 미안하기도 했지만, 무엇보다 그 소리가 나에게만 들리는 게 아닐까 하는 걱정이 고개를 쳐들어서 두려웠다.

어젯밤은 아시야 씨가 주방에 나타난 그 물을 작은 병에 담는 모습을 보면서, 지금까지 일어난 괴현상이 환각은 아니었다는 것에 어렴풋한 안도감과 확실한 공포를 느꼈다.

아시야 씨는 수돗물과 싱크대 트랩에 고인 물, 욕조에 남은 뜨거운 물, 화장실 물 등 우리 집에 존재하는 물이라는 물을 모조리 작은 병에 담았다. 그것들을 제휴 관계인 연구실에 보내서 자세하게 검사하겠다고 했다.

기나긴 밤을 보내는 동안 두 사람과 지금까지보다 더 많은 이야기를 나누었다.

어쩐지 두 사람의 성격과 관계성을 알 것 같았다.

아시야 씨는 팔다리가 길고 얼굴이 작은 데다 곁에 나란히 있기가 싫을 만큼 몸매도 좋아서 얼핏 보면 가까이하기 힘든 분위기지만, 이야기를 하면 할수록 겉과 속이 다르지 않고 친근한 사람이라는 걸 알 수 있었다. 분명 '평생 남들의 이해와 관용 속에서 살아왔을' 인간이라는 것도.

천지를 분간할 무렵부터 이성에게 인기가 있었을 테고, 학창 시절에는 남자 교사나 상급생에게 다소 무례하게 굴어도 미모와 애교 덕분에 다 용서받았으리라. 그러한 성공 체험이 쌓이면서 얻은 자신감이, 성인이 된 지금도 주변 사람에게 사랑받는 인간성을 획득하는 데 기여한 것 아닐까.

아시야 씨를 그런 식으로 보는 건 나도 그리 다르지 않은 인생을 살아왔기 때문이다.

영국인 할머니의 피를 많이 물려받았는지 남매 중에서도 나만 유독 코카서스 인종의 얼굴로 태어났다. 그 때문에 괴로웠던 적도 적지는 않았지만 종합적으로 판단하면 이 얼굴에 감사해야 할 상황이 더 많았다.

한편 고시노 씨는 본인에게 전혀 자신이 없는 듯했다. 생긴 것도 체격도 나쁘지 않지만 항상 부정적으로 보이는 탓에 연약한 인상이었다. 아마도 지시하지 않으면 행동하지 않을 테고, 필요 이상으로 주변의 시선을 신경 쓰는 유형이리라. 도움을 받는 입장에서 할 말은 아니지만, 저런 부하 직원은 밑에 두고 싶지 않았다.

그런 그에게 아시야 씨는 이상적인 상사일 것이다. 늘 당당하고, 고시노 씨가 우물쭈물하는 일을 뭐든지 금방 결정해 준다. 고시노 씨는 아시야 씨를 존경하거나 연모하는 게 아니라

숭배하고 의존하는 것 아닐까.

"자, 회사에 가볼까. 가기 싫지만."

아시야 씨가 커피를 다 마시고 일어서서 말했다.

"장비는 두고 갈게요. 오늘 밤도 와도 괜찮을까요?"

"네, 물론이죠. 하지만 두 분 다 너무 무리하지는 마시고요."

나도 몸 상태는 최악이지만 출근해야 한다. 우리 회사 쪽 실수로 고객과 말썽이 생겼으므로 사죄하고, 재발 방지를 위해 업무 절차를 손봐야 했다. 부하 직원이 태만했던 탓에 실수했다는 사실이 판명됐으므로, 오늘은 아침부터 본인과 일대일로 면담도 해야 한다. 본의는 아니지만 말을 좀 독하게 해야 할지도 모른다.

부장이 되고 나서 거의 내가 바란 대로 팀을 구성해 왔지만, 이런 일이 생기면 아직도 미흡한 점이 남아 있다는 걸 실감한다.

"저기, 마음에 걸리는 점이 하나 있는데요."

고시노 씨의 말에 그쪽으로 고개를 돌렸다.

"그 구정물… 이런 식으로 구체적인 물체가 나타나는 상황은 저희도 별로 경험해 보지 못했거든요. 그러니까 어쩌면 초자연현상이 아니라 역시 사람의 짓 아닐까 싶어요."

대뜸 무서운 소리를 했다.

제삼자가 집 안에 숨어 있을 가능성을 생각해 보지 않은 것은 아니었다. 하지만 살아 있는 인간이 우리 눈에 띄지 않게 실내를 돌아다니며 소리를 내거나 물을 뿌릴 수 있을까. 그 의문을 꺼내자 고시노 씨가 손가락을 세웠다.

"이 맨션, 리모델링하긴 했지만 건물 자체는 오래됐잖아요. 그러니까 위쪽에 꽤 넓은 공간이 있을 겁니다."

고시노의 손끝을 좇아 천장을 올려다보았다. 천장 위에 누군가 숨어 있을지도 모른다는 뜻이리라. 그러고 보니 최근에 사람이 천장 위를 기어다니는 모습을 어디선가 봤다. 그렇다, 아시야 씨와 고시노 씨가 천장 위에 방음 매트를 까는 모습을 담았던 그 영상이다. 어쩌면 고시노 씨도 그 영상이 떠올라서 이런 말을 꺼냈는지도 모른다.

"한번 살펴봐도 될까요?"

아시야 씨가 하품 섞인 목소리로 말했다. 반신반의하긴 했지만, 승낙하고 두 사람을 점검구가 있는 세면실로 안내했다.

고시노 씨가 거실에서 가져온 식탁 의자에 올라가서 점검구를 열었다. 천장 위에 고개를 디밀고 손전등으로 주변을 비췄다.

"어때? 뭔가 보여?"

아시야 씨가 묻자 고시노 씨는 긴장한 기색으로 고개를 꺼냈다.

"사람이 지나다닌 흔적이 있습니다! 전체적으로 먼지가 쌓였는데 이 부근만 누군가 기어다닌 것처럼 먼지가 없어요!"

예상치 못한 사태에 한순간 당황했지만, 바로 어떤 사실이 생각나서 힘이 쭉 빠졌다.

"그거 분명 해충 퇴치업자일 거예요. 최근에 천장 위를 봐달라고 했거든요."

어, 하고 고시노 씨가 눈에 띄게 어깨를 축 늘어뜨렸다. 사전의 '낙담'이라는 항목에 예시로 실을 수 있을 만한 모습이라 조금 미안했다.

"천장 위는 아니더라도요."

뜻밖에도 아시야 씨가 진지한 얼굴로 말을 꺼냈다.

"인간이 배후에 있을 가능성은 저도 고려했어요. 그래서 말인데요, 어젯밤에 그 소리가 들리기 직전에 저희한테 뭔가 말씀하려고 했었죠."

아아, 그 이야기….

분명 말하려고 했는데 그 소리가 나서 흐지부지됐다. 내게 못된 장난을 칠 가능성이 있는 인물에 관한 이야기였다.

"이야기가 좀 길어질 텐데 시간은 괜찮으세요?"

"네, 아직 여유롭습니다. 그런데 커피 한 잔 더 주시겠어요?"

두 사람에게 들려주려 했던 건 파견사원 이노우에에 관한 이야기였다.

그는 영업부에서 지원 업무를 담당하는 파견사원 중 한 명이었다. 당시 나는 다섯 명으로 이루어진 팀의 팀장이었고, 이노우에가 우리 팀을 지원했다.

지시한 일은 완벽하게 해냈고 다른 팀원들과도 원만하게 지내는 듯했다. 의욕도 넘쳐서 "뭔가 도와드릴 일 없을까요?" 하고 물어봤고, 나도 자주 업무를 맡겼다.

이상하다고 느낀 건 어느 날 저녁이었다.

"다카야마 씨, 수고 많으십니다. 케이크 사놨으니 드세요."

자리에 앉아 있는데 이노우에가 느닷없이 회사 공용 냉장고에 케이크를 넣어뒀다고 말하고 퇴근했다. '웬 케이크?' '왜 지금?'이라는 의문과 함께 냉장고를 열어보자 우글쭈글한 비닐봉지에 "다카야마 씨 것"이라고 적힌 포스트잇이 붙어 있었다. 속에는 양과자점에서 산 듯한 쇼트케이크가 들어 있었다.

이런 케이크는 상자에 담아서 줘야 하는 것 아닌가? 그게 제일 먼저 떠오른 의문이었다. 그러고 나서 잘 생각해 보니 애당초 이노우에에게 케이크를 받을 이유도 없었다.

봉지 속의 케이크가 어쩐지 꺼림칙해 보여서 케이크에게는 미안하지만 봉지째로 집에 가져가서 버렸다.

다음 날, 어쩌면 거래처에서 받은 케이크를 가져왔는지도 모른다는 생각이 들었다.

"어제는 고마웠어. 그 케이크는 뭐야?"

애써 아무렇지도 않은 척 물어보자 이노우에는 활짝 웃는 얼굴로 대답했다.

"제가 좋아하는 케이크예요. 다카야마 씨가 늘 잘해주시니까 보답으로."

그냥 선의에서 비롯된 행동일 것이라 받아들였지만, 작은 위화감이 남았다.

그걸 계기로 이노우에가 내게 걸핏하면 먹을 걸 주기 시작했다.

여행지에서 산 선물이라는 둥 유명한 근처 화과자점에서 산 과자라는 둥, 한 주에 한 번꼴로 뭔가를 가져왔다. 그런데 늘 알맹이만 꺼내서 준다는 점이 마음에 걸렸다.

원래는 개별 포장됐을 과자까지 포장지를 뜯은 상태로 준다. 포장지를 벗긴 쿠키를 티슈에 감싸서 줬을 때는 그야말로 말문이 막혔다. 실은 나 말고 다른 사람에게도 주나 싶어 팀원들에게 넌지시 물어봤지만, 그렇지는 않은 듯했다.

과자를 받긴 했지만 아무래도 먹기가 꺼려져서 집에 가져가서 버렸다. 하지만 점점 그러기도 귀찮아진 데다 음식을 버린다는 죄책감이 커졌으므로, 어느 날 이노우에 본인을 불러서 먹을 걸 그만 가져오라고 했다.

나는 간식을 먹지 않으니 선물을 사 올 거면 팀원들에게 주는 게 어떻겠느냐는 식으로 둘러서 말하자 "생각이 모자랐습니다." 하고 과도하게 사과했다.

그걸 계기로 간식 공세는 멈췄지만 이번에는 '채팅 공세'로 바뀌었다.

사내에서 간단한 대화에 사용하는 채팅 프로그램으로 이노우에가 툭하면 쪽지를 보내기 시작했다.

게다가 내용은 "수고 많으십니다."라는 딱 한 마디뿐.

이쪽도 "고생이 많네요." 하고 답하면 그 후에 업무상 용건이나 질문이 이어진다. 하지만 그것도 이노우에가 알아서 판단할 수 있을 사소한 내용이 대부분이었고, 무엇보다 이쪽에서 인사를 받아주지 않는 한 본론을 꺼내지 않는 것이 스트레스였다. 업무상 필요한 대화도 포함돼 있어 마냥 무시할 수도 없었다.

참다못해 이노우에도 참석한 팀 회의에서 채팅할 때는 용건을 제일 먼저 말하라고 주의를 주었지만, 자신에게 하는 말인 줄 모르는 건지 계속 같은 식으로 채팅을 보냈다.

하는 수 없이 이번에도 본인을 직접 불러서 주의를 주자 또 과도하게 사과해서 어쩐지 마음이 불편했다.

그런 일들 때문에 이노우에가 완전히 거북해졌다. 엘리베이터도 같이 타기 싫을 정도로.

그리고 1년쯤 전에 있었던 일이 결정타였다.

그날 늦은 밤, 회식을 마치고 술기운이 오른 상태로 산겐자야를 걸어서 집으로 가다가 맨션에서 수십 미터쯤 떨어진 곳에 혼자 서 있는 이노우에를 발견했다.

술이 확 깼다. 바로 멈춰 선 나를 이노우에가 보았다.

"…이 부근에 사시는군요…."

이노우에가 환히 웃으며 그렇게 말했다. 가로등 불빛에 비친 그 얼굴은 그저 으스스할 따름이었다.

그 후에 내가 어떻게 했는지는―인사를 받아줬는지조차도―잘 기억나지 않는다. 다만 그대로 집에 들어가기가 싫어서 맨션 앞을 지나쳐 시부야의 비즈니스호텔에서 하룻밤 묵은 기억이 있다.

"그 스토커가 장난질로 괴롭히는 거라고요?"

아시야 씨가 묻길래 머뭇거리면서도 고개를 끄덕였다.

막상 '스토커'라는 말로 표현하자 이노우에가 정말로 그런 존재였는지 자신이 없어졌다. 간식도 채팅도 불쾌하기는 했지만 사소한 일이었고, 산겐자야에도 마침 그날 올 일이 있었는지도 모른다. 무엇보다 이노우에는 그 외의 방법으로 내게 호감을 드러낸 적이 전혀 없었다. 밥을 같이 먹자거나 하는 식으로 직접 치근거리지는 않았다.

그렇기에 이 이야기를 다른 사람에게 꺼내기는 망설여졌다.

만약 내 착각이라면 그만큼 꼴사나운 일은 또 없다.

"하지만 카렌 씨가 뭔가 조치에 나선 건 아니시잖아요? 호의를 거절당했다고 해서 원한을 품을 것 같지는 않습니다만."

고시노 씨의 지적에 더더욱 말을 꺼내기가 난감해졌다.

"1년쯤 전에 승진했는데요, 마침 그 시기에 회사에서 파견사원 한 명의 계약을 해지하라고 명령했어요."

경기 침체로 일시적으로 실적이 나빠져서 파견사원을 자르기로 한 것이다.

아프다는 이유로 자주 결근하는 중년 여성이 후보로 거론됐지만, 내가 이노우에의 계약을 해지하는 방향으로 밀어붙였고

곧 그 희망은 이루어졌다. 이노우에가 일은 잘하는 편이었으므로 여러 가지 억측이 사내에 나돈 듯했지만 내 알 바 아니었다.

"결과적으로 계약을 해지하기로 결단한 건 저였죠. 그래서일지도 모르겠네요."

내가 이노우에를 자르자고 밀어붙인 건 덮어두기로 했다.

두 사람은 석연치 않은 듯한 표정이었다.

"일단 그 녀석이 지금 어떻게 지내고 있는지 알아보자."

아시야 씨는 알고 지내는 탐정 구라모토에게 조사를 의뢰하겠다고 했다.

스토커라는 말을 속으로 다시 곱씹어 보았다.

돌이켜보면 지금까지 살면서 남성이 탐탁지 않은 형태로 호의를 드러낸 적이 몇 번 있었다. 대학생 때는 실제로 스토킹이나 다름없는 짓을 한 남자도 있었다. 아시야 씨가 꺼낸 '스토커'라는 단어가 마중물이 돼서 그런 기억이 새록새록 떠올랐다.

하지만 괴현상의 배후에 이노우에가 있다는 사실이 확인되더라도, 그것만으로 모든 문제가 해결될 것 같지는 않았다. 구정물이나 이상한 소리 등의 괴현상을 과연 혼자서 일으킬 수 있을까.

갑자기 아시야 씨의 스마트폰이 울렸다.

화면을 확인한 아시야 씨가 만족스럽게 웃었다.

"호랑이도 제 말 하면 온다더니, 구라모토의 조사에 진전이 있었나 봐."

5

밤을 새우고 나서 일하려니 죽을 맛이었다.

메일 주소를 틀리고, 정례회의 시간에 졸고, 이나모리 씨에게 혼나고, 하루코 씨에게 두둔을 받으며 겨우 하루를 보냈다.

그날 밤, 구라모토가 불러낸 곳은 신바시의 사무실이 아니라 오쿠마 대학교 캠퍼스였다.

"어쩐지 불길한 예감이 드는데."

오쿠마 대학교 정문이 보이자 하루코 씨가 눈을 가늘게 뜨고 말했다. 그 시선을 따라가자 오컬트 연구회 부대표 다치바나가 팔짱을 낀 채 우뚝 서 있었다.

"아니, 이건 이야기가 다르잖습니까!"

머뭇머뭇 다가간 우리에게 다치바나가 뭔가를 쓱 내밀었다. 지난번에 우리가 신분을 사칭하기 위해 건넸던 방송국 피디의 명함이었다.

"불길한 예감이 적중했네."

다치바나가 화내는 것도 당연하다.

"구라모토 씨에게 다 들었습니다. 당신들 유튜버라면서요? 거짓말로 개인정보를 빼내다니, 그건 범죄예요, 범죄."

"시끄러워. 범죄? 내가 무슨 법률을 위반했는데? 말해봐, 인마."

무슨 초등학생 싸움도 아니고. 다치바나는 하루코 씨의 서슬에 기가 죽었는지 반 발짝 뒤로 물러났다.

"구, 구라모토 씨 일행이 기다리고 있으니 따라와요."

다치바나는 얼른 몸을 돌려 부리나케 걸어갔다. 우리도 뒤따라갔다.

"거짓말한 건 내가 사과할게요. 하지만 협력은 해주는 거죠?"

내가 말을 걸자 다치바나는 돌아보지 않고 대답했다.

"당연하죠. 진짜 괴현상을 접할 기회는 좀처럼 없으니까요."

하루코 씨가 오타쿠 같으니라고, 하고 중얼거렸다. 다치바나의 귀에 들어가지 않았기를 바랐다.

다치바나는 우리를 오컬트 연구회 동아리방으로 데려갔다. 문을 열자 구라모토와 이누이가 있었다.

"이누이는 내가 불렀어."

하루코 씨가 내게 설명했다. 이누이는 빨빨거리며 방을 이리저리 돌아다니고 있었다. 연구회 대표가 심령 스폿에서 가져온 전리품이라던 프랑스 인형과 수수께끼의 병이 흥미로운 모양이었다.

"그거, 너무 만지작거리지 마세요. 대표 이시무라 씨 물건이라서요."

다치바나가 주의를 주었지만 신경 쓰는 기색은 없었다.

우리가 소파에 마주 앉자 구라모토가 서류 다발을 테이블에 펼쳤다.

"여기 있는 다치바나는 아주 우수한 학생이야. 사정을 솔직하게 밝혔더니 여러모로 협력해 줬어."

구라모토가 '솔직하게'를 강조해서 말했다. 다치바나는 구라모토의 칭찬이 싫지는 않은 표정이었다.

"일단 아쉬운 소식부터. 기리야마 가에데의 행방은 아직 알아내지 못했어."

뭐야, 하고 하루코 씨가 한숨을 쉬었다.

"그건 나중에 자세하게 설명할게. 오늘 불러낸 건 기리야마 가에데가 괴담을 떠안긴 사람을 다섯 명 모두 알아냈기 때문이야."

오오, 하고 하루코 씨가 환성을 질렀다.

기리야마 가에데는 매번 관객 한 명과 눈을 마주친 채 '당신'이라는 이인칭으로 시작되는 괴담을 들려주었다. 그걸 두고 '괴담을 떠안겼다'라고 표현하니 가슴에 딱 와닿았다.

"어떻게 한 거야?"

"관객은 대부분 오컬트 연구회 동아리원의 지인이야. 다치바나의 협력을 받아서 한 명씩 확인했지."

"한 명씩이라고 해도 수가 꽤 많은데?"

"관객 명부도 있었고, 다행히 대상자 모두 설문에도 응했어. 정보가 전혀 없는 건 아니었지. 그리고 커다란 힌트가 하나 더 있었어. 하지만 그 전에 일단 이것부터 보여줄까."

여기 다섯 명이야, 하고 구라모토가 이름이 적힌 종이를 내밀었다.

제1회 미요타 데쓰야(55세) 괴담 마니아

제2회 오야 쇼코(28세) 회사원

제3회 사카키 겐타(20세) 대학생

제4회 가미야마다 신지(21세) 대학생

제5회 시게노 다카시(37세) 무직

그리고 여섯 번째가 카렌 씨인 셈이다.

"그런데 이 사람들과는 접촉했어?"

하루코 씨가 묻자 구라모토는 숙연한 표정을 지었다.

"그게 말이야, 이 다섯 명은 각자 괴담을 듣고 나서…."

구라모토가 짧게 숨을 내뱉었다.

"약 한 달 후에 실종됐어."

뭐라고…?

"실종? 그게 무슨 소리야?"

하루코 씨가 몸을 내밀었다. 제지하듯 구라모토가 말을 이었다.

"순서대로 설명할게. 일단 첫 번째는 아저씨였다는 다치바나의 증언이 있었으니까 일단 그 사람부터 찾기 시작했지. 중년 남자 관객은 몇 안 됐으니까 소거법을 사용해 명부와 설문지를 살펴본 결과, 미요타가 괴담을 떠안았다는 사실까지는 금방 알아냈어. 학생들은 아무도 이 사람이 누군지 모른다니까 우연히 괴담회를 보러 온 외부인이었겠지. 그래서 SNS를 뒤져보기로 했어."

미요타가 설문지에 열의가 느껴지는 비평을 적었으므로, SNS나 블로그에 비슷한 글을 올리지 않았을까 싶었다고 한다. 아니나 다를까 괴담회가 열렸던 날 밤, 미요타의 것으로 추정되는 트위터 계정에 새 글이 올라왔다.

"바로 이 글이야."

구라모토가 종이를 한 장 꺼냈다. '기기묘묘데쓰'라는 계정에 올라온 글을 출력한 것인 듯했다.

—천하의 오쿠마 대학교에서 괴담회를 시작한다는 소식을 듣고 오컬트 마니아의 피가 끓어올라 직관!…했지만 기대가 완전히 빗나갔다! 나카야마 이치로 작가의 괴담을 통째로 베낀 녀석까지 나와서 어이없는 나머지 폭소. 하지만 어째선지 나만 여

학생과 마주 보는 시간이 있어서 손해본 기분은 아니었다.ㅋ

여학생과 마주 본다는 구절이 마음에 걸렸다.
기리야마 가에데다.
"그런데 이다음부터 이 사람의 글이 이상해져. 그것도 출력해 왔어."
구라모토가 다른 종이를 꺼냈다.

—집 안에서 갑자기 이상한 소리가!『어두컴컴한 물밑에서』를 읽을 때는 그러지 마라~ㅎㅎ
—아무리 낡아빠진 연립주택이라도 그렇지, 비가 샐 줄이야. 그런데 수리업자를 부르자 비가 샌 게 아니라고? 무능하기는!
—나밖에 없는 방에 누군가 있는 것 같은 기분이 드는데….
—어두워지면 온다. 무서워.
—잠을 못 자겠어. 돌아가고 싶어.

오싹함이 몰려왔다.
똑같다. 이상한 소리, 물, 어둠…. 내용을 보건대 미요타라는 남자도 카렌 씨와 똑같은 현상을 체험한 듯했다.
"여기 '돌아가고 싶어'라는 글을 마지막으로 더는 글이 올라오지 않았지. 괴담회를 관람하고 대략 한 달쯤 지났을 무렵이야. 찜찜해서 알아보니 민간단체에서 공개한 행방불명자 목록에 미요타의 이름이 있더군."

그래서 구라모토는 '다른 네 사람도 실종됐을지 모른다'라는 가설을 세웠다.

"다만 그 시점에서는 네 명의 이름조차 몰랐지. 영상을 참고해도 뒤통수만 봐서는 기리야마 가에데가 누구에게 괴담을 떠안겼는지 확인하기 힘들었어. 그래서 옛날에 배웠던 조사의 원칙으로 돌아가기로 했지."

"조사의 원칙이요?"

내가 끼어들자 구라모토는 씩 웃었다.

"있는 것이 아니라 없는 것에 주목해라. 괴담회 관객 명부를 보고 알아차린 점이 있었거든. 관객은 대부분 재관람자였어."

학생의 친구나 가족이 관객으로 동원됐기 때문이리라.

"괴담회는 두 달 간격으로 열리지. 기리야마의 괴담을 들은 사람이 한 달 후에 실종된다면, 재관람은 못 할 거야. 그래서 '없는 것'에 주목하기로 했지. 괴담회를 관람한 후 다음 회차에는 오지 않았던 관객 말이야."

그 조건으로 선을 긋자 회차마다 몇 명씩 대상자를 추려낼 수 있었다고 한다. 그다음은 한 명씩 확인만 하면 된다.

"영상에 찍힌 뒷모습과 학생들의 증언을 통해 나머지 네 명을 확정했어. 그리고…"

구라모토가 과장되게 숨을 깊이 들이마셨다.

"각각 다른 회차에 기리야마가 괴담을 떠안긴 네 사람도 남김없이 실종됐다는 사실을 알았지. 이건 분명 이상해."

그런데, 하고 구라모토가 말을 이었다.

"두 번째인 오야, 세 번째인 사카키, 네 번째인 가미야마다는 오컬트 연구회의 친구에게 초청을 받고 관람했어. 그래서 초청한 학생들에게 이야기를 들어보니, 아무래도 세 사람은 실종되기 전에 미요타와 같은 현상을 체험한 것 같더군."

집의 어둠 속에서 발생하는 괴상한 소리, 이상한 냄새, 수수께끼의 물.

세 사람은 실종되기 전, 그러한 현상 때문에 괴로움을 호소했다고 한다.

"마지막 시게노는 미요타처럼 어쩌다 괴담회를 관람한 오컬트 마니아였던 듯한데, SNS를 확인하니 이 사람도 비슷한 현상을 겪은 것 같더라."

기리아먀 가에데에게 선택돼 괴담을 들은 사람이 모조리 실종됐다.

그리고 실종자는 모두 실종되기 전에 똑같은 현상을 체험했다.

우연이라고 보기에는 너무나 기이한 상황이었다.

"동아리원이 부른 친구가 세 명이나 실종됐잖아? 그런데도 의문을 품은 사람이 하나도 없었어?"

하루코 씨의 질문에 구라모토는 고개를 끄덕였다.

"오야의 친구는 오야가 기리야마 가에데의 괴담을 떠안은 걸 몰랐대. 친구의 실종을 기리야마 가에데와 결부해서 생각하지 않은 듯하더군. 사카키도 비슷한 상황이었고. 가미야마다를 초청한 녀석은 가미야마다가 실종됐다는 사실조차 몰랐어. 내 얘기를 듣고서야 가미야마다가 강의를 들으러 오지 않았고 SNS에도 글을 올리지 않았더라는 식으로 답했지."

대학생의 친구 관계는 그런 법인지도 모른다. 고등학교까지와는 달리 매일 같은 반에서 얼굴을 마주치지는 않는다. 그리 가깝지 않은 친구라면 한 달쯤 연락이 안 되더라도 설마 실종됐으리라고는 생각지 않으리라.

"괴담회를 관람한 사람이 다섯 명이나 사라졌는데, 경찰은 움직이지 않았어?"

"슬쩍 알아봤는데 다섯 건 모두 공개수사로는 발전하지 않았어. 각각 따로 봤을 때는 사건성이 없어서 그런 거겠지. 게다가 다섯 명은 나이도 성별도 제각각이야. 공통점이 없는 탓에 경찰도 실종에 연관성이 있다는 걸 파악하지 못했어."

확실히 경찰도 다섯 명의 실종을 서로 연관 짓기는 어려우리라. 다섯 명의 공통점은 괴담회를 관람하러 가서 기리야마 가에데의 괴담을 들었다는 것뿐일 테니까.

"하루코 씨, 어떻게 생각하세요?"

의견을 물어보자 하루코 씨는 잠시 생각에 잠긴 후 천천히 입을 열었다.

"다섯 명 모두 같은 초자연현상을 체험하고 실종됐어. 그리고 카렌 씨도 현재 같은 현상에 시달리고 있지. 이 같은 상황에 기리야마 가에데가 무슨 형태로든 관여한 건 거의 틀림없을 거야."

다만, 하고 고개를 들었다.

"괴담을 들려준 것만으로 사람이 실종되다니, 뭐랄까 너무 비약한 것 같기도 해. 뭔가 있어, 우리가 아직 모르는 뭔가가."

초자연현상은 존재할지도 모르지만 보잘것없다. 나와 하루코 씨는 지금까지 여러 가지 일을 경험하며 그런 결론을 내렸다. 이제 와서 '사람 다섯 명을 차례차례 없애버린 괴담꾼이 있다'라고 한들 판타지를 듣는 듯한 기분이 들 뿐이다.

"이누이의 의견을 들어볼까."

하루코 씨가 갑자기 이름을 부르자 따분하다는 듯 프랑스 인형을 만지작거리고 있던 이누이가 고개를 들었다.

"오컬트라면 사족을 못 쓰는 아저씨는 이 이야기를 어떻게 생각하지?"

오컬트라면 사족을 못 쓰는 아저씨가 생각하기로는 말이야, 하고 이누이가 프랑스 인형을 내던졌다.

"기리야마 가에데라는 그 여학생은 주술사 아닐까?"

저주라.

신비적인 관점에서 보면 그게 자연스러운 대답일 것 같기도 했다. 기리야마 가에데가 저주를 걸었다. 그래서 다섯 명은 사라졌다. 나머지는 그걸 받아들이느냐 마느냐다.

"너희는 믿지 않을지도 모르지만, 현대 일본에서도 저주는 아직 살아 숨 쉬어. 음양도나 애니미즘 같은 형태로 말이지. 우리에게 친근한 물건을 사용한 주술 같은 저주도 세간에 넘쳐나. 예를 들면… 이봐, 혹시 연필 있어?"

다치바나가 선반장을 뒤져서 연필이 가득한 상자를 꺼냈다.

"설문에 사용하는 건데요."

이누이는 상자를 받아 들고 특히나 오래돼 보이는 연필을 한 자루 꺼냈다.

"얼마 전에 취재하다 들은 이야기야. 연필 옆면에 저주하고 싶은 사람의 이름을 새기는 거지."

이누이가 '화성 연필'이라는 상표명이 새겨진 연필 옆면을 문질렀다.

"그리고 그 연필로 저주하고 싶은 사람의 이름을 종이에 계속 적어. 연필 끝이 무뎌지면 깎아서 또 쓰지. 그렇게 연필이 점점 짧아져서 옆면에 새긴 이름이 완전히 사라지면 저주가 이루어진다는 거야."

"저주라기보다 사랑의 주문인걸."

하루코 씨의 말에 이누이가 시큰둥하게 어깨를 으쓱했다.

"내 말은 그만큼 저주가 흔해빠졌다는 거야. 진짜로 굉장한 주술사가 있을 가능성도 부정할 수는 없겠지."

가령 기리야마 가에데가 주술사라고 치고, 실종된 다섯 명과 카렌 씨를 노린 이유는 뭘까. 옛날에 무사가 사람을 베어 칼이 얼마나 예리한지 시험했듯, 저주의 효과를 시험해 본 걸까.

그나저나, 하고 이누이가 중얼거렸다.

"기리야마라는 이 여학생의 얼굴을 어디서 본 것 같은데…."

"뭐? 빨리 기억해 내."

저주와 관련된 뭔가에서 봤었나, 하고 이누이는 머리를 끌어안았지만 잠시 후 "착각한 것 같아, 잊어버려." 하고 포기했다.

"아무튼."

하루코 씨가 손뼉을 치고 말했다.

"기리야마 가에데를 찾아내지 않고서는 진척이 없겠어. 구라모토, 그쪽은 어때?"

"아쉽지만 기리야마 가에데에 관해 알아낸 건 별로 없어. 일단 여기 있는 다치바나를 비롯해 오컬트 연구회 동아리원 중에 기리야마 가에데와 이야기를 나눠본 사람은 아무도 없어. 그렇지?"

네, 하고 다치바나는 고개를 끄덕였다.

"물론 회비 징수라든가 사무적인 대화는 했었죠. 하지만 소위 잡담이랄까, 그런 이야기를 나눠본 동아리원은 없습니다."

다치바나의 말에 따르면 기리야마 가에데는 괴담회 말고 다른 동아리 활동에는 일절 참가하지 않았고, 괴담회의 뒤풀이에도 참석하지 않았다. 그저 괴담만 들려주고 돌아간다고 한다.

"그래서 오컬트 연구회 동아리원들은 기리야마 가에데에 대해 아는 게 전혀 없어. 사는 곳, 출신지, 좋아하는 것, 아르바이트하는 곳… 하나도 모르지. 따라서 기리야마 가에데가 있는 곳도, 나타날 만한 장소도 찾기가 힘들어. 강의는 빼먹지 않고 듣는다지만, 접촉하려면 여름방학이 끝나는 9월 하순까지 기다려야겠지."

카렌 씨가 관람한 제6회 괴담회는 8월 20일에 열렸다. 개강을 기다리면 제한 시간인 한 달이 지나간다.

"제7회 괴담회를 열면 나타나지 않을까? 좀 급하지만 다음 주쯤에."

"그래도 안 될 겁니다."

다치바나가 하루코 씨의 의견을 단번에 일축했다.

"기리야마는 동아리 채팅방에도 들어오질 않아서, 매번 괴담회가 열릴 때마다 다음 일정을 직접 전달했어요. 그러니 괴담회를 열더라도 본인에게 전달할 방법이 없죠."

그렇다면 정말로 어떻게 할 도리가 없다.

"무슨 방법 없어? 학교 직원에게 물어보면 집 정도는 알겠지?"

"개인정보를 엄격하게 보호하는 시대야. 난 경찰이 아니고, 상대도 범죄자는 아니지. 정보를 얻기는 힘들 거야. …다만."

구라모토가 뭔가 떠올린 것처럼 말을 끊더니 벌레라도 씹은 듯 인상을 찌푸렸다.

"그러고 싶지는 않지만, 나한테 빚이 있는 녀석에게 말하면 어떻게 될지도 몰라."

"부탁이야, 해줘라."

하루코 씨가 고개를 숙였다.

"오늘이 9월 7일이지? 한 달 만에 실종된다는 이야기를 믿는다면 카렌 씨에게는 2주일밖에 시간이 없는 셈이야. 할 수 있는 일은 다 해보고 싶어."

"…알았어. 하지만 너무 기대하지는 마."

아무튼 지금으로서는 기리야마 가에데를 찾아내는 수밖에 없다. 믿을 사람은 구라모토뿐이었다.

"부탁하는 김에 하나만 더 하자. 이 녀석도 찾아줘."

하루코 씨가 이노우에의 정보를 정리한 자료를 구라모토에게 건넸다.

"의뢰인을 스토킹한 남자야. 이번 일과는 관계없을지도 모르지만, 일단 어디 있는지 알고 싶군."

"정말이지 사람을 험하게 부려먹는다니까."

불평하면서도 구라모토는 승낙했다.

"그러고는… 그렇지, 내키지는 않지만 오컬트적인 측면에서도 접근해 볼까. 이누이, 주술사에 대항하려면 어떻게 해야 하지?"

"그야, 주술 되돌리기지."

"주술 되돌리기? 어떻게 하는 건데?"

"프로한테 부탁해. 아는 사람을 소개해 줄게."

하루코 씨가 대놓고 오컬트에 의지하는 건 드문 일이다. 하루코 씨 나름대로 이번 일에 심상치 않은 뭔가를 느꼈는지도 모른다.

"아참, 한 가지를 깜빡했군."

구라모토가 책상에 펼쳐놓은 자료를 정리하다 문득 고개를 들고 말했다.

"아까 커다란 힌트가 하나 있다고 했지? 실종된 사람들은 모두 사라지기 직전에 '돌아가고 싶다'라고 했던 모양이야."

그러고 보니 첫 번째 실종자인 미요타가 마지막에 그런 글을 올렸다.

"무슨 뜻이지?"

"그건 모르겠어. 하지만 어쩌면 그 말이 곧 실종된다는 걸 알리는 비상 신호일지도 모르지. 조심해."

알았어, 하고 하루코 씨는 고개를 끄덕인 후 기지개를 쭉 켰다.

언젠가 화면으로 봤던 기리야마 가에데의 어두운 눈동자가 머릿속을 스쳐서 또 소름이 끼쳤다. 그 눈은 뭘 보고 있었던 걸까.

6

그 주 주말에 이누이를 산겐자야로 부르기로 했다.

"액막이를 할 겁니다." 하고 말하자 카렌 씨는 미심쩍어했지만, 하루코 씨의 설명을 듣고 납득한 듯했다.

"상대가 뭔지 모르는 이상, 다양하게 자극을 줘보는 거죠. 반응이 있으면 데이터가 나와서 상대를 이해할 수 있을 테고, 그러면 대책도 세울 수 있어요. 당분간 여러모로 불합리해 보이는 짓을 할지도 모르지만, 함께해 주세요."

기리야마 가에데가 괴담을 떠안긴 사람들이 실종됐다는 이야기는 덮어두었다.

카렌 씨가 괴담회를 관람한 날짜는 8월 20일. 그리고 이누이와 그의 지인이 '저주 되돌리기'에 나서는 오늘이 9월 10일. 이제 시간이 별로 없다.

요 며칠 초자연현상은 단발적으로 일어나는 수준에 머물렀다. 역시 조명을 계속 켜두는 게 일정한 효과를 발휘하는 듯, 실내를 밝게 유지하는 한은 아무 일도 일어나지 않았다. 그래도 어느샌가 조명 기구 플러그가 콘센트에서 빠지거나 옷장 문이 반쯤 닫히는 일이 벌어져서 그 소리가 들리곤 했다. 소리가 나는 순간을 포착하려고 카메라를 여기저기 설치했지만 카메라 숫자에도 한계가 있다. 아무리 애써도 발생하는 허점을 노리듯 이해할 수 없는 현상이 발생했다.

"어쩐지 익숙해졌네요."

말과는 달리 카렌 씨는 완전히 녹초가 된 표정이었다. 최근에는 몸 상태도 별로인지 거실 식탁에는 늘 두통약이 놓여 있었고, 우리가 말을 걸어도 반응이 둔할 때가 많아졌다. 어떻게든 하고 싶었다. 하지만 우리가 할 수 있는 일은 구라모토의 조사 결과를 기다리며 일어나는 현상을 기록하는 것뿐이었다.

"이러고 있으니 무력감이 밀려오는 것 같지 않나요?"

이누이를 기다리는 동안 의미도 없이 옷장 앞 장비를 만지작거리며 내가 그렇게 말하자 하루코 씨는 고개를 갸웃했다.

"구라모토 씨, 이누이 씨, 이와키 교수님. 저희는 늘 전문가에게 잔뜩 부탁하고 기다리기만 하잖아요."

슈퍼파워를 지닌 히어로에게 싸움을 맡기고 작전실에 앉아 있는 단역 같은 기분이라고 설명하자 하루코 씨는 "뭐야, 그런 거였어?" 하고 웃었다.

"뭐, 일이라는 건 대체로 그런 법 아닌가? 잘 아는 사람에게 맡기고, 자기 나름대로 할 수 있는 일을 꾸준히 하면서 결과가 나오기를 기다리는 거지.”

“할 수 있는 일요?”

“응. 우리가 할 수 있는 일은 관찰과 기록이야.”

하루코 씨가 눈앞에 있는 카메라를 가리키며 씩 웃었다.

“무력감이 밀려온다면 할 수 있는 일을 다 했는지 스스로에게 물어봐. 대답이 예스라면, 결과를 기다리면 돼.”

그 말을 들으니 그런 건가 싶기도 했다. 하루코 씨의 말과 행동에 말문이 막힐 때도 많지만, 당당하게 딱 잘라 말하면 묘한 설득력이 느껴진다.

“그리고 슈퍼파워라면 있잖아.”

“그런가요?”

“내 슈퍼파워는 의지해야 할 사람을 안다는 것. 그리고 막상 의지하면 다들 날 위해 애써준다는 것.”

얼마나 넉살이 좋은지 거침없이 그런 소리를 했다.

“제 슈퍼파워는 뭘까요?”

“내 부하니까 내 슈퍼파워를 사용할 수 있다는 거지.”

자신이 더 없어질 것 같아서 나는 카메라에 시선을 주었다. 카메라 파인더에는 이제 완전히 익숙해진, 조명 기구 천지라서 기이해 보이는 방이 비칠 뿐이었다.

얼마 지나지 않아 이누이가 왔다.

양복 차림의 통통한 남자와 함께였다. 이누이가 말했던 저주 되돌리기를 할 줄 아는 지인이리라. 미야이리라는 그 남자는 이누이와 함께 실내의 기괴한 상황에 한바탕 놀란 후, 자신을 음양사라고 소개했다. 미야이리는 카렌 씨의 안내를 받아 집을 둘러보더니, 옷장이 수상하다며 가방에서 부적 같은 것을 꺼내서 뭔가 준비했다. 옷장 부근에서 초자연현상이 일어났다는 사실을 감지한 걸까, 아니면 우리가 놓아둔 대량의 장비가 옷장을 향하고 있었기 때문일까.

"그런데 왜 자칭 음양사를 부른 거야?"

하루코 씨가 이누이에게 작게 귓속말했다.

"저주 되돌리기를 한다고 해서 다 통하는 게 아니야. 두통에는 두통약, 복통에는 위장약이라는 식으로 서로 알맞게 대응시켜야 해. 하지만 이 집이 무슨 병에 걸렸는지 아직 모르잖아? 그래서 일단 감기약을 먹여보는 거지."

이누이 말로는 기리야마 가에데가 무엇을 바탕으로 주술을 배웠느냐에 따라 대책도 달라진다고 한다.

"통계 자료가 있는 건 아니지만, 내가 아는 일본의 주술은 대개 음양도, 불교, 신도(神道)와 관계가 있어. 수많은 사람이 모여 주술을 수행하는 신흥종교도, 기후네 신사의 축시의 참배도, 초등학생이 놀이 삼아 외는 주문도 전부 다."

"음양도, 불교, 신도라니 범위가 너무 넓지 않습니까?"

"원래 일본은 메이지 시대에 신불분리령이 내려지기까지 신사에 불상을 모신 국가야. 전통적 풍습에서는 신도와 불교가

서로 복잡하게 얽혀 있었고, 음양도는 양쪽 모두와 관계가 깊지. 그야 뿌리까지 따라가면 별개겠지만, 난 세 가지가 같은 약의 범주에 포함된다고 생각해. 미야이리도 나랑 생각이 비슷하니까 도움이 될 것 같았지.”

그러니까, 정체 모를 주술사 한 명에게 저주 되돌리기를 하려면, 주술 전체의 범위를 고려하건대 음양도, 불교, 신도 계열의 합집합을 적용해야 ‘약효’가 좋을 확률이 제일 높다는 건가?

“오쿠마 대학교의 여학생이 부두교의 주술을 배웠다기보다는 음양도 쪽을 배웠다는 게 더 그럴싸하겠지?”

미야이리는 방의 네 귀퉁이에 부적으로 추정되는 뭔가를 붙이고, 옷장을 향해 뭐라뭐라 중얼거리기 시작했다. 저게 불교식 주문인 걸까. “찍어놔.” 하고 하루코 씨가 지시하길래 휴대용 카메라로 미야이리를, 고정식 카메라로 방의 전체 모습을 촬영했다. 카렌 씨는 복도에서 걱정스러운 듯 상황을 지켜보았다.

저주 되돌리기라는 말을 듣고 기모노를 입은 주술사가 와서 제단을 만들고 화려한 퍼포먼스를 선보일 거라고 예상했다. 그리고 저주 되돌리기가 시작되면 ‘반발’ 같은 것이 일어나 새로운 현상이 발생하지 않을까 기대했다. 하지만 미야이리는 양복 차림으로 그저 입술만 달싹거릴 뿐이었고, 방 안은 아주 고요했다.

그대로 15분쯤 미야이리는 불교식 주문을 중얼거리거나 느닷없이 목소리를 높이고는 했다. 나는 그동안 무슨 일이 일어나더라도 대응할 수 있도록 대비했지만, 결국 아무 일 없이 미야이리의 의식은 끝난 듯했다.

"결과는?"

하루코 씨의 질문에 미야이리는 말없이 고개를 끄덕였다.

"제가 아는 주술을 상대가 사용했다면 저주는 되돌아갔겠죠. 그렇게만 말씀드릴 수 있겠군요."

양복 차림의 자칭 음양사는 정말로 그렇게만 말하고 이누이와 함께 냉큼 집을 나섰다. 또 우리 세 명만 남았다.

"일단 시험해 볼까. 카렌 씨, 괜찮겠죠?"

하루코 씨가 침실의 전등 스위치에 손가락을 대고 물었다. 카렌 씨는 잠시 망설이다가 고개를 끄덕였다.

불이 꺼졌다.

1초, 2초, 3초. 어두워진 실내에서 긴장된 시간이 흘렀다. 그리고.

그 냄새가 났다.

코끝을 문지르듯 개골창 냄새가 풍겼고, 바로 근처에서 물이 떨어지는 듯한 소리가 희미하게 들렸다.

하루코 씨가 바로 불을 켰다.

"예상은 했지만 효과가 없었나."

낙담할 만큼 기대하지는 않았지만, 카렌 씨는 아무래도 조금 지쳐 보였다. 죄송합니다, 하고 양해를 구하더니 불안한 걸음걸이로 거실로 돌아가 소파에 몸을 푹 묻었다.

"어떻게 할까요? 부두교의 주술사도 부를까요?"

내가 일부러 농담조로 말하자 하루코 씨는 고개를 저었다.

"해야 할 일은 그 방향이 아닐… 거야."

하루코 씨는 뭔가 고민하는 기색이었다. 그때 갑자기 스마트폰이 울려서 "구라모토야." 하며 전화를 받았다.

"…정말이야? 알았어. 금방 갈게."

전화를 끊은 하루코 씨가 내 눈을 똑바로 보고 말했다.

"좋은 소식이야. 기리야마 가에데의 집을 알아냈어."

즉시 시모오치아이역으로 가서 구라모토와 합류했다.

간다강을 건너자 한적한 주택가라는 말을 그림으로 그린 듯한 곳이 나왔다. 오래된 단독주택과 작은 연립주택이 어깨를 맞대듯 줄지어 있었다.

"대학교 학생 명부에 실린 주소야. 어떻게 손에 넣었는지는 묻지 마."

기리야마 가에데의 집이 시모오치아이에 있다는 사실을 알았을 때 나와 하루코 씨는 무심코 얼굴을 마주 보았다. 오쿠마 대학교에 접근성이 좋아서 학생이 방을 얻기에 적당한 곳이기는 하다. 하지만 그 이상으로 '기묘한 일치'에 가슴이 몹시 술렁거렸다. 과연 이건 우연일까. 나와 하루코 씨는, 얼마 전 이 동네에 왔다.

앞장선 구라모토를 쫓아 모퉁이를 몇 번 돌자 위화감은 확신으로 바뀌었다.

"여기야."

구라모토가 허름한 5층짜리 맨션 앞에 멈춰 섰다.

"와, 나 참."

하루코 씨가 쓴웃음을 지었다.

지난번에 올린 영상 '천장 위의 소리'를 촬영하기 위해 방문했고, 영상에서는 S맨션이라고 소개한 곳이었다. 석 달쯤 전, 맨션 옆 단독주택에 사는 건물주가 504호 천장 위에서 들리는 '노크하는 듯한 소리'를 어떻게 좀 해달라고 부탁해서 천장 위에 방음 매트를 깔았다.

이건 뭔가 우연일까.

또는 그 현상에도 기리야마 가에데가 관련된 걸까.

"여기의 404호야."

그 집 바로 아래인가. 구라모토가 1층의 작은 엘리베이터 홀로 들어가서 벽에 줄지은 우편함을 확인했다. '404'라고 적힌 우편함은 한눈에도 알 수 있을 만큼 전단지가 넘쳐났다.

"그렇게 부지런한 성격은 아닌가…. 아니면 오랫동안 집에 들어오지 않았거나."

4층으로 올라가서 404호실로 향했다. 이름표는 끼워져 있지 않았다. 구라모토가 망설임 없이 초인종을 눌렀다. 잠시 기다렸지만 대답은 없었다. 이번에는 양 옆집의 초인종을 눌렀다.

403호는 집을 비운 듯했지만, 405호에서는 중년 여성이 문을 열었다.

"뭐야, 당신들 또 왔어?"

구라모토가 404호 사람에 대해 묻자마자 여성이 혐오감과 경계심을 노골적으로 드러내며 말했다. "또?" 하고 우리가 의문을 드러내자 여성은 이쪽을 빤히 바라보더니 어리둥절한 표정을 지었다.

"뭐야, 다른 사람이구나. 최근에 아주 불량해 보이는 사람이 찾아와서 404호에 사는 학생에 관해 물어보고 갔거든요."

어떻게 된 걸까. 기리야마 가에데를 찾는 사람이 더 있는 걸까.

"만약을 위해 확인하겠습니다. 옆집에 산다는 학생이 이 사람 맞습니까?"

구라모토가 괴담회 영상을 스크린샷으로 저장해서 출력한 사진을 보여주자 여성은 "맞아." 하고 고개를 끄덕였다.

"그런데 당신들은 왜 이 학생을 찾는 거예요?"

여성이 약간 호기심 어린 눈빛으로 바라보았다. 구라모토가 자신은 탐정이고 의뢰를 받아 기리야마 가에데를 찾는 중이라고 설명하자 눈빛이 더 강해졌다.

"뭐야, 설마 조폭의 애인 노릇을 하다가 돈을 들고 튀었다든가 그런 건가?"

"그건 대답할 수 없습니다."

구라모토의 대답을 긍정으로 받아들였는지 여성의 입꼬리

가 올라갔다. 가십을 좋아한다는 걸 더 이상 감추려고도 하지 않았다. 구라모토도 이런 유의 사람을 다루는 데 능숙한 듯했다.

"404호에 사는 학생은 어떤 사람입니까?"

"뭐, 조용하고 얌전한 애지. 복도에서 마주치면 인사 정도는 해요. 모깃소리같이 목소리가 작지만."

"사람을 데려오기도 합니까?"

"그런 적은 없었을 거야. 적어도 난 못 봤어요. 집에서도 조용하게 지내더라고. 이 맨션은 벽이 얇은데, 전혀 시끄럽게 굴지 않아서 이웃으로서는 최고지."

가족이나 연인과 같이 사는 건 아닌 듯했다.

"지금 집을 비운 것 같은데 평소 몇 시쯤 들어오는지는 아십니까?"

물어보자 405호 여성은 과장되게 한숨을 쉬었다.

"안됐네, 탐정님. 전에 왔던 불량한 사람들에게도 말했지만, 그 학생, 집에 안 들어온 지 한참 됐어."

역시 그랬나. 우편함을 봤을 때 밀려온 불길한 예감이 적중했다.

"아까도 말했지만 이 맨션은 벽이 얇아서 문을 여닫는 소리나 물을 사용하는 소리가 희미하게 들리거든. 하지만 2주일쯤 전부터 옆집에서 아무 소리도 안 나더라고."

그런 생활 소음을 전혀 내지 않고 2주일이나 지내기는 불가능하리라.

정중하게 감사 인사를 하고 405호를 뒤로했다.

"본가에 간 것 아닐까? 학교 명부에 긴급 연락처 정도는 있었겠지?"

엘리베이터를 타고 1층으로 내려가면서 하루코 씨가 묻자 구라모토는 인상을 찌푸렸다.

"어머니 이름이 적혀 있긴 했지. 하지만 거기로 가지는 않았을 거야."

여기 오기 전에 기리야마 가에데의 어머니에 관해서도 가볍게 조사했다고 한다. 기리야마 가에데는 아키타현의 싱글맘 가정에서 자랐다. 어머니에게 알코올의존증을 치료받은 이력과 상해 전과가 있었으므로 이상적인 가정 환경은 아니었던 듯하다.

"빚 때문에 실랑이를 벌이다가 발생한 작은 사건이야. 연줄을 이용해 당시 사건을 담당했던 아키타 현경의 형사에게 전화로 이야기를 들었지. 기리야마 가에데의 이름을 꺼내자 몹시 안쓰러워하면서 이것저것 말해줬어."

기리야마 가에데는 형편없는 가정에서 달아나기 위해 공부에 힘썼다. 공부를 잘했는지 상환할 필요 없는 학자금을 따낸다는 좁은 문을 통과해 도쿄에서 자취하기에 이르렀다.

"그러니까 어머니에게 갈 것 같지는 않아. 오히려 최근에 찾아왔다는 불량한 자들도 어머니의 빚 때문에 온 것 아닐까?"

그럴싸한 이야기다.

하지만 그렇다면 기리야마 가에데는 어디에 있는 걸까.

부모도 틀렸고, 학교도 틀렸고, 친구도 틀렸고, 집도 틀렸다. 따라가야 할 실마리가 전부 없어지고 말았다.

"마지막 하나는 아르바이트하는 곳이겠지. 학비는 학자금으로 내더라도, 먹고살려면 생활비가 필요해. 여름방학이니까 숙식하면서 일할 가능성도 있어."

말은 그렇지만 어디서 아르바이트를 하는지 어떻게 알아낸단 말인가. 숙식한다면 일본 전 지역이 후보다.

"하다못해 집 안에 들어가면 단서를 찾을 수 있을지도 모르는데."

구라모토가 투덜거리자 하루코 씨가 장난스럽게 웃었다.

"어쩔 수 없지. 내 슈퍼파워를 사용하자."

맨션 옆으로 돌아가서 건물주가 사는 단독주택의 초인종을 눌렀다.

"어, 하루코 씨! 그리고… 조수인 아무개 군."

"안녕하세요. 잘 지내셨어요?"

석 달 만에 만난 건물주 가토는 하루코 씨의 얼굴을 보자마자 표정을 풀고 웃음을 지었다.

"덕분에 그 후로는 소리가 안 들리나 보더라고. 세입자가 새로 들어왔는데 불만을 전혀 제기하지 않았어."

건물주가 쾌활하게 말하자 하루코 씨는 "정말 다행이네요."

하고 환한 웃음으로 답했다.

"그런데 오늘은 어쩐 일이야?"

"실은 말이죠."

하루코 씨가 404호에 사는 기리야마 가에데의 행방을 쫓고 있다는 것과 기리야마 가에데가 어디 있는지 몰라서 현재 의뢰인이 위험에 처했다는 걸 간략하게 설명했다.

"지금 어디 있는지, 아니면 어디서 아르바이트하는지 모르시죠?"

"그야 모르지. 그 학생과는 집세를 받을 때 잠깐 이야기를 나누는 정도니까."

그렇군요, 하고 하루코 씨가 낙담한 티를 팍팍 내면서 말했다. 그리고 정말 난감하다는 표정으로 "음."이니 "야단났네." 하고 작은 목소리로 중얼거렸다. 그 모습을 보고 있던 건물주도 어째선지 아주 난감한 표정을 짓는가 싶더니 "어쩔 수 없지." 하고 작게 말했다.

"나한테 여벌 열쇠가 있으니까 잠깐 집 안을 살펴볼래?"

"정말요?"

하루코 씨가 폭풍우 치는 바다에서 등대 불빛을 발견한 것 같은 목소리로 말했다. 일이 너무 일사천리로 진행돼서 나도 모르게 "어, 그래도 되나요?" 하고 중얼거렸다. 건물주가 바로 이쪽을 날카롭게 노려보았다.

"불만 있어? 그런 소리 하면 안 열어줄 거야."

"맞아, 고시노. 너도 참, 왜 그런 소릴 하냐?"

어째선지 하루코 씨까지 건물주 편을 들고 나섰다. 건물주가 먼저 여벌 열쇠를 사용하자는 말을 꺼내도록 유도하다니 무서운 사람이다. 건물주는 열쇠 다발을 꺼낸 후, 신발을 꺾어 신고 부랴부랴 나왔다. 우리는 함께 맨션으로 가서 기다리고 있던 구라모토를 소개하고 4층으로 올라갔다. 느닷없이 구라모토가 등장해서 건물주는 경계하는 기색이었지만, 내친걸음이다 싶었는지 404호로 향했다.

"자, 연다."

문이 열렸다. 한동안 아무도 없었다는 걸 증명하듯 탁한 공기가 안에서 흘러나왔다. 커튼을 쳐놓았는지 몹시 어두웠다. 불을 켜려고 벽의 스위치를 눌렀지만 반응이 없었다. "누전차단기로군." 하고 건물주가 익숙한 손놀림으로 현관 위쪽에 있는 분전반을 조작하자 단숨에 실내가 밝아졌다. 누전차단기까지 내려놓은 걸 보니, 역시 기리야마 가에데는 오래전에 집을 비운 듯했다.

"미니멀리스트인가?"

원룸에는 놀랄 만큼 생활감이 없었다. 수수한 싱글 침대에 책상과 의자 한 세트. 문이 열린 옷장에 옷가지가 걸려 있어서 겨우 사람이 산다는 걸 알 수 있었다. 하루코 씨가 턱으로 옷장 속을 가리켰다. 시선을 주자 영상에서 봤던 흰색 옷깃이 달린 검은색 원피스가 여러 벌 걸려 있었다. 역시 여기가 기리야마 가에데의 집이 맞는 듯했다.

"일단 컴퓨터는 없나 보군. 그럼 영수증, 급여 명세서, 명함, 체인점 유니폼, 합숙 면허 팸플릿, 여행 팸플릿 같은 걸 찾으면 말해."

구라모토의 지시에 집 안을 둘러보았다. 하지만 찾을 만한 곳은 별로 없었다. 쓰레기통도 단서가 될 만한 것 없이 텅 빈 상태였다. 고작 10분도 지나기 전에 모두 빈손으로 얼굴을 마주 보았다.

겨우 들어온 집에서도 단서를 찾지 못했다. 기리야마 가에데 찾기는 벽에 부딪혔다.

7

몸이 무거웠다. 요즘은 뭐든 하기가 귀찮았다.

두통은 약을 먹어도 가라앉지 않았고, 조금만 움직여도 몹시 피곤했다. 그 소리 때문에 스트레스를 받아서일까. 어쩌면… 아니, 생각하기도 귀찮았다.

달력을 보았다. 오늘은 9월 15일, 금요일인가. 요일 감각도 완전히 둔해졌다.

본의는 아니지만 회사에는 휴가를 내기로 했다. 내게 무슨 일이 있어도 업무가 잘 돌아가도록 평소 철저히 대비했으니 현장에 큰 혼란은 없을 것이다. 조금 느슨해지지 않을까 싶은 걱정은 지울 수 없지만.

몸 상태가 별로라는 것만이 휴가를 낸 이유는 아니었다.

이번 주 월요일, 무거운 몸을 채찍질해 출근했을 때 겪은 일이다. 간신히 하루 업무를 마치고 퇴근하기 전에 화장실에 들렀다. 회사 화장실은 인체 감지 센서로 불이 켜지는 방식인데, 어째선지 들어가도 불이 켜지지 않아서 이상하다 싶었을 때였다.

철퍽.

어둠에 잠긴 화장실 어딘가, 아마도 오른편 앞쪽 칸에서 그 소리가 났다. 이어서 감도는 그 냄새. 헉, 하고 짧게 숨을 토해 낸 후 도망치듯 내 자리로 돌아갔다.

호흡을 가다듬고 머릿속이 조금 차분해지자 생각해 보았다. 아까 그 소리는 정말로 들린 걸까. 혹시 노이로제에 걸린 뇌가 만들어낸 환청 아닐까. 아니, 환청이 틀림없다고 나 자신을 타일렀다. 지금까지 집 밖에서 괴현상이 일어난 적은 없으니까.

철퍽.

어딘가에서 소리가 난 것 같아서 엉겁결에 주위를 살펴보았다. 아직 업무를 보는 영업부원이 몇 명 있었지만 아무도 신경 쓰는 낌새는 없었다. 역시 환청이다.

하지만 주위를 살펴보고 나서야 사무실에 어둠이 얼마나 많은지 깨달았다. 책상 아래, 벽 앞의 로커 뒤편, 이미 다들 퇴근해서 불을 끈 옆 부서 공간.

철퍽.

또 어디서 소리가 났다. 환청이라고 열심히 나 자신을 다독였다. 혼란에 빠지면 안 된다고.

철퍽.

근처에서 키보드를 두드리던 젊은 직원이 고개를 들고 주변을 둘러보았다.

"방금 이상한 소리가 나지 않았나요?"

철퍽.

바로 근처에서 소리가 났다. 남아 있던 직원들이 웅성거리기 시작했다. 누군가가 "뭐야, 이 고약한 냄새는." 하고 말했다.

그다음부터는 기억이 띄엄띄엄했다. 아마 가방을 움켜쥐고 회사를 뛰쳐나와 지하철을 탔을 것이다. 아무 말도 없이 뛰쳐나가서 부하 직원들이 수상쩍게 여겼겠지만, 그런 데 신경 쓸 여유는 없었다. 택시를 잡으려 했지만, 택시 내부는 불을 켜둘 수 없다는 걸 깨닫고 포기했다.

산겐자야역에서 집까지 잠깐 걷는 와중에도 뒤에서 그 소리가 들리는 것만 같아서 죽을 맛이었다. 그게 환청인지, 정말로 들리는 건지 확인할 방법은 없었다. 집에 돌아오자마자 아시야 씨에게 연락해서 당장 집으로 와달라고 애원했다. 참 한심했지만 이것저것 따질 상황이 아니었다.

"그 현상이 계속될 것 같으면 비즈니스호텔로 피신하거나, 최악의 경우에는 이사도 한 가지 방법으로 제안할 생각이었어요. 하지만 보아하니 그래서는 해결되지 않겠군요."

달려온 두 사람에게 회사에서 있었던 일을 설명하자 아시야 씨가 험악한 표정으로 말했다.

나도 집을 옮길 생각은 했었기에 짬 날 때 부동산 사이트를 들여다봤지만, 아무래도 헛수고였던 듯했다.

다음 날 나는 몸이 안 좋다는 이유로 당분간 재택근무를 하게 해달라는 뜻을 전했고, 회사 측의 제안으로 휴가를 내기로 했다.

이제 수많은 조명이 지켜주는 집만이 안전지대였다. 앞으로 평생 이렇게 불빛에 둘러싸여 지내야 하는 걸까. 하루라도 빨리 원래 생활로 돌아가고 싶다는 갈망은 두통과 권태감에 조금씩 깎여나갔고, 이제 뭔가를 생각하기조차 귀찮아졌다.

그 후로 오늘까지 아무것도 하지 않고 그저 멍하게 며칠을 보냈다.

창밖이 완전히 어둠에 잠겼다. 오늘도 길고 무서운 밤이 시작된다. 그와 동시에 밤은 아시야 씨와 고시노 씨가 찾아오는 시간이기도 했다.

두 사람은 자기들이 매일 찾아와서 내가 스트레스를 받는 것 아닐까 걱정했지만, 난 오히려 두 사람이 고마웠다. 초자연현상에 관해서는 두 사람과 유카리에게만 이야기했다. 유카리는 그 후로 번번이 날 걱정해 주었지만, 이런 일에 끌어들이기는 꺼려졌다. 유카리가 얼마나 바쁜지 잘 알거니와 동료는 어디까지나 동료지 친구는 아니다. 멀리 사는 가족에게도 이런 일로 걱정을 끼치기는 싫었다. 그렇기에 영상을 찍기 위해서라며 자청해서 이번 일에 휘말려 주는 아시야 씨와 고시노 씨가 고마웠다. 두 사람이 집에 있는 동안은 조금이나마 마음이 편하다.

현관문을 두드리는 소리가 들렸다. 두 사람이 왔나 싶어 기분이 조금 밝아졌다.

맞이하려고 현관으로 향하다가 강렬한 위화감을 느꼈다.

일단 이 맨션은 오토로크 방식이다. 과연 두 사람이 공동 현관에서 우리 집을 호출하지 않고 바로 현관문 앞까지 올까. 두 번째로 두 사람이 오기에는 아직 이른 시간이다. 그리고 가장 큰 위화감의 정체를 깨달았을 때 발이 얼어붙었다.

현관 조명이 꺼져 있었다.

왜라는 말이 머리를 스치는 것과 동시에 신발장 속을 비추던 전기스탠드가 꺼졌다. 이어서 복도 천장에 매입된 다운라이트가 꺼졌다.

도망쳐야 한다고 생각하는 동안 왼쪽에서 세면실의 불이 꺼졌고, 오른쪽에서 침실의 불이 꺼졌다. 어둠이 내 주변에 들러붙었다.

얼어붙은 발을 필사적으로 움직여서 한 발짝 물러났다. 거실로, 불빛 아래로 돌아가야 한다.

두 다리가 마비된 것처럼 말을 잘 듣지 않았다.

호흡을 가눌 수 없어서 헐떡헐떡 가쁜 숨을 내쉬었다.

거실로 들어가자 이번에는 주방의 불이 꺼졌다.

동시에 주방의 선반장을 비추던 전기스탠드가 차례차례 넘어져서 빛을 잃었다.

떨리는 다리를 애써 움직였다.

나를 뒤쫓듯 식탁 위에 매달린 펜던트 조명이 꺼졌다.

식탁 아래를 비추기 위해 놓아둔 발밑등이 덜컥 넘어지며 불이 꺼졌다.

어둠이 점점 손을 뻗어온다.

도움을 요청해야 한다. 소파에 놓아둔 스마트폰을 간신히 집은 것과 동시에.

철퍽.

현관 쪽에서 소리가 났다.

온다.

철퍽.

철퍽.

소리가 가까워졌다. 다리가 꼬였지만, 조금이라도 소리에서 멀어지려고 필사적으로 몸을 움직였다.

등이 차가운 유리창에 닿아서 내가 방 끝까지 왔다는 걸 알아차렸다. 그러길 기다렸다는 듯 거실의 실링라이트가 꺼졌다.

철퍽.

완전한 어둠에 지배당한 방에서 그 소리가 울려 퍼졌다. 냄새가 콧구멍을 스쳤다.

밖에서 스며드는 달빛인지 가로등 불빛인지 잘 모를 푸르스름한 빛만이 방을 희미하게 비췄다. 누군가를 불러야 한다는 생각에 안간힘을 다해 스마트폰을 조작했다. 손가락이 미덥지 못하게 떨렸다. 소리가 점점 가까워졌다. 이제 바로 곁에서 들렸다.

어디를 어떻게 건드렸는지 갑자기 스마트폰 손전등이 켜졌다. 내 발 언저리에만 불빛이 비쳤다.

철퍽.

눈앞에서 그 소리가 나는 것과 동시에 뭔가가 스마트폰 손전등 불빛에 비쳤다.

인간의 창백한 맨발이었다.

그 발에서 눈을 뗄 수가 없었다.

"…마…."

목소리가 들렸다. 잠긴 듯한 남자 목소리다. 심장 뛰는 소리가 너무 시끄러워서 잘 안 들렸다.

"…야…마…."

듣고 싶지 않았지만 몸이 경직돼서 눈을 감을 수도, 귀를 막을 수도 없었다.

"…카…야…마…."

나는 의식의 끈을 놓쳤다.

꿈을 꿨다.

어쩐지 어둡고 좁은 장소에 있다. 여기서 나가야 한다는 것만은 안다. 출구를 찾아 필사적으로 뛰어다니지만, 어둠과 장애물이 방해돼서 마음대로 움직일 수 없다.

지면이 흔들린다. 저쪽에서 무슨 소리가 들린다. 다정하고 따뜻한 소리. 뭔가가 부르는 것 같다. 소리가 나는 방향으로 가면 살 수 있다.

소리가 나는 쪽으로 향한다. 또 지면이 흔들린다. 멀리서 누군가의 비명이 들린다.

저 소리가 나는 쪽으로 가야 한다는 생각으로 열심히 몸을 움직이다가 소리의 정체가 뭔지 알아차렸다.

아아, 이건 인터폰 소리다.

동시에 꿈에서 깼다.

유리창에 기댄 자세로 정신을 잃은 듯했다. 몸의 마디마디가 쑤셨다. 아직 흐리멍덩한 머리로 무슨 일이 있었는지 떠올렸다.

머리 위에서는 실링라이트가 아무 일도 없었다는 듯이 방을 비추고 있었다. 둘러보니 모든 조명이 원래대로 실내에 환한 빛을 뿌리고 있었다.

그건 꿈이었을까. 한순간 그런 생각이 머리를 스쳤지만, 바로 그렇지 않다는 걸 깨달았다. 현관부터 내가 쓰러진 창가까지 탁한 녹색 물이 점점이 이어졌다.

다양한 일들이 단번에 떠올랐다. 방바닥에 보였던 누군가의 발. 발톱은 녹색으로 변색됐고, 피부는 도자기처럼 하얬다. 물에 젖은 건지 스마트폰 손전등 불빛을 받아 번들번들 빛나던 발등. 분명히 존재한다는 느낌이 들었다.

그리고 그 목소리… 땅속 깊은 곳에서 퍼져나가듯 약간 울리는 남자 목소리. 목을 졸리면서 쥐어짠 것처럼 생명이 꺼져가는 목소리였다.

인터폰이 한 번 더 울렸다.

아아, 이 소리는 꿈이 아니었구나. 쑤시는 몸을 일으켜 인터폰 화면을 확인하자 아시야 씨와 고시노 씨였다.

"왜, 왜 그러세요?"

내 얼굴을 보고 아시야 씨가 놀라서 소리쳤다. 그 말을 듣고서야 내가 울고 있다는 사실을 깨달았다. 무서워서인지, 두 사람이 와서 안도해서인지 눈물이 멈추지 않았다. 이 나이를 먹고서 이렇게 울 일이 있을 줄은 몰랐다.

두 사람은 바닥에 점점이 떨어진 물을 보고 무슨 일이 있었는지 짐작한 듯했다. 나를 소파로 데려가서 앉히고 고시노 씨가 주방에서 차를 끓여주었다. 아시야 씨는 바닥에 떨어진 물을 작은 병에 담은 후 바닥을 청소해 주었다.

따끈한 홍차로 마음을 가라앉히고 두 사람에게 아까 있었던 일을 설명했다. 진지한 표정으로 듣던 두 사람은 내 이야기가 끝나자마자 장비들을 확인했다.

"불이 꺼진 것과 사람의 발이 보인 것, 그리고 '카야마'라는 목소리가 들린 것. 지금까지는 체험하지 못했던 현상이 갑자기 너무 많이 일어났어요. 데이터에 뭔가 변화가 있을지도 모르겠네요."

아시야 씨가 험악한 표정으로 말했다.

기본적으로는 두 사람이 집에 있는 동안만 카메라를 돌렸지만, 옷장 앞 한 대와 영상을 기록하지 않는 전자파 측정기는 늘 작동시켜 둔 상태였다.

"불이 꺼지는 순간은 찍혔네요."

카메라를 확인하던 고시노 씨가 이쪽에 모니터를 보여주며 말했다. 옷장을 찍던 영상이 갑자기 어두워져서 화면이 새까맣게 변했다. 그대로 영상을 계속 재생하자 쿵쿵거리는 내 발소리가 들리고 조금 늦게 '철퍽' 하고 그 소리가 들렸다.

두 사람이 카메라의 내장 스피커에 귀를 바짝 대고 소리를 유심히 들었다.

"…틀렸어, 그 남자 목소리는 못 잡아냈네."

아시야 씨가 한숨을 쉬었다.

"카야마, 라고 들린 거죠?"

네, 하고 힘없이 대답했다. '다카야마'라고 내 이름을 부른 걸까. 그 남자는 내 이름을 알고 있는 걸까.

"남자라는 게 묘하네. 기리야마 가에데는 '내'[3]가 '물속'에서 다가온다고 했을 텐데."

아시야 씨가 생각에 잠긴 표정으로 말했다.

"전자파 측정기의 로그에는 심상치 않은 수치가 기록됐네요."

카메라 녹화 데이터와 비교해 보건대 그 현상이 일어나기 시작한 시각부터 강한 전자파가 측정됐다고 한다.

---

3 원문의 '나[私]'는 주로 여자가 사용하는 일인칭이다.

"두 가지 패턴을 생각해 볼 수 있겠네요."

아시야 씨가 자세를 바로 하고 말했다.

"첫 번째는 카렌 씨가 봤다는 발… 까놓고 유령이라고 해 보죠. 그 유령이 강한 전자파를 발산했고, 기계가 그걸 잡아냈다는 패턴. 실제로 초자연현상이 일어난 현장에서 강한 전자파가 측정된 사례가 많아요."

그리고, 하고 아시야 씨가 말을 이었다.

"두 번째는 전자파 자체가 카렌 씨에게 유령을 보여줬다는 패턴입니다. 영국 골드스미스 대학교에서 인간을 전자파와 저주파 음파에 노출시켜 초자연현상을 인공적으로 만들어내는 실험을 진행한 적이 있는데요, 결과는 어땠을까요?"

"유령이 만들어졌다…?"

"뭐, 그렇죠. 피실험자는 현기증과 한기를 호소했고, 개중에는 뭔가를 봤다고 주장하는 사람도 있었대요. 그러니 발이나 목소리는 어쩌면 전자파에서 비롯된 환각일지도 모르죠."

다만, 하고 아시야 씨가 방바닥을 가리켰다. 이미 닦았지만 그 물이 있었던 곳이다.

"그러면 이게 설명이 안 됩니다."

뭐가 전자파를 발생시켰느냐는 의문도 남고요, 하고 고시노 씨가 덧붙였다.

여전히 혼란스러운 머리로 생각했다. 내가 체험한 일은 어디까지 현실이었을까. 내가 믿는 세계관에 상반하는 일을 체험한 탓인지, 내가 보고 들은 것이 현실인지 아닌지 점점 자신이 없어졌다.

그리고 동시에 그 모든 것이 어찌 되든 상관없지 않나 싶기도 했다. 의식에 안개가 낀 듯해서 뭔가 생각하는 것도, 떠올리는 것도 엄청난 중노동으로 느껴졌다.

"안 그래도 힘드실 텐데 말씀드리기 죄송하지만, 안 좋은 소식이 몇 가지 있어요."

아시야 씨가 미간에 주름을 잡고 말했다.

"첫 번째는 기리야마 가에데의 소재입니다. 요전에 보고했던 대로 기리야마 가에데의 집까지 갔지만 아무것도 찾아내지는 못했어요. 지난 사흘간 아키타에 있는 기리야마 가에데의 본가에도 수소문했지만 아쉽게도 아무 성과도 거두지 못했습니다. 지금으로서는 아무 단서도 없어요."

아시야 씨의 말이 한 귀로 들어와서 다른 귀로 빠져나갔다. 좀 눕고 싶었다.

"두 번째는 오차노미즈지유 대학교에 보냈던 데이터의 검증 결과입니다. 일단 소리요. 이건 기존 데이터와 일치하는 부분이 없는 듯해서 새로이 실증 실험을 해줬어요."

아시야 씨가 스마트폰을 내밀었다. 남자가 방바닥 위를 천천히 걷는 영상이 화면에 비쳤다. 화면 속 남자가 한 발짝 내디딜 때마다 철퍽, 하는 소리가 울려서 반사적으로 등골이 오싹해졌다.

"이건 학생이 물에 적신 옷을 입고 걸어본 영상이라고 합니다. 이 소리의 파형은 이 집에서 수집한 소리와 거의 완벽하게 일치했어요. 체중 50킬로그램에서 70킬로그램 사이의 인간이 물에 흠뻑 젖은, 기장이 긴 바지를 입고 방바닥을 걸을 때 나는 소리. 그런 검증 결과를 일단 받았습니다."

문제는 그 인간이 눈에 보이지 않는다는 거지만요, 하고 아시야 씨가 머리를 긁적였다.

"이어서 물은 전문기관으로 보냈는데요, 이 집의 어떤 물과도 일치하지 않았습니다. 경도와 포함된 미생물로 판단컨대 동굴 속에 형성된 호숫물일 가능성이 있다는군요. 안타깝게도 그 이상 자세하게는 모르고요. 왜 그런 물이 이 집에 느닷없이 나타났는지도 포함해서."

동굴이라는 말에 아까 꿨던 꿈을 떠올렸다. 어둡고 좁은 장소에 있었던 게 어렴풋이 기억났다. 그렇구나, 거기는 동굴이었던 건가.

"마지막으로 계약 해지된 파견사원 이노우에에 대해서입니다."

이노우에라는 단어를 안개 낀 머리가 필사적으로 처리했다. 아아, 그런 일이 있었다. 인간에게 공포를 느끼는 게 차라리 나았다. 스스로 대처할 수 있으니까.

"그는 퇴직 후에 고향인 사가현으로 돌아갔어요. 현재는 친척이 운영하는 음식점에서 일하는데, 8월 20일 이후로는 쭉 사가현에 있었다는 게 확인됐습니다.”

그러니까 이번 일과는 상관없어요.

아시야 씨의 말이 조금씩 멀게 느껴졌다. 자고 싶다. 한 번 더 동굴 꿈을 꾸고 싶다. 그곳으로 돌아가고 싶다.

“죄송해요. 잠깐만 눈 좀 붙일게요.”

두 사람이 걱정 어린 목소리로 뭐라고 말했지만, 잘 알아듣지 못했다.

내가 어떻게든 괴현상을 막으려고 놓아둔 수많은 조명 기구가 눈에 들어왔다. 날 지켜주리라고 믿고 놓아뒀지만, 이제 필요 없을지도 모르겠다.

아아, 빨리 돌아가고 싶다.

8

금요일 밤, 산겐자야는 날씨가 궂은데도 흥청망청하는 취객으로 넘쳐났다.

전대미문의 대형 태풍이 도쿄로 접근하고 있는 듯, 뉴스에서는 연일 태풍 소식을 전했다. 하지만 거리 상황을 보건대 사람들의 마음은 '태풍이 온다니까 얌전히 지내자'라기보다는 '태풍으로 밖에 못 나가게 되기 전에 실컷 나가 놀자'라는 방향으로 기운 듯했다.

그러고 보니 처음으로 이 동네에 온 것도 비 내리는 금요일 밤이었던 것 같다. 그로부터 벌써 2주일이 지났다. 카렌 씨의 제한 시간은 앞으로 며칠밖에 남지 않았다.

아까 하루코 씨와 함께 카렌 씨 집을 방문했을 때, 카렌 씨가 갑자기 울음을 터뜨려서 놀랐다. 그 후 조사 결과를 보고하는 동안 카렌 씨의 상태는 점점 이상해졌다. 아주 멍한 표정이라 우리가 하는 말을 제대로 듣기는 하는 건지 의문이었다. 그런가 싶더니 눈을 좀 붙이고 싶다며—지금까지 체험한 일을 고려하면 그것 자체는 자연스러운 욕구겠지만—눕더니 아주 좋은 꿈이라도 꾸는지 잠자면서 부처님 같은 웃음을 지었다. 아마추어인 내가 보기에도 어쩐지 위험한 상태라는 걸 알 수 있었다.

그 모습을 지켜보던 하루코 씨가 지금부터는 24시간 태세로 누군가가 카렌 씨 곁에 붙어 있자고 제안했다.

"앞으로 5일만 있으면 9월 20일이지. 괴담회를 관람한 지 딱 한 달째 되는 날이야. 우리도 카렌 씨와 함께 있는 시간을 조정하는 편이 좋겠지."

하루코 씨는 당장 구라모토와 이누이를 불러냈다. "지금은 내가 카렌 씨를 보고 있을 테니까 다들 나가서 뭐라도 좀 먹고 와." 하고 지시하길래 두 사람과 나는 근처 중화요리점 테이블에 둘러앉았다.

이런 상황에서 따질 일은 아니지만, 하루코 씨 없이 구라모토와 이누이를 만나는 건 솔직히 조금 거북하다. 거의 아무 대화도 없이 라면과 만두로 배를 채운 후, 하루코 씨가 부탁한 볶음밥과 만두를 포장해 가게를 나설까 했을 때 이누이가 천천히 입을 열었다.

"무슨 상황인지는 대강 알았어. 이제 단서가 없지?"

구라모토와 내가 거의 동시에 힘없이 고개를 끄덕였다.

기리야마 가에데가 어디 있는지는 여전히 파악하지 못했다. 생각해 볼 수 있는 모든 가능성을 시험했다. 만약을 위해 구라모토가 사람을 시켜서 시모오치아이의 맨션을 감시했지만, 오늘까지 기리야마 가에데기 나타날 낌새는 없었다.

이와키 교수에게 보낸 데이터에서도 유효한 대응책은 찾아내지 못했다. 초자연현상의 정체가 뭐든, 현상만 막을 수 있으면 된다는 것이 '아시야 초자연현상 조사'의 기본자세였다. 실제로 근원적인 해결, 소위 말하는 구마 의식 같은 걸 시도하지 않고서도 현상 자체만 없애면 의뢰인을 고생시키는 문제는 해결되는 사례가 많았다. 하지만 이번에는 '조명을 계속 켜놓는다'라는 대증 요법 외에 유효한 타개책은 찾아내지 못했다. 그리고 카렌 씨가 오늘 경험했던 대로, 이번 초자연현상은 조명을 끌 수도 있는 듯하다. 그러니까 하루코 씨 말마따나 24시간 내내 누군가 지켜보지 않고서는 안심할 수 없다.

또 한 가지 문제는 이노우에라는 파견사원에 관련된 일이었다. 구라모토의 조사 결과, 그가 이번 일에 관여하지 않았다는 사실 외에 다른 사실을 알아냈다.

카렌 씨가 직장에서 지독하게 갑질을 했다는 것이다.

구라모토는 사가에 있는 이노우에 본인과 통화하며 들은 이야기를 바탕으로, 카렌 씨가 다니는 홍보대행사의 직원과 퇴사한 직원 몇 명에게도 이야기를 듣고 몇 가지 사실이 진실임을 확인했다.

일단 이노우에 본인은 분명 카렌 씨에게 치근덕거렸다. 자기가 스토킹 같은 짓을 했다는 것까지 인정했다. 하지만 그 후 파견 계약을 해지당했을 때 그가 선정된 과정에 몇몇 문제가 있었던 듯했으므로, 이노우에는 카렌 씨가 자신에게 제재를 가한 것이라고 확신했다. 그래서 이노우에는 카렌 씨에게 복수심을 품고 갑질을 문제로 삼았다.

갑질을 당한 건 이노우에가 아니라 주로 실적이 시원치 않은 영업부원들이었다. 카렌 씨는 가끔 일대일로 면담하면서 아무렇지도 않게 폭언을 퍼붓고 과도한 업무량을 할당했다. 대상자가 부서 이동을 신청하거나 퇴직할 때까지 그러한 갑질이 계속됐다고 한다. 이노우에는 마지막 반격으로 그 사실을 인사부에 고발했지만, 카렌 씨가 영업 실적을 끌어올렸다는 이유로 임원진이 강력한 방패 노릇을 해주었기에 결국 그 일은 공론화되지 않았다. 퇴직한 직원 중에 노동조합이나 변호사와 상담한 사람이 없었다는 것도 카렌 씨에게는 행운이었던 듯하다.

구라모토에게 그 이야기를 들었을 때는 크게 동요했다. 구라모토가 정리한 보고서에는 차마 입에 담을 수 없을 만큼 지독한 카렌 씨의 폭언이 실려 있었다. 그걸 보자 지난 3년간 이나모리 씨에게 비슷한 말들을 들었던 경험이 떠올라서 두드러기가 돋을 것 같았다.

"다들 어느 정도 같은 생각이겠지만, 말하기 힘들 테니 내가 말할게."

다시금 지금까지의 경위를 들은 이누이가 라면 국물을 마시고 입을 열었다.

"최선을 다해 구해주자는 기분이 싹 사라졌어."

어떻게든 반박하려고 입을 열었지만 아무 소리도 나오지 않았다. 이나모리 씨에게 욕을 먹고, 내가 얼마나 무가치한 인간인지 매일 깨닫고, 이름을 부르기만 해도 위장이 쪼그라들고, 회사에 가기가 싫어서 아침에 전철역 화장실에서 토했던 날들을 떠올리자 도저히 카렌 씨를 옹호할 마음이 들지 않았다.

"뭐, 조금은 딱하기도 하지만."

이누이가 희미한 웃음을 지으며 말을 이었다.

"자기 오른팔에조차 배신당했으니까."

누구를 말하는 건지 바로 알아들었다. 다치바나 유카리다.

오컬트 연구회의 부대표 다치바나의 누나로, 카렌 씨를 괴담회에 데려간 장본인이다. 구라모토가 탐문 조사한 바로는 직원들 대다수가 다치바나 유카리를 '카렌 씨의 심복'으로 인식하는 듯했다. 하지만 막상 다치바나 유카리 본인과 이야기해 보자 카렌 씨가 갑질했다는 사실을 순순히 인정하더니 '마음이 아프다', '빨리 시정되길 바란다' 하고 진심 어린 표정으로 말했다고 한다.

나는 다치바나 유카리의 심정도 조금은 이해가 갔다. 우리 회사에도 이나모리 씨의 비위를 잘 맞춰서 갑질의 위협에서 벗어난 직원이 있다. 외부인에게는 겉과 속이 다른 그 모습이 어이없어 보이겠지만, 본인에게는 살아남기 위한 생존 전략이다.

"다카야마 카렌이 어떤 인간이더라도."

구라모토가 물을 들이켜고 말했다.

"하루코는 구해주려고 할 거야."

하루코 씨는 그 사실을 안 지금도 변함없이, 이번 사태를 어떻게든 수습하기 위해 열심히 움직이고 있다. 이렇게 구라모토와 이누이를 끌어들이면서까지.

"너희들, 하루코에게 가족 이야기를 들어본 적 있어?"

구라모토가 갑자기 묻길래 나와 이누이는 고개를 저었다. 구라모토는 "그렇군." 하고 시선을 아래로 내렸다.

"본인이 말하지 않는다면 내가 말할 자격은 없겠지. 언젠가 본인이 말할지도 모르니까, 그때까지 기다려줘. 다만 나랑 하루코가 같은 아동보호시설에 살았던 고아였다는 것만 말해둘게."

하루코 씨가 고아…? 확실히 신기하게도 지금까지 하루코 씨의 가족 이야기를 들은 적은 없었다. 의도적으로 그 화제를 피했는지도 모르겠다.

"지금이야 하루코가 저렇지만, 10대 때는 지금과 같은 사람이 맞나 싶을 만큼 어두운 애였어. 웃는 얼굴을 거의 못 봤지."

전혀 상상이 되지 않았다. 하루코 씨는 옛날부터 이런 줄 알았다. 그렇게 될 만큼 괴로운 일이 하루코 씨가 어린 시절에 일어났다는 건가.

몇 달 전 어느 술집에서 부모님에 관한 하잘것없는 불평을 하루코 씨에게 늘어놓았던 것이 문득 기억났다. 그때 하루코 씨 표정이 어땠더라.

"그런데 사회인이 되더니 완전히 다른 사람처럼 변했지. 난 녀석이 속에 품고 있던 여러 가지 응어리를 극복한 줄 알았어. 그런데 이거야."

구라모토가 날 가리켰다. '아시야 초자연현상 조사'를 뜻한다는 걸 알아차렸다.

"유령이니 사후세계니, 녀석이 무슨 생각으로 그런 데 관심을 가지는지 난 아직 모르겠어. 다만."

구라모토가 깊은 한숨을 쉬었다.

"녀석은 많은 걸 잃어왔지. 그래서 언제나 온 힘을 다해 눈앞의 사람을 구하려 해. 상대가 누구든지 말이야. 더 이상 눈앞에서 누군가를 잃는 걸 견딜 수 없어서겠지."

하루코 씨가 초자연현상을 조사하기 시작한 배경에는 내가 상상했던 것보다 훨씬 심각한 사정이 있는 듯했다. 난 아무것도 몰랐다.

언젠가 하루코 씨가 그 사정을 말해줄까. 난 아직 믿음직스럽지 못한 걸까. 어쨌거나 지금으로서는 그 '언젠가'를 기다리는 수밖에 없다.

"난 하루코가 그만두지 않는 한은 힘을 보탤 거야. 너희는 어때?"

구라모토의 말에 이누이는 어깨를 한번 으쓱하며 고개를 끄덕였다.

난… 어떨까.

카렌 씨도 그렇고, 하루코 씨도 그렇고… 잘 보고 있는 줄 알았는데 아무것도 제대로 보지 못했다는 걸 깨달았다.

가벼운 현기증이 나서 나는 아무 대답도 하지 못했다.

그대로 셋이 함께 카렌 씨 집으로 돌아왔다.

하루코 씨는 "왜 이렇게 늦었어?" 하고 우리를 나무라더니, 포장해 온 중화요리를 낚아채 믿기지 않을 만큼 빠르게 먹어치웠다.

카렌 씨는 구석구석까지 불빛이 비치는 침실에서 조용히 자고 있었다. 화장기가 없어서인지, 초자연현상에 지쳐서인지 처음 만났을 때보다 훨씬 나이 들어 보였다.

"아까 고생했어. 잠깐 눈을 뗀 사이에 나가려고 하더라고."

하루코 씨가 거실에서 녹화된 데이터를 확인하고 있는데, 갑자기 현관문 자물쇠를 푸는 소리가 들렸다고 한다. 확인하니 어느 틈엔가 불이 꺼진 현관에서 카렌 씨가 위태위태한 걸음걸이로 밖에 나가려고 했다. 황급히 말리자 본인도 자기가 밖으로 나가려 했다는 사실에 놀란 듯 기운 없이 침대로 돌아갔다.

"그 모습을 보니 지금까지 실종된 다섯 명도 어쩌면 카렌 씨처럼 훌쩍 집을 나서서 어딘가로 가버린 것 아닐까 싶더군. 실종됐다고 해도 인간이 말 그대로 증발해서 사라지는 건 아니겠지. 분명 자기 두 발로 어딘가에 간 거야.”

이야기에 귀를 기울이던 이누이가 그럼, 하고 목소리를 높였다.

“그냥 나가게 두고 어디로 가는지 뒤를 밟으면 되잖아? 어쩌면 기리야마 가에데가 있는 곳까지 갈지도 몰라.”

“그럴 수 있을 만한 상태가 아니었다니까. 테킬라를 병나발로 마신 것처럼 휘청거렸단 말이야. 그리고 밖에 나갔다가 차도에라도 뛰어들면 어쩔 건데? 그건 어디까지나 마지막 수단이야.”

하루코 씨가 핀잔을 주자 이누이는 입을 삐죽 내밀었다.

“하지만 이제 다른 수단이 없잖아? 마지막 수단은 이럴 때 사용하는 거 아니야?”

하루코 씨가 무슨 말을 하려다가 입을 다물더니 뭔가 생각하는 듯한 표정을 지었다. 아무도 말을 꺼내지 않아서 시간만 조용히 흘러갔다. 이 상황을 타개할 방법이 없을지 다들 고심하는 중이겠지만, 난 아무 생각도 떠오르지 않았다.

“이누이, 초능력자라면서?”

구라모토가 느릿하게 입을 열었다. 이누이가 뭐, 그렇지, 하고 은근히 의기양양해하는 태도로 말했다.

“기리야마 가에데가 어디 있는지 네 능력으로 찾을 수는 없나?”

"못해."

구라모토는 반쯤 농담으로 말을 꺼낸 듯했지만, 이누이는 진지한 표정으로 재깍 대답했다.

"하루코에게 못 들었어? 내 능력은 텔레파시 실험에서 4분의 1의 확률을 3분의 1의 확률로 바꾸는 정도야. 사람이 있는 곳을 찾다니, 그런 건 해본 적도 없어."

어림도 없다는 말투였다.

"페루에서는 백발백중이었잖아? 장소를 바꾸면 할 수 있지 않겠어?"

이번에는 하루코 씨가 끼어들었다.

분명 그런 이야기를 했었다. ESP 능력자에게는 각자 선호하는 환경이 있는데, 이누이는 어두운 물가라고 했다.

"지금 차를 몰고 도쿄만에라도 가자. 거기서 어떻게 안 될까?"

하루코 씨가 뜻밖에 진지한 어조로 말했다. 이제는 초능력에라도 매달려야 하는 상황이라는 걸까.

"못한다니까. 나한테 책임을 지우지 마."

이누이는 단호한 태도를 고수했다.

"내가 실패해서 기리야마 가에데가 어디 있는지 못 알아냈는데 다카야마 카렌이 실종되면 내 탓이 되는 거잖아. 내 능력에 기대하지 마. 난 책임지기 싫어."

"에이, 누가 탓한다고 그래?"

"아니, 할 거야. 어차피 너희도 미디어 놈들과 똑같은 짓을 할 거라고. 넌 굉장하다는 둥 너라면 할 수 있다는 둥 실컷 치켜세우다가 막상 실패하면 태도를 싹 바꿔서 비난을 퍼붓지. 난 못한다고 처음부터 말했는데. 진짜 치가 떨려."

이누이의 서슬에 하루코 씨도 약간 당황한 듯 사과의 말을 꺼냈다. 이누이의 눈은 우리 세 명이 아니라 어딘가 먼 곳을 보고 있는 듯했다. 이누이의 어머니가 벽에 자랑스레 붙여놨던 수많은 신문 스크랩과 그 집의 낡아빠진 현재 모습이 떠올랐다. 이누이는 이누이대로 초능력에 휘둘리며 살아왔는지도 모른다.

그대로 다들 입을 다물었다.

유리창 너머로 희미하게 들리는 빗소리와 에어컨 돌아가는 소리, 어딘가에 있는 시계의 초침 소리만이 불필요할 만큼 밝은 거실을 채웠다.

그런 가운데 나는 뭔가가 마음에 걸려서 속이 탔다.

아까 대화하다가 뭔가 알아차릴 뻔했던 것 같다. 그런데 그게 뭐였는지, 머릿속을 맴도는 정보의 조각을 잘 짜맞출 수가 없었다.

하는 수 없이 발상의 꼬리를 붙잡기 위해 고전적인 방법에 의지하기로 했다. 소리 내어 말하는 것이다.

"저기, 죄송한데요, 그, ESP 능력은 '보잘것없지만' 존재하는 거죠?"

세 사람이 일제히 나를 보았다.

"뭐, 그렇지."

이누이가 퉁명스럽게 대꾸했다.

"그리고 특정한 조건 아래서는 능력이 강해지는 거죠? 덧붙여 그 조건은 사람마다 다르고요."

"응."

"텔레파시는 사진처럼 보인다고 하셨죠. 송신자가 보고 머릿속에 떠올린 이미지가, 수신자에게는 확실치 않은 사진으로 전달돼요."

"그게 뭐 어쨌다는 건데?" 이누이가 짬질난다는 듯 물었다.

내가 하고 싶은 말이 뭔지 조금씩 알 것 같았다.

"내내 마음에 걸렸어요. 기리야마 가에데의 괴담은 이상하지 않나요?"

"그야, 처음부터 끝까지 이상하지."

"그런 게 아니라…."

노트북을 끌어당겨 괴담회 영상을 재생했다. 영상 속에 기리야마 가에데가 나타나서 괴담을 들려주었다.

　난 어두운 물속에 있습니다. 어둡고 위험한 곳에서 당신을 기다리고 있습니다.

　난 당신 곁으로 찾아갑니다. 당신을 물속으로 데려가기 위해.

　당신은 내 무시무시한 모습을 보고 제정신을 유지하지 못할지도 모릅니다.

그리고 당신은 드디어 내가 있는 물속으로 옵니다.

기리야마 가에데의 괴담은 시종일관 '나'와 '당신'이라는 인칭으로 진행된다. 그건 마치 '당신'이라고 불린 관객을 기리야마 가에데 자신이 어두운 물속으로 끌고 가려 한다는 저주의 말처럼 들리기도 한다.

"저희가 기리야마 가에데를 주술사로 가정한 것도 이 인상에 영향을 받았기 때문이겠죠. 그런데."

다시 재생했다. 기리야마 가에데의 괴담이 끝부분에 접어들었다.

당신에게 전하겠습니다. 그것이 내가 할 수 있는 유일한 일이기 때문입니다.

늘 빛과 함께 계십시오..

그러고 나서 기리야마 가에데는 무대에서 내려갔다.

"이 부분만 의도가 좀 다른 것처럼 보여요. 지금까지 저주의 말을 늘어놓았던 '나'가 갑자기 '당신'을 염려하는 듯한 말을 꺼내죠. 특히 저주를 회피하기 위해 제일 중요한 정보가 마지막 한마디에 담겨 있어요. 저주를 걸려는 사람이 일부러 이런 이야기를 할까요?"

기리야마 가에데의 괴담에는 분명 두 명의 '나'가 등장한다.

"마지막에 '당신'에게 충고하는 '나'는 기리야마 가에데 자신일 겁니다. 문제는 '당신을 물속으로 끌고 가려고 하는' 전반부의 나예요. 그게 어디의 누구인지는 모르겠습니다만…. 다만 이렇게 생각할 수는 없을까요? 기리야마 가에데는 그 무시무시한 이미지를 '수신'해서 피해자가 될 인물에게 경고하려 한다…."

즉.

"기리야마 가에데는 주술사가 아니라 ESP 능력자 아닐까요?"

과연, 하고 하루코 씨가 중얼거렸다.

"요컨대 기리야마 가에데에게는 괴담회가 능력을 발휘하기 쉬운 환경이었다는 건가. 여러 사람이 지켜보는 게 좋은 건지, 그 새카만 막이 좋은 건지는 제쳐놓고 말이야."

기리야마 가에데는 괴담회에 참가할 때마다 관객 중 한 명이 어두운 물속으로 끌려가는 이미지를 봤다. 객석을 둘러보다 한 명에게 초점을 맞추고 말없이 바라보는 바로 그 시간에. 그리고 충고할 작정으로 자신이 본 이미지와 '늘 빛과 함께 있으라'라는 메시지를 전했다.

"뭐, 말도 안 되는 소리는 아닌 것 같은데."

이누이가 턱을 문지르며 말했다.

"괴담 내용이 그다지 구체적이지 않은 것도 ESP 능력으로 본 이미지를 묘사해서 그렇다고 하면 수긍이 가. 텔레비전처럼 보이는 게 아니니까 아무래도 추상적으로 말하게 되지.”

다만, 하고 이누이가 하루코 씨와 얼굴을 마주 보았다.

“문제가 하나 있어. 기리야마 가에데가 만약 실종된 장면까지 보는 거라면, 그건 한 달 후의 미래라는 뜻이야.”

내가 고개를 갸우뚱하자 하루코 씨가 설명을 이어받았다.

“ESP 능력 중 미래 예지는 꽤 아리송한 측면이 있어. 실제로 예지에 관해 다양한 실험을 하고, 어느 정도 성과도 나오지. 예를 들면 포르노 영상과 보통 영상을 준비하고 피실험자에게 어느 쪽이 나올지 맞히게 하는 실험이야. 확률은 2분의 1일 텐데도 포르노 영상이 나올 때만 정답률이 높아졌어. 반대로 고어 영상과 평범한 영상으로 실험했을 때는 아직 보지 못한 고어 영상을 피하듯 고어 영상의 정답률이 낮아졌지. 인간은 아주 가까운 미래를 예지할 가능성이 있다는 거야.”

다만, 하고 하루코 씨가 손바닥에 턱을 괬다.

“한 달 후의 미래를 예지한다는 소리는 못 들어봤어. 너무 긴 시간인 데다 그때까지 발생할 선택의 가짓수를 고려하면 한 달 전에 본 미래는 무한히 변화할 가능성이 있으니까.”

라플라스의 악마를 아느냐고 하루코 씨가 물어보길래 고개를 저었다.

“예를 들면 포켓볼을 생각해 봐. 만약 모든 공의 위치와 운동량을 계산해서 완벽하게 파악할 수 있으면 반드시 노린 대로

공을 포켓에 넣을 수 있겠지. 그걸 전 세계로 확대한 개념이 라플라스의 악마야."

모든 원자의 위치와 운동량을 완벽하게 파악할 수 있는 측정기가 있다면, 그 측정기는 앞으로 세상에 일어날 모든 일을 계산해서 도출할 수 있는 셈이다. 그 측정기, 라플라스의 악마 입장에서 보면 세상의 앞날은 이미 완벽하게 정해진 상태다. 앞으로 카렌 씨가 어떻게 될지도, 내가 어떤 인생을 살아갈지도. 그 가정 아래서는 인간에게 자유의지는 없는 셈이다.

"그렇지만 현대에 접어들면서 라플라스의 악마는 부정됐어. 양자론의 대두로 모든 물질의 위치와 운동량을 정확하게 파악하기가 불가능하다는 걸 알았거든. 뭐, 간단히 말해 인간에게는 자유의지가 있다는 뜻이지."

그쪽은 나도 아주 자세하게는 모르니까 더 이상 묻지 마, 하고 하루코 씨가 웃었다.

"다시 말해 기리야마 가에데가 ESP 능력자라 하더라도, 한 달 후의 미래까지는 보이지 않을 거야. 다만 ESP 능력자라는 추측은 맞는 것 같아. 잘 알아차렸네."

기리야마 가에데는 ESP 능력을 지니고 있다. 그러나 미래는 보이지 않는다.

그럴 경우, 그 괴담은 대체 뭘 의미하는 걸까?

"어이, 잠깐 있어봐. 나만 이야기를 못 따라가는 거야?"

잠자코 있던 구라모토가 입을 열었다.

"ESP인지 나발인지 모르겠지만, 제일 중요한 문제가 전혀 해결되지 않았잖아. 기리야마 가에데가 지금 어디 있느냐는 문제가."

그렇다. 스스로 발견해 낸 사실에 너무 들뜨고 말았다. 기리야마 가에데가 주술사든 ESP 능력자든 현재 상황은 변함이 없다.

확실한 사실은 기리야마 가에데와 별개로 카렌 씨와 실종자 다섯 명에게 초자연현상을 일으킨 인물이 있다는 것뿐이었다. 그리고 그쪽에 다다를 실마리는 전혀 없다.

어쨌거나 기리야마 가에데의 소재를 파악하는 것만이 돌파구라는 사실은 변함없었다.

"ESP라고 해서 뭔가 달라지나? 예를 들어 ESP 능력자에게는 시급을 올려주는 아르바이트가 있다든가."

구라모토가 농담조로 말했다.

그때였다.

"아아아아아아앗."

이누이가 갑자기 소리를 질렀다.

너무 놀라서 엉겁결에 살짝 뛰어올랐다.

"시끄러워! 간 떨어지는 줄 알았네."

하루코 씨가 고함을 버럭 질렀지만, 이누이는 개의치 않고 아주 기뻐하는 목소리로 말했다.

"생각났어!"

“ESP 능력이 있으면 시급을 올려주는 아르바이트가?”

“아니, 어, 비슷한가. 아무튼 기리야마 가에데의 얼굴을 어쩐지 본 것 같더라니.”

분명 이누이가 그런 소리를 했었다.

“어디서 봤는데?”

“이와키 교수의 ESP 실험실. 딱 한 번 기리야마 가에데가 피실험자로 참여했어. 나처럼 돈이 목적이었겠지. 그런 의미에서는 ESP 능력이 있으면 시급을 올려주는 아르바이트야.”

기리야마 가에데는 본인이 ESP 능력자임을 자각하고 있었고, 실험에 협력할 사람을 모집한다는 이와키 교수의 공고를 어디선가 본 것이리라. 생활비를 마련하기가 힘들었던 기리야마 가에데는 사례금을 목적으로 실험에 참가했고, 거기서 이누이와 한 번 접촉했다.

“주술사 쪽으로만 생각했는데, 완전히 잘못 짚었군.”

“당장 이와키 교수님에게 연락해 볼게.”

하루코 씨가 스마트폰을 꺼내자 이누이가 제지했다.

“아니, 그럴 필요 없어. 녀석이 거기서 나한테 영업했거든.”

이누이는 그렇게 말한 후, 파우치에서 너덜너덜한 명함집을 꺼내 내용물을 펼쳐놓았다. 경찰 관계자의 명함이 아주 많았다.

“찾았다, 이거야.”

이누이가 내민 명함에는 이렇게 적혀 있었다.

아사쿠사 점술관 '환상의 집'

카운슬러 Kaede

점술가인가. 확실히 ESP 능력자에게는 안성맞춤인 아르바이트일지도 모르겠다.

"틀림없겠지?"

"응, 틀림없어. 이렇게 음울한 점술가에게 점을 치기는 싫다고 생각했던 기억이 나는군."

명함을 뚫어지게 노려보던 하루코 씨가 고개를 들고 말했다.

"좋아, 내일 아침 일찍, 아사쿠사에 가자."

9

아사쿠사에는 세찬 비가 내리고 있었다.

접근 중인 태풍은 모레 월요일에 도쿄를 정통으로 때리는 듯, 뉴스에서는 '관측 사상 최대'라느니 '안전 대책 마련에 최선을 다해야 한다'느니 하는 말로 연신 주의를 촉구했다. 아무래도 도쿄에 야단이 나리라는 것만큼은 확실히 전해졌다.

지하철 아사쿠사역에서 내려 직결된 아사쿠사 지하상가로 향했다.

거기는 쇼와 시대의 분위기를 고스란히 간직한 듯한 공간이었다. 들어가자마자 중고 DVD 판매점이 눈에 들어오고, 그 안쪽에는 커트 가격이 800엔이라고 광고하는 이발소와 전기 기공 치료라는 간판을 내건 물리치료원 등이 늘어서 있다. 일본에서 가장 오래된 지하상가인 만큼 시설 전체가 어마어마하게 노후화해서 도쿄에 아직도 이런 곳이 있었나, 하고 놀랐다.

토요일 이른 아침이라 아직 영업하는 가게는 별로 없었지만, 비를 피하기 위해서인지 외국인 관광객들로 나름 붐볐다. 이 또한 비 때문인지, 원래 그런 건지는 모르겠지만 지하상가 전체에 하수도같이 독특한 냄새가 풍겼다. 한순간 카렌 씨 집에서 맡았던 '그 냄새'가 떠올라 움찔했지만, 아무래도 이건 이 장소 특유의 냄새인 듯했다.

지하상가에 늘어선 가게 중에 기리야마 가에데가 일하는 점술관인 '환상의 집'이 있었다.

"사흘 안에 거기서 꼭 기리야마 가에데를 찾아내면 좋겠는데."

어젯밤에 하루코 씨가 한 말이었다. 마침 오늘부터 '경로의 날'까지 사흘 연휴고, 웬일로 우리 둘 다 휴일에 출근해야 할 업무가 없었으므로 온종일 활동이 가능했다. 여기서 꼭 결판을 내고 싶었다.

'환상의 집' 홈페이지를 확인했지만 소속된 점술가의 출근 일정은 실려 있지 않은 듯했다. 전화로 확인할 수도 있겠지만 경계하면 일이 힘들어진다고 하루코 씨가 주장했고, 우리도 그 의견에 동의했다.

"일부러 집을 비웠는데 직장인 아사쿠사에 있을지는 의문이지만, 상황이 상황이니 도박에 나서는 수밖에 없겠지."

불량해 보이는 사람이 기리야마 가에데의 집을 찾아왔다고 이웃 사람이 증언했다. 구라모토는 어머니의 빚 때문에 나타난 추심꾼이라고 추측했는데, 만약 기리야마 가에데가 그에게서 몸을 숨긴 거라면 부주의하게 방문을 예고하지 않는 편이 나으리라.

결과적으로 우리는 가장 원시적인 방법을 사용해 기리야마 가에데를 기다리기로 했다. 잠복이다.

'환상의 집'이 있는 지하상가는 남북으로 길쭉한 구조고 출입구가 세 군데다. 각 철도 노선으로 이어지는 남쪽의 두 군데를 하루코 씨와 내가 분담하고, 신나카미세길로 이어지는 북쪽 계단은 이누이가 감시하기로 했다. 구라모토는 "넌 추심꾼으로 보이니까 오지 마."라는 하루코 씨의 한마디에 카렌 씨 집에 남기로 했다.

점술관은 아침 11시에 영업을 시작한다. 우리는 아침 10시부터 정해진 위치에서 기리야마 가에데가 출근하기를 기다렸다. 기리야마 가에데가 나타나면 점술관에 들어가는 걸 확인한 후 셋이 함께 찾아간다는 계획이었다.

태풍이 접근해서 날씨가 나쁜데도 토요일 아침이라 그런지 나름대로 사람이 많았다. 나는 지나가는 사람들의 얼굴을 보며 눈빛이 어두운 여대생을 찾았다.

30분이 지나고, 한 시간이 흘러갔다.

끈기가 필요한 작업이라는 건 알고 시작했지만 점점 집중력이 떨어졌다. 낮이 다가오면서 영업을 시작하는 가게도, 통행인도 늘어나서 오가는 사람의 얼굴을 눈으로 좇으며 확인하기가 힘들어졌다.

스마트폰에 전화가 왔길래 화면을 보자 이누이였다. 나랑 하루코 씨에게 그룹 통화를 걸었다.

"문제가 발생했어."

이누이가 진지한 목소리로 말했다. 무슨 일인가 싶었는데 다음에 이어진 말을 듣고 힘이 쭉 빠졌다.

"화장실 가고 싶어."

"거기서 싸."

하루코 씨가 매정하게 지시했다.

"인간의 존엄성을 무시하지 마. 그쪽은 한 명만 있어도 되잖아. 좀 교대해 줘."

하는 수 없이 내가 교대하겠다고 나서려 했을 때였다.

"앗!"

이누이가 갑자기 고함을 질러서 나는 무심코 스마트폰을 귀에서 뗐다.

"쌌어?"

"멍청아, 나타났어. 기리야마 가에데다!"

드디어 왔다. 기쁨과 긴장이 동시에 몰려왔지만, 이어진 이누이의 한마디에 앞쪽만 사라졌다.

"아, 도망쳤다!"

"으이구, 큰소리로 이름을 부르니까 그렇지. 어디로 갔어?"

"지상으로. 센소지절 쪽!"

쫓아가라는 하루코 씨의 말에 나는 바닥을 박찼다. 일단 가까운 출구를 통해 지상으로 올라가서 눈앞의 큰길을 건넌 후 기억을 더듬으며 센소지절 방향으로 향했다. 아아, 정말 엉망진창이다.

길을 가득 메운 관광객들 사이를 누비며 달렸다. 위쪽에 덮인 아케이드 덕분에 젖지는 않았지만, 우산을 펼친 채 걸어가는 사람도 많아서 마음먹은 대로 나아가기가 힘들었다.

"어디인가요?"

전화가 연결된 채로 들고 있던 스마트폰에 대고 물었다.

"지금 나카미세, 야! 왼쪽으로, 꺾었어! 바깥쪽 문, 가미나리몬 방향!"

숨을 헐떡이는 이누이의 목소리가 들렸다. 내가 이대로 뛰어가면 먼저 도착할 수 있을 듯했다.

"이러다, 여자애를, 쫓아다니는, 남자가, 있다고, 신고당하겠어!"

"붙잡히지 마!"

이누이와 하루코 씨의 대화를 들으며 머릿속에 지도를 펼쳤다.

똑바로 가면 가미나리몬 앞에 다다른다. 거기서 이누이와 함께 기리야마 가에데를 양쪽에서 포위할 수 있으리라.

"아, 꺾었다!"

그런 목소리가 들려서 얼른 멈춰 섰다.

"어느 쪽입니까!"

"역, 방향으로, 돌아갔어!"

너무 갑작스러운 사태에 어느 쪽으로 가면 될지 헷갈려서 일단 왔던 길을 되돌아갔다. 갑자기 시커먼 형체가 눈앞으로 튀어나왔다. 온몸이 푹 젖은 채 어깻숨을 쉬는 아담한 여자와 눈이 마주쳤다. 어두운 눈빛이 깃든 눈동자가 이쪽을 쳐다봤다. 기리야마 가에데다.

기리야마 가에데는 나를 보자마자 내가 지금 왔던 길을 지하상가 방향으로 뛰어갔다. 나는 즉시 뒤쫓았다. 조금 늦게 뒤에서 이누이의 발소리도 들려왔다.

"기리야마 씨, 좀 멈춰봐요!"

부탁했지만 기리야마 가에데는 멈출 기미가 없었다. 지나가던 사람들이 놀란 듯 우리를 보았다. 이러다 정말로 신고당할 것 같았다.

"역 쪽입니다!"

하는 수 없이 전화에 대고 소리쳤다. 하루코 씨는 대체 어디 있는 걸까.

기리야마 가에데는 큰길에 다다르자 빨간불을 무시하고 차가 오가는 차도로 뛰어들었다. 경적 소리가 울려 퍼지는 가운데, 재빠른 몸놀림으로 차를 피해 반대편으로 건너갔다.

"미치겠네."

나도 서둘러 뒤쫓았다. 경적 소리가 더 크게 울렸지만 무시했다. 간신히 차도를 건너서 앞쪽을 보자 기리야마 가에데가 지하상가로 이어지는 계단을 내려가는 모습이 눈에 들어왔다.

"지하예요!"

또 스마트폰에 외치고 계단으로 뛰어갔다. 달린 탓인지, 차도를 무리하게 건넌 탓인지 심장 뛰는 소리가 시끄럽게 느껴질 정도였다. 목구멍이 아팠다.

지하상가로 내려가자 기리야마 가에데는 점술관 쪽으로 똑바로 달려갔다. 아무래도 자기 직장으로 도망쳐 숨을 작정인 듯했다.

다리가 꼬이면서도 쫓아가자 앞쪽에 낯익은 사람이 우뚝 서 있었다.

"거기 점술가, 멈춰."

하루코 씨였다. 비를 한 방울도 맞지 않았는지 뽀송뽀송했다. 설마 계속 여기 있었던 건가.

기리야마 가에데는 나와 하루코 씨 사이에 낀 형태가 됐다. 이누이는 괜찮을까 싶은 생각이 한순간 머릿속을 스쳤지만, 기리야마 가에데에게서 눈을 뗄 수 없었다.

물에 젖은 생쥐 꼴이 된 아담한 점술가는 숨을 몰아쉬며 나와 하루코 씨를 번갈아 보았다. 사람들은 우리들을 피하듯 통로 가장자리로 지나갔다. 스마트폰 카메라를 이쪽으로 향한 사람도 몇 명 있었다. 일이 성가셔질 것 같았다.

"우리는 추심꾼이 아니야. 이야기를 좀 들으러 왔을 뿐이라고."

하루코 씨의 말에 기리야마 가에데가 미심쩍어하는 표정을 지었다.

"네가 괴담회에서 들려준 괴담에 대해…."

철퍽.

엇, 하고 목소리가 새어 나왔다. 그 소리가 났다. 어딘가 싶어 주변을 둘러보다 내 바로 옆의 영업하지 않는 음식점 안이라는 걸 알아차렸다. 가게 내부의 어둠 속에서 들린 소리는 틀림없이 그 이상한 소리였다.

철퍽.

이번에는 비스듬히 오른쪽 앞에 있는 다른 점포에서 들렸다. 하루코 씨도 들었는지 놀란 표정이었다.

동시에 지하상가에 풍기는 냄새가 조금씩 달라지는 게 느껴졌다. 하수도 같은 악취에서 맡아본 적 있는 개골창 냄새로 조금씩 변화했다. 너무 비슷한 냄새라 자신은 없지만, 분명 산겐자야의 맨션에서 맡은 냄새였다.

다음 순간 조명이 꺼졌다.

곳곳에서 비명이 들렸다. 지하상가의 천장에 달린 형광등이 잠깐 깜빡거리다가 일제히 꺼진 것이다. 각 점포의 조명도 차례차례 빛을 잃어 지하상가는 어둠에 휩싸였다. 비명과 웅성거림에 섞여 그 소리가 여기저기서 들려왔다.

철퍽.

철퍽.

바로 주변이 어렴풋이 밝아졌다. 사람들이 스마트폰 손전등을 켰다. 하지만 어째선지 그 불빛도 차례차례 꺼졌다. 비명과 웅성거림이 커졌다.

터무니없는 착각을 했던 모양이다. 기리야마 가에데가 ESP 능력자라는 내 추리를 하루코 씨도 인정해 줘서 완전히 들떴다. 하지만 아마 첫 번째 가설이 옳았던 것이리라.

기리야마 가에데야말로 이 초자연현상의 원흉이었던 건가.

기리야마 가에데는 어디로 갔을까. 아까 한순간 밝아졌을 때 기리야마 가에데의 모습은 사라지고 없었다.

지하상가에서 나가려는 사람들이 어둠 속에서 서로 부딪쳤고, 비명과 고함이 오갔다. 가족을 놓쳤는지 목이 터지게 누군가의 이름을 부르는 소리도 들렸다. 그리고 그러한 소리에 섞여 그 이상한 소리가 어디선가 또 들렸다. 어둠에 잠긴 지하상가는 완전히 혼란에 빠졌다.

갑자기 눈앞에서 붉은 불빛이 솟구쳤다.

눈부셔서 눈을 감았다가 다시 뜨자 불빛의 정체가 뭔지 보였다. 하루코 씨가 한 손에 불꽃신호기를 쥐고 있었다.

"끌 수 있으면 꺼봐."

불꽃신호기의 붉은 불빛을 받으며 하루코 씨가 쩌렁쩌렁하게 소리쳤다. 주변이 밝아져서 침착함을 되찾은 사람들이 역 쪽으로 뛰어갔다. 나도 마음을 좀 가라앉히고 하루코 씨 곁으로 달려가려 했다. 그때였다.

철퍽.

바로 뒤에서 그 소리가 났다. 나도 모르게 굳어버렸다. 돌아보면 닿지 않을까 싶을 만큼 가까웠다. 뻣뻣하게 굳은 상태로 정면의 하루코 씨를 보자, 하루코 씨도 부릅뜬 눈으로 나를 보고 있었다. 아니, 정확하게는 내 조금 뒤쪽을.

식은땀이 등을 타고 흘러내렸다. 역 쪽으로 달려가는 사람들 사이에서 나와 하루코 씨만 얼음처럼 굳어버렸다.

물이 뚝뚝 떨어지는 소리가 뒤에서 들렸다. 뒤에 뭔가가 있다. 기척이 느껴졌다.

몸이 얼어붙은 것만 같아서 돌아볼 수도, 도망칠 수도 없었다.

불꽃신호기에서 솟아오르는 불꽃이 점점 작아졌다. 지속 시간이 끝나간다.

반대로 등 뒤에서 느껴지는 기척은 점점 강해졌다.

붉은 불빛이 거의 다 꺼졌다.

큰일이다. 어둠에 삼켜진다.

"그 빛으로는 안 돼요."

느닷없이 하루코 씨 뒤편에서 목소리가 들렸다.

크지는 않았지만 신기하게도 귀에 쏙 들어오는 목소리였다.

다음 순간 지하상가 전체가 은은한 빛에 감싸였다. 오랜 가뭄 끝에 내리는 단비처럼 보드라운 빛이었다. 뒤쪽에서 기척이 사라졌다. 그 냄새도 멀어졌다. 공기가 정화되는 듯한 신비한 감각에 감싸였다.

꺼졌던 형광등이 하나씩 켜졌다. 아직 지하상가에 남아 있던 사람들이 안도한 듯 수런거렸다. 지하상가가 완전히 밝아지자 나는 목소리가 들린 쪽을 보았다.

기리야마 가에데가 한 손에 수정구슬을 들고 서 있었다. 다른 손에 쥔 손전등으로는 수정구슬을 비췄다. 수정구슬에 반사돼서 퍼져나간 불빛이 아까 그 희미한 빛의 정체였던 건가.

"당신들, 저걸 알아요?"

기리야마 가에데가 얼떨떨해하는 나와 하루코 씨에게 물었다.

뭐라고 대답하면 좋을지 몰라서 입만 뻐끔거리는데 뒤쪽에서 시끌벅적한 목소리가 들렸다. 역무원 제복을 입은 남자들이 이쪽으로 다가오고 있었다. 한 명이 이쪽을 가리키며 뭐라고 말하는 게 보였다.

"쳇, 불꽃신호기는 너무 과했나."

"소란스러워지겠네요. 장소를 바꾸죠."

기리야마 가에데가 몸을 돌려 걸어갔다. 하루코 씨와 나는 서둘러 그 뒤를 따랐다.

점술가가 데려간 곳은 센소지절 옆에 있는 흡연 부스였다.

비가 내려서인지 주변에 사람은 없었다. 혼잡한 아사쿠사에서 여기만 묘하게 조용했다.

어느 틈엔가 나타난 이누이가 어디서 샀는지 수건을 나와 기리야마 가에데에게 내밀길래 우리는 젖은 머리를 닦았다. 또

한 어디서 샀는지 이누이는 젖은 옷을 'I LOVE 아사쿠사'라고 적힌 민망한 티셔츠로 갈아입고 왔다. 나와 기리야마 가에데에게도 그걸 주려 했지만, 둘 다 거절했다.

다시금 기리야마 가에데를 관찰했다.

영상 속에서 여러 번 보기는 했지만, 실물은 상상했던 것보다 훨씬 작았다. 대학교 2학년일 테지만 중학생이라고 해도 믿길 정도였다. 긴 머리를 아무렇게나 질끈 묶어서 뒤로 늘어뜨렸고, 피부는 병적이리만치 하얬다. 시모오치아이의 맨션에서 봤던 흰색 옷깃이 달린 검은색 원피스 차림이었다. 여기로 올 때 검은색 우산을 쓴 모습은 그야말로 까마귀 같았다.

"나도 한 대 줘요."

이누이가 담배에 불을 붙이자 기리야마 가에데가 말했다. 이누이는 아메리칸스피릿을 한 개비 건네고 불을 붙여주었다.

"왜 도망친 거야?"

이누이가 묻자 기리야마 가에데는 창피한 듯 눈을 내리떴다.

"아키타에서 온 사람인 줄 알았으니까."

역시 어머니의 빚 때문에 집을 비운 건가. 더는 묻지 않는 편이 좋을 듯했다.

"아까 그건 뭐지?"

하루코 씨의 질문에 기리야마 가에데는 연기를 길게 내뿜었다.

"몰라요."

"네가 그런 건 아니지?"

"봤잖아요. 난 도와줬다고요."

기리야마 가에데는 우리 중 누구와도 눈을 맞추려 하지 않았다. 사람과 대화하는 데 익숙지 않은 것이리라.

"가끔 와요. 하지만 아사쿠사에 온 건 처음이라 놀랐죠. 뭔지는 모르지만 쫓아내는 방법은 알고요."

쫓아내는 방법이란 그 수정구슬을 가리키는 걸까. 그건 특별한 구슬이냐고 하루코 씨가 묻자 기리야마 가에데는 "아니요, 아무 데서나 파는 거." 하고 퉁명스럽게 대꾸했다.

"저희는 다카야마 카렌 씨라는 분의 부탁으로 그것의 정체를 조사하고 있어요. 그러다 기리야마 씨에게 다다랐고, 기리야마 씨의 괴담을 들은 사람이 모두 실종됐다는 걸 알았죠."

"그 사람은 무사해요?"

기리야마 가에데가 갑자기 끼어들어 말했다. 카렌 씨를 뜻하는 거겠지만, 무사하다고 해도 될지 솔직히 판단이 서지 않았다.

"위험한 상태일 거예요. 당신이라면 어떻게 할 수 있지 않을까 싶어서 찾아온 건데요."

내 대답에 기리야마 가에데는 고개를 저었다.

"나한테는 무리예요. 그게 뭔지 나도 모르니까."

온몸에서 힘이 쭉 빠졌다. 기리야마 가에데만 찾아내면 전부 해결될 거라는 마음으로 여기까지 왔다. 하지만 자기도 그 현상의 정체는 모른다고 한다. 대체 우리는 어쩌면 좋을까.

"넌 ESP 능력자지? 이와키 교수님의 실험에 참가했었잖아."

하루코 씨가 묻자 기리야마 가에데는 주저 없이 고개를 끄덕였다.

"넌 괴담회에서 과거의 이미지를 보는 거지?"

이번에도 고개를 끄덕였다.

과거의 이미지…?

"그게 무슨 말씀이세요?"

내가 의문을 제기하자 하루코 씨가 이쪽으로 고개를 돌렸다.

"이 녀석이 카렌 씨에게 들려준 괴담에 의아한 점이 하나 있었어. '당신이 멍한 얼굴로 이부자리에 누워 있습니다. 아래층에서 내가 계단을 한 발짝 한 발짝 올라옵니다. 당신은 어쩌지도 못하고 그 모습을 보고만 있습니다.'라는 부분이야. 카렌 씨는 침대를 쓰잖아? 뭐, 침대에 깐 이부자리를 가리켜서 이부자리에 누워 있다고 할 수 있을지도 모르지만, 다음 부분도 좀 이상해. 이부자리에 누워 있는데 맨션 아래층에서 위층으로 계단을 한 발짝 한 발짝 올라오는 모습이 보이다니 말이 안 되잖아. 그래서 구라모토에게 확인해 달라고 했지. 제5회 괴담회가 끝난 후에 실종된 시게노에 대해서."

시게노는 무방비하게도 SNS에 집과 방 사진을 여러 장 올렸다. 그 사진을 통해 그가 부모님과 2층짜리 단독주택에 살며, 2층 부분에 이부자리를 깔고 잤다는 사실을 알아냈다고 한다.

"그래서 확신했지. 이 녀석은 다카야마 카렌에게 괴담을 들려줄 때 시게노가 실종될 당시의 이미지를 보고 있었던 거야.

그리고 시게노 때는 가미야마다, 가미야마다 때는 사카키라는 식으로 늘 바로 전 회차의 사람이 실종되는 광경을 본 거지. 미래를 보는 건 불가능하더라도 과거에 일어난 일을 ESP 능력자가 투시한 사례라면 나도 알아. 어때, 아니야?”

하루코 씨의 말에 기리야마 가에데는 고개를 살짝 끄덕였다.

“가르쳐줘. 왜 그런 짓을 한 거야?”

“처음에는 나도 평범하게 괴담을 선보일 생각이었어요.”

기리야마 가에데는 작지만 잘 들리는 목소리로 조금씩 말을 꺼내놓았다.

오컬트 연구회에는 약간 충동적으로 가입했다. 성격상 친구가 없었으므로 동아리에 드는 것도 나쁘지 않으리라는 생각에서였다. 결과적으로 친구는 만들지 못했지만 괴담회를 시작한다기에 참가하기로 했다. 어두운 장소도, 여러 사람이 지켜보는 환경도, 기리야마 가에데의 ESP 능력을 강화하는 요소였다. 처음에는 관객의 과거를 보고 개인사를 알아맞혀 놀라게 할 작정으로 괴담회에 참가했다. 그냥 심심풀이였다. 그런데 처음으로 괴담회에 참가했을 때 한 관객에게서 무시무시한 이미지를 보았다. 어두운 물속에서 무언가가 기어 나와 사람을 끌고 가는 이미지였다. 기리야마 가에데는 뭐가 뭔지 잘 몰랐지만 자신이 본 광경을 그대로 전달했다.

다음 괴담회에서도 똑같은 광경을 보았다. 다만 그때 물속으로 끌려간 건 지난번 괴담회 때 자신이 이야기를 들려준 그 남자였다. 연쇄된다는 걸 깨달았지만 어떻게 하면 좋을지 몰랐다. 자신이 본 광경이 실제로 일어난 건지 확인할 길이 없었다. 상대가 어디에 사는 누구인지도 모르고, 그걸 확인할 방법도 몰랐다.

그 무렵부터 이따금 집에 '그것'이 나타나게 됐다. 물기를 머금은 발소리와 개골창 냄새. 그 발소리가 남기고 가는 탁한 녹색 물. 자신이 괴담을 들려줄 때 '그것'의 눈으로 인지한 광경을 보고 있다는 걸 직감적으로 알아차렸다. 그리고 '그것'이 빛을 두려워한다는 사실도.

다음 괴담회부터 '늘 빛과 함께 있으라'는 충고를 덧붙였다. 그래도 매번 지난 회차에 자신이 이야기를 들려준 상대가 습격당하는 이미지를 봤다. 과연 그 일이 실제로 일어나는 건지는 생각하지 않으려 애썼다.

그것이 기리야마 가에데가 체험한 일의 자초지종이었다.

솔직히 내 이해의 범주를 크게 넘어선 부분이 너무 많아서 뭐라고 말하면 좋을지도, 어디까지 믿으면 될지도 모를 지경이었다. 다만 우리가 지금까지 체험해 온 모든 일들이 기리야마 가에데의 이야기에 설득력을 부여했다.

"하고 싶은 말은 많지만… 아무래도 설명이 안 되는 점이 하나 있어."

기리야마 가에데가 이야기를 마치자 하루코 씨가 입을 열었다.

"한 회차 앞의 괴담회 관객이 습격당하는 광경을 봤다면,

제1회 괴담회에서는 누가 습격당하는 광경을 본 거야?”

우리가 파악한 첫 번째 실종자는 제1회 괴담회를 관람한 괴담 마니아 미요타다. 기리야마 가에데가 미요타에게서 누군가 실종되는 이미지를 봤다면, 그전에도 한 명 더 실종됐어야 한다. 괴담회가 진행되기 전부터 연쇄 실종이 시작됐다는 걸까.

어쩌면 미요타 전에 실종된 인물이 연쇄적인 초자연현상을 유발한 원흉일지도 모른다.

“제일 처음 본 사람은 아는 사람이에요. 괴담회가 시작되기 전에 없어졌죠….”

기리야마 가에데가 담배꽁초를 스탠드형 재떨이에 내던졌다.

“오컬트 연구회의 대표였던 이시무라라는 사람.”

어느 틈엔가 오컬트 연구회에 발길을 끊었다는 인물.

심령 스폿에 가면 전리품을 가지고 돌아왔다는 인물.

이시무라가 첫 번째 피해자였다.

과연 그가 모든 일의 원흉일까.

3ᄔ

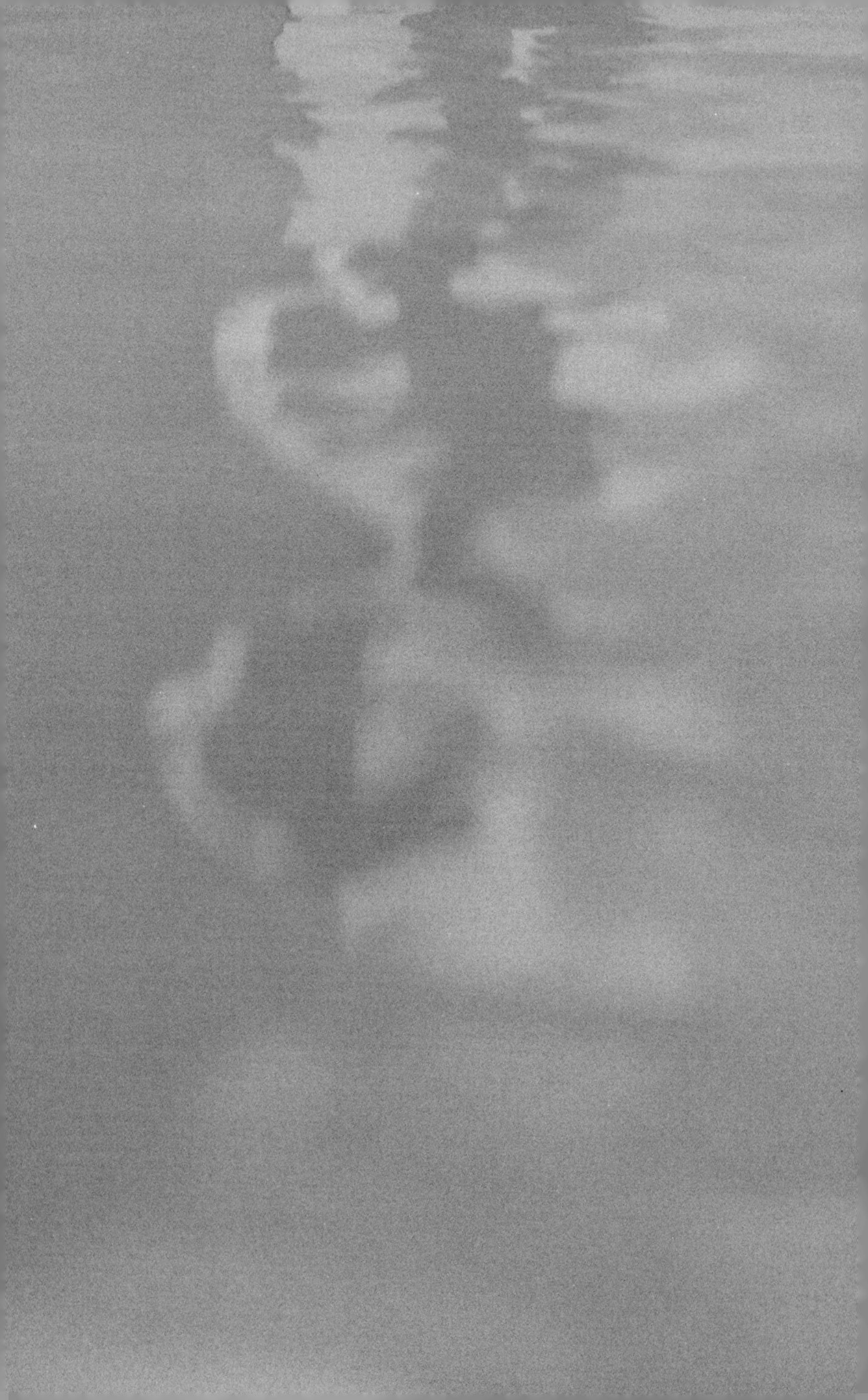

1

이시무라 유키. 오쿠마 대학교 4학년.

1학년 때 오쿠마 대학교 오컬트 연구회를 만들었다. 원래부터 가까운 친구들과 심령 스폿을 탐사하는 게 취미였고, 심령 스폿에서 전리품 삼아 가져온 물건을 주변에 자랑했다.

심령 스폿에서 찍은 사진을 SNS에 자주 올렸지만, 작년 8월을 마지막으로 더 이상 새 글은 올라오지 않았다. 또한 같은 시기에 오컬트 연구회에도 드나들지 않게 됐다. 이시무라가 없어진 걸 계기로 오컬트 연구회의 활동은 심령 스폿 탐사에서 괴담회 개최로 바뀌었다.

여기까지가 다치바나와 오컬트 연구회 동아리원들에게 들은 내용이다.

그리고 구라모토가 조사해서 알아낸 사실이 하나 더 있다.

이시무라는 작년 8월에 가족, 친구, 아르바이트하는 곳 등에 아무 연락도 없이 자취를 감췄다. 부모님이 실종 신고를 했지만, 현재도 행방은 묘연하다.

"이 녀석들이 그걸 전혀 몰랐다는 게 무섭군."

하루코 씨가 옷깃 뒷부분을 붙잡고 말하자 다치바나는 몸을 움츠렸다.

기리야마 가에데와 헤어진 후, 우리는 이시무라의 행방을 쫓기 위해 그길로 오쿠마 대학교에 왔다. 구라모토의 조사 능력이 필요했으므로 이누이가 산겐자야에 가서 카렌 씨의 경호 및 감시를 맡기로 했다. 지금은 나, 하루코 씨, 구라모토, 다치바나가 제 집인 양 오컬트 연구회 동아리방에 둘러앉아 이시무라에 대한 정보를 정리하는 중이었다.

"이시무라 씨는 아주 자유분방한 사람이라… 2학년 때 세 달쯤 연락이 끊긴 적도 있었어요. 그때는 훌쩍 대만으로 떠났다가 거기서 생긴 여자친구 집에 죽치고 있었다나."

"아무리 그래도 1년이나 소식이 없으면 친구는 알아차릴 텐데?"

다치바나는 '친구'라는 말이 조금 거슬렸는지 모호하게 대답했다.

약간은 이해가 갔다. 이시무라는 동아리 대표이기는 했지만, 분명 친구라고 할 만큼 동아리원들과 돈독한 사이는 아니었으리라. 학교든 직장이든, 같은 단체 소속이라고 해서 반드시 상대에 대해 잘 아는 건 아니다. 갑자기 없어져도 그 때문에 실무에 불이익이 생기지 않으면 '그 인물이 없는' 생활에 서서히 적응하기 마련이다.

"실마리는 이시무라가 마지막으로 탐사했던 심령 스폿인가."

구라모토가 스마트폰을 노려보며 말했다.

이시무라는 심령 스폿을 탐사할 때마다 사진을 SNS에 올렸다. 마지막 사진은 작년 8월 초에 올라왔고, 그달 말에 이시무라는 소식이 끊겼다. 괴담회는 그해 10월에 시작됐고, 괴담회를 관람했던 오컬트 마니아 미요타가 실종된 게 11월. 시간 순서는 일치한다.

나도 내 스마트폰으로 이시무라가 올린 글을 살펴보았다.

작년 7월에 이시무라는 아이치현의 유명한 심령 스폿을 방문했는데, SNS에 글을 올리며 탐사 상황을 '생중계'한 모양이다. 사진에는 그 말고도 여러 학생이 찍혀 있었으므로 동아리 활동으로 기획한 여행이었던 듯하다.

문제는 8월 들어 올린 글이었다.

일단 8월 1일.

ㅡ심상치 않은 집을 발견했어.

그런 글을 올렸다. "어디인가요? 가보고 싶네요.ㅎㅎ"라는 댓글이 달렸고 이시무라는 "비밀."이라고 답했다. 다치바나에게 물어보니 댓글은 동아리 후배가 달았다고 한다.

그리고 8월 5일.

ㅡ드디어 오늘 밤. 일단은 혼자서.

그런 글을 올렸다. 그 후에 시간 간격을 두고 글 없이 사진만 세 장 올렸다.

첫 번째는 일본 전통식 방을 촬영한 사진. 어두워서 선명하지는 않지만, 바닥에 깔린 낡은 다다미가 보이고 다른 가재도구는 없다.

두 번째는 작업 책상 같은 걸 찍은 사진. 이 또한 어두워서 선명하지 않지만, 허름한 나무 책상 같았다. 책상 위에는 오래돼 보이는 약병 같은 것이 줄지어 있었다.

세 번째는 집 밖에서 찍은 사진이었다. 어둠 속에 도리이[4]가 보였다. 도리이 위쪽은 완전히 어둠에 녹아들었지만, 밑동은 아무래도 물에 잠겨 있는 듯했다. 바다인지 호수인지, 아무튼 물속에 서 있는 도리이였다.

"이시무라는 여기에서도 전리품을 가져왔나?"

구라모토가 묻자 다치바나는 고개를 끄덕였다.

"네, 나무상자와 사진이요."

두 가지 다 아주 오래돼 보였는데, 납작한 나무상자에는 메스와 가위 같은 의료기구가 들어 있었고, 사진은 흐릿해서 알아보기 힘들었지만 일본 가옥 앞에 많은 사람이 서 있는 것 같았다고 했다.

"실물은 없어?"

---

4 기둥 두 개를 가로대로 연결한 문. 주로 신사 앞에 세운다.

"잠깐만 기다리세요."

다치바나가 동아리방을 여기저기 뒤졌다. 우리도 도왔지만 이거다 싶은 물건은 찾지 못했다.

"그렇다면 이시무라 씨 집에 있을지도 모르겠네요."

"어딘데?"

"이 근처예요. 하지만 어쩌려나. 부모님이 실종 신고를 했다면, 자취방은 뺐을지도 모르겠습니다."

확실히 그렇다.

"연락처를 알려줄 테니까 이시무라의 부모님에게 확인해 봐. 동아리 운영에 필요한 서류가 있다는 핑계로 이시무라의 짐을 보여달라고 해."

구라모토의 말에 다치바나는 "알겠습니다." 하고 전화를 걸러 동아리방에서 나갔다.

"하루코 씨, 어떻게 생각하세요?"

한동안 말이 없던 하루코 씨에게 의견을 청했다. 하루코 씨는 자기 스마트폰 화면을 집어삼킬 듯이 들여다보고 있었다.

"아침부터 여러 가지로 골치가 아프네. 아사쿠사의 지하상가에서 일어났던 일도 그렇고, 기리야마 가에데의 이야기도 납득되지 않는 부분이 많아."

봐, 하고 스마트폰 화면을 보여주었다. 누군가 찍어서 올렸는지, 아사쿠사 지하상가의 조명이 일제히 꺼져서 사람들이 혼란에 빠진 상황을 담은 영상이 SNS에 퍼지고 있는 듯했다. 오늘 경험한 일은 분명 실제로 일어난 일임을 새삼 실감했다. 그리고 SNS에서 화제인 키워드를 순위 형식으로 정리한 페이지에서는 '불꽃신호기녀'라는 말이 순위에 올랐다. 하루코 씨의 큰 키와 시선을 끄는 외모 때문인지 '무슨 이벤트였던 거 아닌가?'라는 가설까지 나온 듯했다.

"여러모로 우리가 허용할 수 있는 수준을 넘어섰어. 실은 하나하나 꼼꼼히 검증하고 싶지만, 마냥 그럴 수도 없겠지."

하루코 씨는 오컬트적인 해석을 바탕으로 서둘러 결론 내리는 걸 싫어한다. 하지만 일이 이 마당에 이르렀으니 오컬트적인 해석을 도입하지 않고서는 이해력이 따라갈 수 없다.

"별로 내키지는 않지만 카렌 씨를 구하기 위해서야. 오컬트도 포함해 가설을 세워보자."

그렇게 말하고 작게 기지개를 켰다.

"일단 이시무라가 작년 8월 5일에 어딘지 모를 수수께끼의 심령 스폿을 탐사했어. 이시무라는 거기서 나무상자와 사진을 전리품으로 가져왔지. 그런데 그게 문제였어. 그 심령 스폿에 있던 초자연적 존재의 심기를 거슬러서 약 한 달 후에 이시무라는 행방불명됐어."

하지만 그 초자연적인 뭔가는 그 정도에서 분노를 거두지 않았다.

"다다음 달에 괴담회가 시작됐지. 기리야마 가에데는 재미 삼아 찾아온 괴담 마니아 미요타에게서 이시무라가 물속으로 끌려가는 이미지를 봤어. 그 이야기를 들은 미요타도 한 달 후에 실종됐지."

미요타가 실종되고 한 달 후, 제2회 괴담회에서 기리야마 가에데는 미요타가 물속으로 끌려가는 이미지를 봤다. 그런 일이 1년에 걸쳐 되풀이된 결과 이시무라를 포함해 여섯 명이 실종됐고, 이제는 카렌 씨의 손에 배턴이 넘어왔다.

"그럼 그 초자연적인 존재를 돌려보내려면 어떻게 해야 할까?"

"호러영화의 문맥에 따르면 그 나무상자와 사진을 원래 있던 곳에 돌려놔야겠죠?"

내 말에 하루코 씨가 고개를 살짝 끄덕였다.

"그러기 위해서는 뭐가 필요하지?"

"일단은 나무상자와 사진을 확보해야겠지. 그리고 수수께끼의 심령 스폿이 어디인지 알아내야 하고."

이번에는 구라모토가 대답했다.

하루코 씨는 소파에 몸을 깊이 묻고 한숨을 쉬었다.

"기리야마 가에데만 찾아내면 전부 해결될 줄 알았는데. 또 원점으로 되돌아온 기분이야."

나도 피로감에 사로잡혔다. 골인 지점인 줄 알았던 곳이 새로운 출발점이었다.

그리고 가설이 옳더라도 아직 모르는 점이 아주 많다. 그물의 정체, 왜 빛을 싫어하는가, 그리고 왜 연쇄하는가.

“뭐, 해보는 수밖에 없겠지. 하자.”

하루코 씨가 벌떡 일어서서 말했다. 변함없이 기분 전환이 빠르다.

그때 동아리방 문이 열리고 다치바나가 뛰어들었다.

“이시무라 씨의 자취방에 들어가도 된답니다.”

이시무라의 자취방은 대학교에서 엎어지면 코 닿을 곳, 도야마 공원을 따라 조성된 주택가에 있었다. 오래된 단독주택이 많고, 척 보기에 빈집 같은 건물도 여기저기 눈에 띄는 황량한 곳이었다. 도무지 야마노테선 안쪽 같지 않았다.

“친척 소유의 연립주택이라 방세를 안 받는대요. 그래서 이시무라 씨가 언제 돌아와도 되도록 방을 그대로 놔뒀다는군요.”

과연 방 주인이 돌아오긴 할까. 그렇게 생각하자 가슴이 조금 아팠다.

학교에서 5분쯤 걷자 그 연립주택이 나왔다. 통학하기에는 더할 나위 없이 좋겠지만, 작고 헐어빠진 데다 아침부터 내리는 비에 후줄근하게 젖어서 참으로 미덥지 못해 보였다.

1층에 사는 집주인은 이미 사정을 들었다며 열쇠를 내주었다. 우리는 2층에 있는 방으로 올라갔다.

자물쇠를 풀고 삐걱거리는 문을 열었다.

“뭐, 그렇겠지.”

하루코 씨가 실내를 보고 딱딱한 웃음을 지었다.

주방이 딸린 좁은 방에는 지나다니기가 어려울 만큼 조명 기구가 많았다. 누전차단기는 내려놓은 상태였고, 수많은 전기 스탠드와 발밑등은 다닥다닥 붙은 채 숨진 것처럼 보였다. 이 것은 이시무라가 마지막까지 저항한 흔적이었다. 그것이 여기에 도 온 것이다.

필요한 물건은 바로 찾아냈다.

나무상자는 표면이 자잘한 흠집으로 가득했고, 속에는 다 치바나가 말한 것처럼 의료기구로 추정되는 금속 도구가 들어 있었다. 상자 전체가 거무튀튀하니 연식이 상당해 보였다. 감정 할 수 있는 곳에 가져가면 골동품으로 높은 가격에 넘길 수 있 을지도 모른다.

사진도 나무상자와 같이 있었는데, 표면이 변색돼서 뭐가 찍 혔는지 거의 보이지 않았다. 아마 가족사진이 아닐까 싶었다. 사람들이 하나같이 기모노를 입고 있는 걸로 봐서 제2차 세계 대전 이전에 찍은 사진인지도 모른다. 사진을 뒤집자 작은 글씨 로 뭔가 적혀 있었다.

'다무라'라고 읽혔다. 사진 주인의 이름일까.

문제는 이걸 어디에 되돌려 놓느냐다.

"컴퓨터가 있어."

구라모토가 가리킨 곳에는 나름 성능이 좋아 보이는 데스 크톱 컴퓨터가 있었다. 소위 게임용 컴퓨터일까. 컴퓨터를 켜기 위해 다치바나에게 누전차단기를 올리라고 했다.

"으앗, 뭐야."

누전차단기를 올린 순간, 눈부신 빛이 온 방을 비춰서 하루코 씨가 소리를 질렀다. 방에 놓여 있던 조명 기구들이 일제히 되살아났다. 이 상태로 생활했나 싶어 새삼 아연실색했다.

분담해서 조명 기구를 끈 후, 마음을 다잡고 컴퓨터 앞에 모였다. 다행히 비밀번호는 설정돼 있지 않았다.

"인터넷 방문 기록을 살펴봐."

컴퓨터 조작을 맡은 내게 구라모토가 말했다. 시킨 대로 인터넷 방문 기록을 열자 마지막으로 인터넷을 사용한 날짜는 작년 8월 25일이었다. 이시무라는 그로부터 약 일주일 이내에 실종된 것으로 추정된다.

SNS와 동영상 사이트를 방문한 기록에 섞여 '액막이'라는 단어를 검색한 흔적과 인터넷 쇼핑몰에서 조명 기구를 구입한 기록도 남아 있었다. 화면을 아래로 내리자 성인용 사이트를 방문한 기록도 나와서 이시무라에게 조금 미안했다.

"이건 SNS에 올린 글과 일치하는군."

방문 기록을 살펴보던 구라모토가 한 곳을 가리키며 말했다. 7월 상순 날짜에 아이치현에 다녀오는 왕복 고속버스, 현지 렌터카 업체와 게스트하우스를 검색했던 기록이 남아 있었다. 심령 스폿의 이름 등도 검색한 듯하니, 거기 가기 전에 여러모로 조사했다는 걸 알 수 있었다.

문제는 그다음에 탐사한 심령 스폿이 어디냐였다.

“SNS에 올린 글을 보건대 그 도리이가 있는 곳에 간 건 8월 5일이야. 7월 하순 이후의 인터넷 방문 기록을 다시 살펴봐.”

해당 부분을 찬찬히 확인했지만 어느 특정한 장소를 조사하지는 않은 듯했다. 남아 있는 건 SNS와 동영상 사이트 방문 기록뿐이었다. 8월 4일부터 6일은 아예 인터넷에 들어가지 않았다.

“방문 기록을 지운 걸까요?”

다치바나가 중얼거렸다. 확실히 SNS에서 이시무라는 후배에게 심령 스폿의 위치를 비밀로 했다. 아무도 모르도록 방문 기록을 지운 걸까? 인터넷 방문 기록은 웬만해서는 남이 들여다볼 수 없을 테니 굳이 삭제할 필요는 없을 듯하지만….

“요즘 젊은 애들은 컴퓨터가 아니라 스마트폰으로 찾아보지 않나?”

하루코 씨 말에 구라모토가 “어디 보자.” 하고 옆에서 마우스에 손을 뻗었다.

“역시 그렇군. 이시무라는 스마트폰과 컴퓨터를 하나의 계정으로 동기화해 놨어. 평일 낮의 방문 기록까지 남아 있는 걸로 봐서 그럴 것 같았지.”

즉, 스마트폰으로 조사하든 컴퓨터로 조사하든 여기에 방문 기록이 남는다는 뜻이다. 그렇다면 역시 방문 기록을 삭제한 걸까. 하지만 뭣 때문에?

"다른 정보를 찾아보자."

구라모토의 지시에 따라 다시 집을 수색하기로 했다. 기리야마 가에데의 집과 달리 이시무라의 방은 물건으로 가득해서 수색하는 것도 보통 고생이 아니었다. 영수증이나 가이드북 등 아무튼 어딘가로 간 흔적이 없는지 찾았다. 덧붙여 컴퓨터에 다른 사진이 저장돼 있지 않은지도 살펴보았지만, 별다른 건 없었다.

"야단났네, 여기도 막다른 길인가."

하루코 씨가 침대 가장자리에 걸터앉아서 말했다. 이시무라가 8월 5일에 있었던 장소…. 이제는 그것만이 카렌 씨를 구하기 위한 유일한 실마리였다.

"남은 건 SNS의 사진뿐인가."

이시무라가 8월 5일에 올린 사진 세 장. 아무것도 없는 전통식 방, 약병이 줄지은 작업 책상, 그리고 물속의 도리이. 이 가운데 뭔가 힌트가 있을까.

데스크톱 컴퓨터로 SNS에 들어가서 일단 사진 세 장을 검색 엔진에서 이미지 검색해 보았다. 비슷한 사진이 여러 장 표시됐지만, 같은 곳을 찍었다고 추정되는 사진은 없었다.

이어서 사진 세 장을 저장해 사진 편집 프로그램으로 명도를 높여 보았다. 전통식 방의 사진은 역시 가재도구 없이 다다미만 깔린 방이라 딱히 새로운 정보는 얻지 못했다. 책상 사진도 마찬가지였다. 약병이 좀 더 똑똑히 보이기는 했지만, 라벨의 글씨는 원래 뭉개졌는지 명도를 높여도 읽어낼 수 없었다.

하지만 도리이 사진에서는 새로운 사실을 하나 알아냈다.

"여기… 동굴인가?"

도리이 위에 천장 같은 것이 희미하게 보였다. 아무래도 도리이는 야외가 아니라 동굴에 고인 물속에 서 있는 듯했다.

"하루코 씨, 이 물 혹시?"

내 말에 하루코 씨가 천천히 고개를 끄덕였다. 카렌 씨 집에 나타난 수수께끼의 물은 '경도와 포함된 미생물로 판단컨대 동굴 속에 형성된 호숫물일 가능성이 있다'라는 것이 전문가의 검사 결과였다. 이 사진에 찍힌 동굴의 물이 산겐자야에 나타났다는 걸까.

"생긴 걸 보니 양 끝이 올라간 묘진도리이 같군. 뭔가 적혀 있는 부분을 확대할 수 있어?"

하루코 씨의 지시에 따라 도리이 기둥에 새겨진 글씨를 확대했다. 사진이 선명하지 않아서 글씨가 대부분 뭉개졌다.

"이건… '베 포(布)'인가? '아버지 사당 니(禰)'…. 합치면 발음은 후네, 기후네 신사인가."

"기후네 신사라면 축시의 참배로 유명한?"

"그것도 그렇지만, 원래는 물의 신인 '다카오카미노카미'를 모시는 곳이야. 큰일이네, 전국에 몇백 군데는 될 텐데."

하루코 씨가 머리를 끌어안았다.

"동굴 속에 도리이가 있는 기후네 신사 계열의 신사라면 쉽게 찾을 수 있지 않을까?"

구라모토의 말에 하루코 씨가 고개를 끄덕였다. 구라모토는 얼른 교토의 신사 총본영에, 하루코 씨는 사찰과 신사에 빠삭하다는 지인에게 전화를 걸어 확인했다. 나와 다치바나도 각자 인터넷에서 검색했다.

결과는 완전히 허탕이었다.

어느 쪽에서도 그럴싸한 곳은 찾지 못했다. 총본영도 갈라져 나간 신사를 모조리 파악하고 있는 건 아니었다. 벽지나 외딴섬에 독자적으로 지은 신사일 가능성은 부정할 수 없다고 했으나 그 이상은 아는 바가 없었다.

이제 정말로 벽에 부딪혔다.

뭘 하면 되는지는 아는데, 거기를 찾아갈 방법이 없다. 하루코 씨와 구라모토도 안타까운 듯 아무 말도 없이 뭔가 생각에 잠겼다.

창밖에 내리는 빗소리만이 공허하게 들려왔다.

하루코 씨의 스마트폰 벨소리가 그 침묵을 깼다.

"이누이? 무슨 일 있어?"

하루코 씨의 말이 끝나기 무섭게 스피커에서 이누이의 목소리가 커다랗게 울려 퍼졌다.

"큰일이야! 다카야마 카렌이 없어졌어!"

도야마에서 택시를 잡아타고 산겐자야로 향하는데 다시 이누이에게 전화가 왔다.

다행히 카렌 씨를 집 근처에서 바로 발견했다고 한다. 우리는 가슴을 쓸어내렸다.

카렌 씨 집에 도착하자 이누이가 지친 기색으로 맞이해 주었다. 소파에는 비를 맞아 물에 젖은 생쥐 꼴이 된 카렌 씨가 멍한 얼굴로 앉아 있었다. 이누이가 줬는지 목욕 수건이 어깨에 걸쳐져 있었지만 물을 닦으려는 의지는 전혀 없어 보였다.

이누이 말에 따르면 카렌 씨는 침실 침대에서 잠들었고 이누이는 거실에서 텔레비전을 보면서 시간을 보냈다. 그런데 갑자기 불이 다 꺼져서 혼란에 빠진 이누이가 우왕좌왕하고 있는데, 현관문이 여닫히는 소리가 들렸다. 우리가 돌아왔나 싶어 이누이가 전기스탠드와 발밑등에 걸려가며 현관으로 향하자 불이 갑자기 원래대로 켜졌다. 침실을 확인하니 카렌 씨가 없어져서 허둥지둥 하루코 씨에게 전화했다고 한다.

"그 후에 밖으로 찾으러 나갔는데 다행히 바로 근처에 있더라고."

카렌 씨는 맨션 부근 도로를 의외일 만큼 확실한 걸음걸이로 걷고 있었다. 우산을 쓰지 않은 걸 제외하면 마치 편의점에라도 가나 싶은 모습이었다고 한다. 하지만 이누이가 말을 걸어도 반응이 없길래 이상하다 싶어, 반쯤 강제로 끌다시피 집으로 데리고 돌아왔다고 한다.

"또 신고당하는 줄 알았어."

카렌 씨는 우리가 뭔가 물어봐도 넋 놓고 멍하니 앉아 있을 뿐이라 도저히 정상으로는 보이지 않았다. 하루코 씨가 젖은 옷을 갈아입혀야겠다면서 카렌 씨를 침실로 데려갔다. 물을 뚝뚝 흘리면서 공허한 눈으로 걸어가는 모습은 으스스하기조차 했다.

한계에 가까웠다.

언제 또 카렌 씨가 없어질지 모른다.

"병원에 데려가야 하지 않을까. 분명 멀쩡한 상태가 아니야."

돌아온 하루코 씨에게 구라모토가 제안했지만, 하루코 씨는 "안 돼." 하고 딱 잘라 말했다.

"병원에서 온종일 구석구석까지 불을 밝게 켜둘까? 지금은 여기가 제일 안전해."

현재로서 대항할 방법은 불을 켜두는 것밖에 없다. 하지만 상대가 조명도 끌 수 있다는 사실이 밝혀졌는데, 과연 이 집이 안전하다고 할 수 있을까.

그쪽은 어땠어, 하고 이누이가 묻길래 동아리방과 이시무라의 자취방에서 알아낸 사실을 설명했다. 도리이 사진도 보여주었지만 이누이는 모르는 곳이라고 했다.

"이제 마지막 수단을 사용하는 수밖에 없는 거 아니야?"

이누이가 될 대로 되라는 듯 말했다.

"다카야마 카렌이 밖에 나가서 돌아다니게 놔두는 거야.

눈이 좀비처럼 흐리멍덩한 걸 제외하면 성큼성큼 잘 걷더라고. 이 신사가 있는 곳까지 알아서 가주지 않을까?”

이제 정말로 그것밖에 방법이 없을 것 같기도 했다. 지난번에는 반대했던 하루코 씨도 뭔가 반박하고 싶은 듯한 표정이기는 했지만, 그대로 입을 다물었다.

이시무라를 비롯한 다섯 명도 마찬가지로 걸어서 도리이가 있는 곳까지 갔을까. 그리고 그들은 쭉 거기 있는 걸까.

동굴 속으로 들어가는 카렌 씨의 뒷모습이 머릿속에 떠올랐다. 상상 속에서 카렌 씨는 그대로 도리이를 통과해 물속으로 사라졌다.

애당초 이시무라가 탐사한 심령 스폿은 걸어서 갈 수 있는 거리에 있는 걸까. 실종된 사람들은 초자연적인 힘의 영향을 받아 보통은 걸어갈 수 없는 거리를 답파하기라도 했다는 건가…?

뭐지, 이 위화감은.

뭔가가 이어질 것 같은 기분이 들었다.

있는 것이 아니라 없는 것에 주목해라.

예전에 구라모토가 말했던 조사의 원칙이 떠올랐다.

머리를 굴렸다. 있을 법한데 없었던 건 없을까.

“저기, 혹시나 해서 그런데요.”

세 사람이 내게 시선을 모았다. 익숙하지 않은 감각이다. 말문이 턱 막힐 것만 같았다.

"이시무라의 컴퓨터로 인터넷 방문 기록을 살펴봤잖아요. 그렇지만 7월 하순부터 8월까지는 심령 스폿에 대해서도, 거기에 갈 교통수단에 대해서도 검색하지 않았어요. 남에게 비밀이 밝혀지지 않도록 방문 기록을 지웠다고 억지스러운 결론을 내릴 수도 있겠지만 이상하게 마음에 걸리더라고요."

구라모토가 고개를 끄덕였다.

"나도 동감이야. 남이 인터넷 방문 기록을 본다고 생각한 것도 이상하고, 만약 그렇다면 성인 사이트를 방문한 기록도 지우겠지."

아주 상스러운 검색어도 있었으니까, 하고 구라모토가 쓴웃음을 지었다.

"이시무라는 인터넷 방문 기록을 지우지 않았고, 검색도 하지 않았다는 뜻이겠죠. 즉, 마지막으로 갔던 심령 스폿에 관해서는 위치도, 교통수단도 알아보지 않았다는 뜻 아닐까요?"

왜 그랬는지 짐작 가는 이유는 하나.

애초에 검색할 필요가 없었던 것이다.

이시무라는 어디에도 가지 않았으니까.

"근처 편의점에 가는데 가는 방법을 알아보는 사람은 없겠죠. 그거랑 마찬가지입니다. 이시무라는 집 앞에 있는 심령 스폿에 간 거예요."

하루코 씨와 내가 심령사진을 찍으려 했던 장소.

도야마 공원이다.

“잠깐, 그 공원에는 동굴도 도리이도 없어. 게다가 이시무라는 SNS에서 ‘심상치 않은 공원’이 아니라 ‘심상치 않은 집’이라고 했잖아.”

구라모토가 부정했지만 하루코 씨가 “아니.” 하고 입을 열었다.

“고시노의 말도 일리가 있어. 구라모토는 그런 쪽에 전혀 관심이 없으니까 모르겠지만, 30여 년 전에 그 공원 근처에서 대량의 인골이 발굴됐지. 그 공원 일대는 원래 일본군의 육군학교와 군의학교가 있었던 곳이니까 관련이 있는 것 아니냐고 화제가 됐었어. 어쩌면…”

하루코 씨가 의미심장하게 웃었다.

“아직 지하에 잠들어 있을지도 모르지. 일본군의 시설이.”

군의학교라는 말이 마음에 걸렸다. 이시무라가 가져온 전리품은 오래된 의료기구였다. 그야말로 제2차 세계대전 이전에 사용했을 법한. 그리고 약병이 줄지은 그 작업 책상은?

“그럼 ‘심상치 않은 집’은 뭔데?”

“글쎄. 다만 그 일대에는 빈집이 많았어. 어쩌면 지하로 내려가는 입구로 사용되는 집이 있을지도 모르지. 잘은 모르지만 우물이라든가.”

점과 점이 이어지는 감각이 솟구치는 동시에 수수께끼도 차례차례 떠올랐다.

지하 시설이 실제로 존재한다고 치고, 입구가 오늘날까지 발견되지 않을 수 있을까. 그리고 이시무라는 어떻게 그 입구를 발견했을까.

일단 이야기를 정리하자, 하고 구라모토가 헛기침을 했다.

"8월 1일, 이시무라는 SNS에 '심상치 않은 집을 발견했어'라는 글을 올렸어. 지금 고시노가 추리한 대로라면, 거기는 도야마 공원의 지하에 잠들어 있는 일본군의 시설로 이어지는 입구가 있는 집이야."

"네, 이시무라의 자취방이 있는 주택가의 빈집 중 하나일 겁니다."

"그리고 8월 5일, 이시무라는 지하에 내려가 보기로 했어. 집에 들어가서 전통식 방의 사진을 찍었지. 입구로 사용되는 집은 분명 오래된 일본 가옥일 거야. 그 후에 무슨 방법으로 지하로 내려가 그 책상과 도리이 사진을 찍었어."

그리고 나무상자와 가족사진을 전리품 삼아 가져왔다.

"그 행동 때문에 이시무라는 무슨 저주… 같은 것에 걸렸지. 그게 이시무라 본인을 실종시켰고, 어찌 된 영문인지 괴담회 관객에게까지 전염돼서 이제는 다카야마 카렌 차례가 온 거야."

그런 셈이다.

정리한 내용을 들어보니 정말 황당무계한 이야기였다. 그리고 수수께끼도 아직 많다. 왜 초자연현상이 릴레이하듯 이어지는가. 피해자는 어떻게 선정되는가. 전염되는 계기는 무엇인가.

"솔직히 근거도 약하고, 모르겠는 점도 너무 많아. 하지만."

하루코 씨가 등을 쭉 펴고 말했다.

"분명 이거일 거야. 해답은 도야마 공원의 지하에 있어."

구라모토가 한숨을 쉬었다.

"알았어. 고시노의 추리와 하루코의 직감을 믿도록 하지. 즉시 그 부근의 빈집을 조사해 볼게."

오컬트 연구회의 동아리방은 열 명쯤 되는 학생들로 콩나물시루 같은 상태였다.

"빨간색으로 둘러친 구역에서 빈집을 발견하면 공유한 지도 앱에 표시를 남겨. 알았지? 특히 오래된 일본 가옥을 유심히 봐. 수상한 곳이 있으면 빈집이 아니더라도 알려주고."

하루코 씨의 지시에 학생들은 고개를 끄덕이고 일제히 동아리방을 나섰다.

카렌 씨 집에 이누이를 남겨두고 도야마로 돌아왔다. 구라모토는 근방의 부동산 중개소를 돌아다니겠다고 했고, 나와 하루코 씨는 다치바나의 도움으로 학생들을 모아서 발로 뛰며 빈집을 찾기로 했다. 호출하자마자 열 명쯤 모이다니, 다치바나는 의외로 인망이 있는 걸까.

"아시야 씨에게는 말하지 마세요."

다치바나가 내게 속삭였다.

"인터넷에서 화제가 된 아사쿠사의 '불꽃신호기녀'를 만날 수 있다고 했더니 다들 신나서 달려온 거예요."

학생들에게서 속속 연락이 왔고, 지도 앱에도 표시가 늘어났다.

원래 도야마 공원은 오쿠마 대학교, 국립 감염증 연구소, 공영주택 단지로 세 방향이 둘러싸여 있어서 인접한 주택가는 그렇게 넓지 않다.

"그나저나 빈집이 많네."

좁은 구역에 표시가 꽤 많이 밀집했다. 도쿄 도내에는 현재 빈집이 80만 호가 넘는다고 한다. 고령화와 핵가족화가 진행된 결과, 집주인이 죽고 자녀 세대에 상속돼도 거주할 사람이 없는 집이 늘어난 것이다. 이 구역은 원래부터 오래된 집이 많은 탓에 집이 비어도 들어오려는 사람이 더더욱 없는 것이리라. 옆에 펼쳐진 거대하고 노후한 공영주택 단지와 함께 조금씩 공동화가 진행되는 듯했다.

즉석에서 만든 채팅방에 빈집 사진이 속속 올라왔다. 하루코 씨가 하나씩 확인하며 "이건 아니네." 하고 평가를 내렸다.

지정한 구역을 학생들이 전부 확인하기까지 30분도 걸리지 않았다.

빗발이 강해졌는지 옷자락과 어깨가 젖은 학생들이 차례차례 동아리방으로 돌아왔다. '불꽃신호기녀'에 관해 물어보면 귀찮으니까 나는 하루코 씨를 끌어당기다시피 해서 동아리방을 나섰다. 나가기 전에 하루코 씨가 "고마워. 이걸로 맛있는 거라도 먹어." 하며 학생들에게 소고기덮밥집 쿠폰을 나누어

주었다.

"어쩐지 수상한 집이 세 곳 있었어."

"가보실래요?"

아니, 하고 하루코 씨는 스마트폰을 조작하며 말했다.

"등기부등본을 발급받고 싶은데, 젠장, 오늘은 토요일이지 참."

월요일이 공휴일이므로 법무국 창구는 사흘 후인 화요일에나 열린다.

"느긋하게 기다릴 수는 없어. 이번에는 구라모토 매직에 의지하자."

근처 교차로에서 구라모토와 합류했다.

"부동산 중개소는 어땠어?"

"제2차 세계대전 이전부터 있던 집이 있는지 알아봤는데, 그런 집은 없는 것 같아. 전쟁이 끝난 해에 있었던 야마노테 대공습으로 이 일대는 전부 불바다가 됐었대."

육군 군의학교를 비롯한 군 시설도 그때 같이 불타버렸다고 한다. 전쟁 전에 지어진 건물이 없다면 '입구'는 대체 어디 있는 걸까.

"우리는 수상한 건물을 몇 곳 골라놨어. 등기부등본을 발급받아 줘."

"야, 오늘은 토요일이잖아."

"그러니까 너한테 부탁하는 거지."

구라모토가 한숨을 쉬었다.

"내키지 않지만 또 나한테 빚이 있는 녀석을 이용해야 해. 이걸로 두 번째야."

"은혜는 꼭 갚을게."

구라모토가 어깨를 으쓱하더니 "알았어, 기다려." 하고 떠났다.

"좋아, 우리는 산겐자야로 돌아가자. 이누이 혼자 있어서 걱정이야."

산겐자야에 도착했을 무렵에는 날도 완전히 저물었다.

비바람이 점점 강해졌다. 태풍의 영향으로 교통수단이 마비될 가능성도 있는지, 역 앞 음식점은 일찌감치 영업을 종료했다. 영업하는 슈퍼마켓을 간신히 찾아내 식재료를 구입하고 카렌 씨 집으로 돌아갔다.

"다행이다. 저녁밥을 어떻게 해야 하나 싶었거든."

활짝 웃으며 우리를 맞이한 이누이의 발 언저리에는 변형된 숟가락이 여러 개 널브러져 있었다. 심심풀이로 구부린 걸까. 그걸 보고 하루코 씨가 입을 삐죽였다.

"아아, 카레를 만들려고 했는데."

카렌 씨는 여전히 침대에서 자고 있었다. 그 후로 불이 멋대로 꺼지거나 카렌 씨가 나가려고 한 적은 없었다고 한다.

우리는 오늘 아침부터 아무것도 못 먹었고, 카렌 씨도 어젯밤부터 식사를 하지 않고 계속 누워만 있었다. 간단한 요깃거리를 사 왔어도 됐겠지만, "이런 때야말로 든든한 걸 먹어야지." 라는 하루코 씨의 한마디에 카레를 만들기로 했다.

그렇지만 셋 다 평소 요리를 제대로 하지 않는다는 사실이 드러나서 어마어마하게 형편없는 솜씨로 카레를 만들고 있는 데, 음식 냄새를 맡고 깼는지 카렌 씨가 나왔다.

"주방 좀 빌렸어요."

하루코 씨가 말을 걸자 카렌 씨는 의식이 비교적 뚜렷해졌 는지 죄송합니다, 하고 가녀린 목소리로 대답하며 소파에 몸 을 묻었다. 오늘 처음으로 의사소통이 된 것 같았다.

넷이 식탁에 둘러앉아 힘들지만 포크로 카레를 먹었다. 의식 이 더 또렷해진 카렌 씨는 거듭 송구스러워하며 카레를 먹다가 "저희 집에 숟가락이 없었나요?" 하고 고개를 갸웃했다. 오후 에 집을 나갔던 건 기억에 없는 듯했다. 반쯤 먹은 후 "감사합 니다, 맛있었어요." 하고 소파로 돌아가 다시 잠에 빠졌다.

식사의 힘은 위대하다. 아직 안심할 수 없는 상황이기는 했 지만 조금 기운이 났다.

정말 정신없는 하루였다. 아사쿠사에서 기리야마 가에데와 대치했고, 이시무라가 실종됐음을 알았고, 이시무라의 자취방 에 갔고, 카렌 씨가 잠깐 집을 나갔고, 도야마 공원 지하에 무 슨 시설이 잠들어 있을 가능성을 알아차렸고, 학생들과 빈집 찾기까지 했다. 진상에 바짝 다가선 것 같기도 하지만, 결국 도 야마 공원 지하에 뭔가가 있다는 것도, 빈집 중 한 곳이 그곳의 입구라는 것도 가설에 불과하다. 덧붙여 이시무라의 전리품을 돌려놓으면 초자연현상이 멈출지조차 확실치 않다. 가느다란 줄 위에서 위태위태하게 줄타기하는 것이나 다름없는 상황이었다.

이 가설이 틀렸으면 어쩌나, 그런 걱정은 하지 않으려 애썼다.

카렌 씨의 제한 시간이 코앞으로 다가왔다. 또 언제 초자연현상이 덮쳐올지 모른다. 조금이라도 빨리 해결하기 위해 당면한 과제를 하나씩 해결하는 수밖에 없다.

카레를 다 먹고 설거지하고 있을 때 구라모토가 돌아왔다.

"자."

식탁에 서류를 펼쳤다. 하루코 씨가 지정한 빈집의 등기부등본이었다.

"난 이 집이 마음에 걸리던데."

구라모토가 남겨둔 카레라이스를 먹으며 서류 중 한 장을 가리켰다.

"아아, 나도 이게 아닐까 싶었어."

하루코 씨가 스마트폰에 사진을 띄웠다. 학생들이 찍어서 보낸 것 중 한 장이다. 담장과 대문이 있는 허름한 기와지붕집인데, 정원수가 밀림처럼 우거져서 밖에서는 건물이 거의 보이지 않았다. 오랜 세월 사람이 드나들지 않은 게 분명했다.

"현재 소유자는 나가이시라는 남자야. 쇼와 64년, 즉 1989년에 집을 샀어." 구라모토가 설명했다.

1989년. 도야마 공원 근처에서 인골이 발견된 해다.

"그 이전에 집을 소유했던 사람의 이름을 봐봐. 집을 지은 사람이야."

쇼와 40년, 즉 1965년에 이 단독주택을 소유했던 사람의 이름은 카야마 가네아키.

"카야마로군."

하루코 씨가 중얼거렸다.

어젯밤에 카렌 씨가 '카야마'라는 말을 듣지 않았던가. 틀림없이 카렌 씨의 성씨인 다카야마를 부르려고 한 줄 알았는데, 그것도 착오였을 가능성이 나왔다.

"카야마 가네아키라는 이 인간은 대체 누구야?" 하루코 씨가 물었다.

"검색 결과 나온 건 도치기현의 의사였어. 카야마 의원이라는 진료소를 운영했던 것 같아. 살아 있으면 백 살이 넘었을걸. 홈페이지에 들어가 보니 카야마 의원의 현재 원장은 카야마 고지라는 사람이었어. 아들이나 손자겠지."

100세가 넘었다면 제2차 세계대전 때 2, 30대인가. 그리고 의사라는 직업….

육군 군의학교 관계자라고 보는 건 너무 성급한 판단일까?

하루코 씨를 보자 등기부등본을 구멍이 뚫어져라 노려보고 있었다.

"이 집으로 확정이야."

하루코 씨는 그렇게 말하고 벌떡 일어섰다.

"카야마 의원 원장에게 이야기를 들어야겠어. 카야마 가네아키에 대해서도, 그리고 집주인 나가이시에 대해서도 아는 게 있을지 몰라."

"잠깐, 지금 도치기에 가려고?"

"응. 전화로 할 수 있는 이야기가 아니니까."

구라모토가 고개를 저었다.

"그만둬. 고속도로를 타도 날짜가 바뀔 거야. 약속만 잡아놓고 내일 아침 일찍 가도록 하자. 내일은 일요일이니까 병원도 휴진이겠지."

나도 구라모토의 의견에 동의했다. 기나긴 하루를 보낸 후라, 평소 기운이 넘치는 하루코 씨의 얼굴에도 피로한 기색이 역력했다. 급하기에 오히려 지금은 조금이라도 쉬는 편이 좋을 듯했다. 그리고 밤사이에 언제 초자연현상이 일어날지 모른다. 카렌 씨 주변을 허술하게 비워두는 건 좋지 못한 선택 같았다.

하루코 씨도 같은 결론에 다다른 듯 어깨를 움츠리고 고개를 끄덕였다.

"…알았어. 내일 아침 일찍 도치기에 갔다가 돌아오면 그길로 그 빈집에 가자. 거기서 전부 끝내는 거야."

2

앞 유리를 때리는 비 때문에 시야가 좋지 못했다.

하루코 씨의 오래된 닛산 클리퍼는 폭풍 속을 필사적으로 나아갔다. 바쁘게 움직이는 와이퍼는 임무를 거의 수행하지 못했고, 차체는 강한 바람이 불 때마다 불안하게 흔들렸다.

관측 사상 최대라고 난리가 난 태풍이 절찬리에 상륙하는 중이라 황거 동쪽 조토 지구 해발 0미터 지대에는 피난 권고가 내려졌다. 공공 교통시설은 속속 운행이 중지됐고, 고속도로도 일부 통행이 금지됐으므로 우리는 일반도로를 타고 도치기로 향했다.

"이런 날씨에는 가슴이 두근두근한다니까."

운전대를 잡은 하루코 씨가 초등학생 같은 소리를 했다. 나는 하루코 씨를 본체만체, 무사히 도착하게 해달라고 미쳐 날뛰는 하늘에 정성껏 기도를 올렸다.

어젯밤, 카야마 의원 원장 카야마 고지는 만나고 싶다는 우리의 요청을 선선히 받아들였다.

늦은 밤에 갑작스레 전화를 걸어서 처음에는 노골적으로 경계심을 드러냈지만 "카야마 가네아키 님이 신주쿠구에 단독주택을 가지고 계셨죠."라는 한마디에 뭔가 알아차린 듯, 다음 날 아침에 방문하는 걸 허락해 주었다.

그 후로는 교대로 잠자면서 초자연현상이 일어나지 않는지 아침까지 경계했다. 카렌 씨는 카레를 먹은 뒤로 또 의식이 몽롱해져서 깨어 있을 때도 이쪽 말에는 전혀 반응이 없었다. 하지만 다행히도 밤사이에는 초자연현상이 한 번도 일어나지 않았다.

우리는 비구름이 잔뜩 껴서 햇빛이 비치지 않는 아침을 무사히 맞이했다. 구라모토와 이누이를 남겨두고, 하루코 씨와 난 왜건 차량으로 북쪽을 향해 달렸다.

"곧 도착할 거야."

세 시간 남짓 지났다. 지금은 우쓰노미야시의 남쪽 가장자리를 나아가고 있을 터였다. 태풍의 영향인지 논밭에 둘러싸인 2차선 도로에는 달리는 차가 거의 없었다.

"저기 아닐까요?"

'카야마 의원'이라는 안내판이 보이길래 손가락으로 가리켰다. 한적한 전원 풍경 속에서 입을 떡 벌린, 자갈 섞인 주차장에 차를 댔다. 안쪽에 보이는 낡은 건물이 카야마 의원이리라. 휴일이라 주변에 차가 한 대도 없어서인지 2층짜리 진료소는 어쩐지 조그마해 보였다. 낡았지만 멋들어진 단독주택이 진료소 뒤편에 바짝 붙어 서 있었다. 분명 저기가 원장의 자택이리라.

초인종을 누르자 비싸 보이는 여름 니트 차림의 날씬한 중년 남자가 나왔다.

"어젯밤에 전화드린 아시야입니다. 느닷없이 찾아뵈서 죄송합니다."

하루코 씨가 고개를 숙이자 남자가 부드러운 웃음을 지었다.

"아니요, 아니요. 비 때문에 골프가 취소돼서 한가했는걸요. 원장 카야마입니다."

카야마는 중후한 가재도구가 통일감을 자아내는 응접실로 우리를 안내했다. 우리가 가죽 소파에 앉자 부인으로 보이는 통통한 여자가 커피를 가져왔다.

"할아버지가 도쿄에 가지고 계셨다는 집 이야기셨죠."

맞은편에 앉은 카야마 원장이 말을 꺼냈다.

나이는 50대 후반쯤일까. 볕에 탄 피부와 탄탄한 몸만 보면 의사라기보다 사업가 같았다.

"할아버지라면 카야마 가네아키 씨 맞으시죠?"

"네, 그렇습니다. 이 병원을 개업한 것도 할아버지셨죠. 저는 3대째인데, 아아, 소개가 늦었네요. 카야마 고지라고 합니다."

카야마 원장은 온화한 미소를 유지한 채 말했다.

"언젠가 이렇게 그 집 이야기를 하러 찾아오는 사람이 있지 않을까 싶었습니다."

“…그게 무슨 말씀이시죠?”

“일단 두 분의 이야기를 들려주시겠습니까?”

카야마 원장의 말에 하루코 씨가 지금까지 있었던 일을 간략하게 설명했다. 이시무라라는 대학생이 실종됐다는 것. 실종되기 전에 카야마 가네아키 씨가 소유했던 빈집에 침입했을 가능성이 높다는 것. 그리고 그걸 계기로 불가사의한 현상이 일어나기 시작했다는 것.

“저희는 어떤 사람의 부탁으로 일련의 사건을 조사하고 있습니다. 그리고 모든 해답은 할아버님께서 소유하셨던 그 집에 있다고 생각해요. 실례지만 할아버님은 지금 어디에?”

진지한 눈빛으로 하루코 씨 이야기를 듣던 카야마 원장이 어깨를 살짝 움츠렸다.

“할아버지는 실종됐습니다.”

심장이 크게 고동쳤다. 또 ‘실종’이다.

“1989년이었을 겁니다. 옛날 친구를 만나러 간다며 나가신 뒤로 돌아오시지 않았어요. 7년 후에 실종 선고를 받아서 현재는 법적으로 사망하신 상태입니다.”

어쨌거나 이제 워낙 나이가 드셔서 살아 계시지는 않겠지만, 하고 중얼거리듯이 말하며 카야마 원장은 유리창을 타고 흘러내리는 빗방울에 시선을 주었다.

1989년. 분명 가네아키 씨가 단독주택을 남의 손에 넘긴 해다. 뭔가 관계가 있을까.

"할아버님의 집에 대해 뭔가 아시는 게 있으시군요?"

하루코 씨의 질문에 카야마 원장은 고개를 살짝 끄덕였다.

"네, 순서대로 말씀드리겠습니다."

카야마 원장은 커피를 한 모금 마신 후 느릿느릿한 어조로 말을 이었다.

"할아버지는 집에 붙어 계시지 않는 분이었어요. 쉬는 날은 반드시, 어디 간다는 말씀도 없이 차를 몰고 나가셨죠. 그 때문에 할머니와 아버지는 할아버지와 자주 다퉜습니다. 분명 할아버지가 바람피우는 게 아닐까 의심한 거겠죠. 저도 어린 마음에 그렇지 않을까 생각했을 정도니까요."

카야마 원장이 자조하듯 웃었다.

"가족들이 아무리 따지고 들어도 할아버지는 어디 다녀왔는지 말씀하시지 않았습니다. 아무튼 일요일 밤이 되면 몹시 지친 표정으로 돌아오셔서, 아무 말도 없이 잠자리에 드셨어요. 할머니와 아버지도 그 심상치 않은 모습을 보고 점점 간섭하지 않게 됐죠."

그리고 가네아키 씨는 그대로 소식이 끊겼다.

"할아버지의 외출벽은 친척들 사이에서도 유명했으니까, 늘그막에 사랑의 도피를 한 것 아니냐고 다들 수군거렸죠. 그 때문인지 할머니와 아버지는 진심으로 할아버지를 찾으려고 하지 않았어요. 하지만 저는 할아버지가 여자와 함께 도망친 게 아니라는 사실을 알아차렸습니다. 할아버지 서재에서 어떤 물건을 발견했거든요."

잠깐만 기다리세요, 하고 응접실에서 나간 카야마 원장이 낡은 노트 세 권을 들고 돌아왔다.

"여기에는 할아버지의 반생이 적혀 있습니다. 실종되기 직전까지 할아버지는 여기에 글을 계속 쓰셨던 것 같아요. 저는 이걸 읽고 모든 걸 알아차렸습니다. 할아버지가 늘 어디에 가셨는지도, 어디로 사라지셨는지도. 동시에 이 내용을 곧이곧대로 받아들여도 될지 아주 망설여지더군요. 너무나 비현실적인 내용이었거든요."

"노트를 봐도 될까요?"

하루코 씨가 노트에 손을 내밀자 카야마 원장은 그럼요, 하고 한 권을 내밀었다.

"보셔도 전혀 못 알아보실 겁니다. 할아버지는 아주 악필이셨으니까."

"이건… 실례지만 그런 것 같네요."

하루코 씨가 쓴웃음을 지었다. 노트는 말 그대로 지렁이가 기어간 것같이 휘갈겨 쓴 글씨로 가득했다. 도저히 글씨로 보이지 않을 정도였다.

"저도 내용을 이해하는 데 한참 걸렸습니다. 전부 다 읽은 후 얼른 할머니와 아버지에게 내용을 전했죠. 하지만 두 분은 제 이야기를 진지하게 듣지 않으셨어요. 두 분은 할아버지를 좋게 생각지 않으셨던 데다 노트에 적힌 내용도 이상하기 짝이 없었으니 받아들이기가 쉽지는 않았던 거겠죠."

카야마 원장은 당시를 회상하듯 눈을 가늘게 뜨고 말했다. 가족들 사이에서 여러모로 고생했는지도 모르겠다.

그리고, 하고 카야마 원장이 작게 숨을 내쉬었다.

"이 반생의 기록 속에 도쿄의 집 이야기도 적혀 있었습니다."

"그 내용을 알려주시면 안 될까요?"

하루코 씨가 부탁하자 카야마 원장은 조용히 고개를 끄덕였다.

"알겠습니다, 말씀드리죠. 이제 할머니도 아버지도 돌아가셔서 이 일을 아는 건 저뿐이니까요."

작게 헛기침하고 우리 눈을 번갈아 보았다.

"이야기가 좀 깁니다."

카야마 가네아키는 태어날 때부터 한쪽 눈이 거의 보이지 않았다.

그 탓이라고 해야 할까, 그 덕분이라고 해야 할까 전쟁이 시작돼도 징집되지 않았고, 대학교에서 의학을 공부한 후에는 당시 늘어났던 의학 전문학교에서 교관으로 일했다.

전환점은 육군 군의학교로 전속을 명령받은 것이었다. 거기서 가네아키는 육군 위생, 즉 전선에 필요한 의료 체제를 연구했고, 수많은 학생도 지도했다. 가네아키가 당시 아직 30대였다는 사실과 당시 일본 사회의 실태를 고려하면 파격적인 대우

였음을 알 수 있다.

전쟁의 상황은 점점 악화됐다.

인력과 물자가 압도적으로 부족하다는 사실이 현장에도 전해졌다. 군의관이 될 예정이었던 학생들도 학업 도중에 위생병으로 전선에 끌려갔고, 그대로 불귀의 객이 됐다. 앞날이 보이지 않는다는 불안이 조금씩 사람들의 마음을 좀먹었다.

그렇듯 궁지에 몰린 상황에서 일본 육군은 기묘한 고육지책을 세웠다.

히노무라 대령이라는 사람이 가나가와현의 노보리토 연구소에서 육군 군의학교로 파견돼 특별한 극비 임무를 맡는다는 소식이 전해졌다. 그 임무는 신비 분야의 군사적 이용 연구, 즉 오컬트 연구였다.

어째선지 가네아키도 그 연구 부대에 배속됐다. 대륙과 반도에서 끌려온 노동자를 투입한 강행공사로 도야마의 지하에 연구시설을 만들었다. 햇빛이 들지 않는 곳에서 밤낮없이 연구를 진행했다.

저주로 적국 요인 암살.

텔레파시 능력으로 효율적인 정보 전달.

투시 능력으로 적국의 기밀 정보 입수.

꿈같은 작전이 차례차례 입안되고 실행됐다. 성과가 어떤지는 아무도 몰랐다.

연구에 발맞춰 전국에서 초자연적인 능력을 지닌 인재를 모았다. 주술을 다룰 수 있다고 호언장담하는 무녀, 미래를 예지할 수 있다고 주장하는 소녀, 천리안이 있다고 소문난 초능력자 등등.

그중 한 명이 다무라 기이치였다.

다무라는 간토 지방 북부의 농촌에서 태어났다. 어렸을 적부터 날씨나 분실물이 있는 곳을 알아맞힌 것은 물론, 적대하는 사람에게 저주를 걸 수 있다며 주변 사람들이 두려워하고 우러러 받들던 남자였다. 태어날 때부터 시력이 약하고 두 눈의 색소가 옅었으므로 빛을 싫어했다. 그 뿌연 눈동자 때문에 그의 능력이 더욱 설득력을 얻었다. 그런 다무라에게 햇빛이 들지 않는 지하 실험 시설은 이상적인 직장이었으리라. 가네아키를 비롯한 연구진이 실시하는 실험에 열정적으로 임했고, 실험 결과 중 몇몇은 성공했다고 할 법했다.

가네아키와 다무라는 고향과 나이가 가까웠고, 둘 다 눈이 불편했으므로 서로 죽이 잘 맞았다. 실험하는 짬짬이 가족에 대해 이야기하고, 농담을 주고받기도 했다. 살벌한 나날을 보내는 가운데 서로 지탱해 줄 수 있는 귀중한 친구였다. 식사도 충분히 제공하지 못하면서 가혹한 실험을 연일 진행했지만, 다무라는 "친구를 위해서라면." 하고 견뎌냈다.

두 사람 사이에는 한 가지 신기한 규칙이 있었다. 결코 서로를 이름으로 부르지 않는다는 것이었다.

그렇게 결정한 것은 다무라였다. 가네아키가 이유를 물어보자 다무라는 더듬더듬 설명했다.

"진명(眞名)이라는 말을 들어본 적 있겠지. 옛날에 대륙에서는 주군이나 부모만 상대를 이름으로 부를 수 있었다나 봐. 이름에는 영성이 깃들어 있는 만큼 특별히 대해야 한다는 뜻이겠지. 난 기도를 올릴 수 있고, 저주도 걸 수 있어. 그러니 가볍게 남의 이름을 입에 올릴 수는 없어."

다무라의 능력을 직접 목격한 가네아키는 그것이 단순한 신조나 마음가짐이 아니라는 것을 알았다. 다무라가 남의 이름을 말하거나 적으면, 거기에는 단순히 이름 이상의 의미가 생긴다는 것을 깨달았다.

비극이 일어난 건 1945년 5월 25일 밤이었다.

가네아키는 고향에 편지를 부쳐달라는 다무라의 부탁을 받고 거리에 나갔다가 요란한 공습경보를 들었다. 3,600여 명이 사망해 훗날 '야마노테 대공습'이라 불리는 공습이 도쿄를 덮쳤다. 대피하려던 가네아키는 육군 군의학교가 불에 휩싸였다는 걸 알고 황급히 도야마로 돌아갔다.

사방이 온통 불바다로 변했고, 지하 연구소로 이어지는 길은 불길에 막혔다. 다무라는 대피했을까. 다무라는 시력이 약해서 시설 내부를 이동할 때도 가네아키가 도와줘야 했다. 분명 아직 지하에 남아 있을 것이다.

가네아키는 연기와 불길을 헤치며 지하 시설 입구로 향했다. 더는 다가갈 수 없는 지점까지 오자 그동안 불러본 적 없던 다무라의 이름을 목 터지게 불렀다. 연기를 마셔서 목구멍이 아팠지만 개의치 않고 계속 외쳤다. 대답은 없었다.

옷에 불이 옮겨붙어서 죽음을 각오했을 때, 마침 거기 있던 군인이 구해주었다.

결국 그날 도야마의 육군 시설은 대부분 불타서 무너졌고, 지하 연구시설도 그 잔해에 파묻혔다. 히노무라 대령을 비롯한 연구진과 피실험자들은 사망이 확인되거나 행방불명 처리됐다. 다무라의 생사도 불확실했다.

가네아키는 온몸에 가벼운 화상을 입은 데다 화상을 입은 부위에 감염증이 생겨서 생사의 기로를 헤맸다. 다행히도 회복해서 의식을 되찾았을 무렵, 일본은 전쟁에 졌다.

전쟁 후 복구 과정에서 도야마의 지하 시설은 완전히 무시당했다. 가네아키도 앞으로 어찌 될지 모르는 나날을 필사적으로 살아나가는 데 급급했다. 그래도 다무라가 아직 지하에 있지 않을까 하는 의문과 친구를 내버려뒀다는 죄책감은 사라지지 않았다.

기적적으로 화상 흉터는 남지 않았고, 신기하게도 거의 보이지 않았던 한쪽 눈도 회복됐다. 가네아키는 고향인 도치기현으로 돌아가서 진료소를 개업했고 가정도 꾸렸다.

사회 정세도, 진료소 수입도 안정되자 가네아키는 자신에게 남은 인생의 숙제를 마치겠다는 결의를 다졌다. 즉, 도야마의 지하에 잠들어 있는 친구의 시신을 찾아내 제대로 장례를 치러주는 것이다.

하지만 대놓고 땅을 파헤칠 수는 없는 노릇이었다. 사회적 입장도 있었고, 전쟁이 끝난 후 도야마에는 주택 부족을 해결하기 위해 거대한 주택 단지가 들어섰으므로 보는 눈도 많아졌다.

그래서 가네아키는 훗날 스스로 생각하기에도 도를 넘었다고 회고하는 방법을 선택했다. 가족에게는 비밀로 시설이 있었던 곳 근처에 집을 지은 것이다. 주변에서 보지 못하도록 그 집의 바닥 아래를 파 내려갔다.

토목 공사에 생무지인 사람이 어딘지도 모를 지하 시설까지 터널을 파는 건 하루아침에 이루어질 일이 아니었다.

가네아키는 쉬는 날마다 도야마에 가서 온종일 바닥 아래를 팠다. 지하철 개통과 고속도로 지하화 소식이 들릴 때마다 가슴이 철렁했지만, 다행히도 도야마의 지하는 공사 대상에서 계속 제외됐다.

광기라고도 할 수 있는 그 작업은 1988년에 드디어 열매를 맺었다. 가네아키가 판 지하 터널은 마침내 40여 년 전에 육군 시설의 잔해 아래 묻힌 지하 시설로 이어졌다. 어느덧 나이는 여든 살을 넘었다.

하지만 가네아키는 거기에 발을 들여놓을 수가 없었다. 그동안 터널을 파느라 여념이 없었지만, 막상 무미건조하게 입을 벌린 어둠에 다다르자 발이 얼어붙었다. 시간이 멈춘 채 40년도 넘게 방치된, 주술과 신비가 소용돌이치는 공간이 두려웠다. 원통함을 품고 죽었을 친구의 유해를 보는 것 또한 참을 수 없이 무서웠다.

그 이듬해에 고비가 찾아왔다.

후생성이 도야마 청사를 건설하기 위해 일대를 파내다가 대량의 인골이 발견되는 사태가 발생했다. 이대로 가면 지하 연구시설의 존재도 만천하에 드러나지 않을까. 수십 년에 걸친 노력이 물거품으로 돌아가지는 않을까.

초조함에 사로잡힌 가네아키는 마침내 어둠의 세계에 발을 들여놓기로 결심했다.

일단 홀몸인 친구에게 억지를 써서 도야마의 집을 넘겼다. 혹시나 자기에게 무슨 일이 생겼을 때, 유산 상속 과정에서 이 집의 존재가 발각되는 걸 피하기 위해서였다.

꼼꼼히 준비한 후, 가족에게는 옛날 친구를 만나고 오겠다고만 말하고 집을 나서기로 했다.

가네아키의 반생을 기록한 글은 거기서 끝났다.

"여기까지가 할아버지의 글을 해독해서 알아낸 내용입니다."

카야마 원장은 컵에 남은 식은 커피를 아주 천천히 다 마셨다. 응접실 창문을 두드리는 빗소리가 몹시 시끄럽게 들렸다.

"쉽사리 믿을 수 있는 내용이 아니었죠. 저는 확인하러 갈 수도 있었어요…. 남에게 넘겼다고는 해도 할아버지가 지은 집을 찾아내기는 그다지 어렵지 않았겠죠."

하지만, 하고 카야마 원장은 한숨을 쉬었다.

"저 또한 진상을 확인하기가 두려웠습니다. 할아버지가 팠다는 터널을 찾아내더라도, 도저히 들어갈 수는 없었을 거예요. 그래서 두 분 같은 사람이 오기를 내내 기다린 겁니다."

카야마 원장은 노트의 페이지 사이에서 작은 열쇠를 꺼냈다.

"그건 뭐죠?"

"마지막 페이지에 붙어 있던 겁니다. 분명 그 집의 여벌 열쇠가 아닐까 싶은데요."

카야마 원장이 열쇠를 우리 앞에 내밀었다.

"할아버지를 찾아내면 알려주시겠습니까?"

네, 하고 짤막하게 대답한 후 하루코 씨는 둔탁하게 빛나는 열쇠를 받았다.

3

세력이 강해지는 태풍을 찢어발기듯 하루코 씨는 빠르게 차를 몰았다.

"다무라 기이치는 태어날 때부터 시력이 약해서 빛을 싫어했다고? 빙고 카드였다면 벌써 세 줄은 채운 셈이야."

카야마 원장의 이야기를 듣는 동안 나도 조금씩 확신이 커졌다. 카렌 씨의 집에 발생한 초자연현상의 정체. 이시무라가 데려왔고, 다섯 사람을 실종시킨 원인.

전부 도야마의 지하에 잠들어 있는 다무라 기이치였던 건가.

"유령이라든가 원념이라든가… 그런 게 실제로 존재했던 걸까요?"

"이제 그걸 확인하러 가야지."

세 시간의 여정은 올 때보다 약간 짧게 느껴졌다.

그래도 어느새 저녁이라고 해야 할 시간이 됐다. 하루코 씨는 도야마 공원 근처 주차장에 차를 댄 후, 얼른 택시를 잡았다.

"난 준비를 좀 해야겠어. 넌 차에서 촬영 장비를 준비해. 지하에 내려가서 전부 다 찍을 거야. 건전지가 없으면 미리 사놓고."

"알겠습니다."

"그리고 구라모토가 이쪽으로 올 거니까 합류해."

도쿄로 돌아오는 길에 전화해서 카야마 원장에게 들은 이야기를 전부 구라모토와 이누이에게 알려주었다. 돌아가면 바로 지하에 가겠다는 취지를 전하자 구라모토는 준비하겠다면서 카렌 씨의 집을 뛰쳐나갔다고 한다.

차에 실어둔 휴대용 발전기를 가동해서 머리에 달고 촬영할 수 있는 액션캠을 충전했다. 헤드램프도 충전된 걸 확인하고 촬영용 배낭에 담았다. 기동력을 고려하면 지하에 가져갈 수 있는 장비는 한정된다.

곧 구라모토가 나타났고, 이어서 하루코 씨도 돌아왔다. 하루코 씨 다음으로 카렌 씨가 이누이의 부축을 받으며 택시 뒷좌석에서 내렸다.

"어, 데려가시려고요?"

"설마. 하지만 요전처럼 밖을 나돌아다니면 곤란하잖아. 금방 달려갈 수 있도록 근처에 대기시킬 거야."

"근처라니 그게 어딘데요?"

"있잖아, 온 방이 조명 천지인 안전지대가."

이시무라의 자취방 말인가. 확실히 빈집에서 엎어지면 코 닿을 곳이다.

"그리고 든든한 경호원도 데려왔어."

하루코 씨의 말이 끝나자마자 본 적 있는 검은 형체가 택시 조수석에서 내렸다.

기리야마 가에데였다.

"이 녀석이 있으면 최악의 경우라도 어떻게든 해주겠지."

하루코 씨가 손가락으로 가리키자, 아담한 점술가는 불만스러운 듯 고개를 홱 돌렸다. 어느 틈에 연락처를 물어본 걸까.

우리는 이시무라의 자취방으로 향했다. 의료기구가 담긴 나무상자와 낡은 사진을 하루코 씨가 배낭에 챙겼다. 뒷면에 '다무라'라고 적힌 사진은 다무라 기이치의 것이었으리라. 흐릿해진 가족사진을 새삼 들여다보았지만 누가 다무라 기이치인지는 알 수 없었다. 이걸 원래 있던 장소에 되돌려 놓으면 모든 일이 해결될까.

눈부신 빛에 감싸인 원룸에 기리야마 가에데와 정신이 몽롱해 보이는 카렌 씨를 남겨두고 나, 하루코 씨, 구라모토, 이 누이는 그 빈집으로 향했다.

비바람이 더욱 거세졌고, 도로 옆에는 탁한 물이 줄줄 흘렀다. 주택가 집들은 덧문을 꼭 닫았고, 덧문이 없는 창문은 접착테이프로 보강해서 전대미문의 태풍에 대비했다. 밖을 돌아다니는 사람은 우리뿐이었다.

경차도 못 지나갈 만큼 좁은 골목을 꺾어서 좀 더 나아갔다. 오래된 주택가 속에서 그 집이 갑자기 모습을 드러냈다.

"이거 장난 아닌데."

이누이가 놀란 듯 중얼거렸다. 카야마 가네아키 씨가 실종된 지 30여 년. 그동안 자랄 대로 자란 정원수와 잡초가 건물을 가렸다. 거무튀튀해진 널빤지 담장과 반쯤 썩은 작은 전통식 나무문을 보고서야 겨우 정글 속에 있는 집이 일본 가옥이라는 걸 알 수 있었다.

"카야마 가네아키는 이 집의 존재를 세상에 감추려 했어. 정원의 나무도 사람들의 시선을 막기 위해 심은 거겠지."

하루코 씨가 누구에게랄 것도 없이 말했다.

우리는 옆으로 늘어서서 바람에 흔들리는 꺼림칙한 밀림을 잠시 올려다보았다.

"좋아, 가자."

하루코 씨가 말을 툭 던지며 문짝에 손을 댔다. 대문이 소리도 없이 열렸고, 우리는 안으로 발을 내디뎠다.

현관까지는 겨우 길이 이어졌다. 군데군데 지나다니기 쉽도록 나뭇가지를 쳐낸 흔적이 있었다. 이시무라가 그런 것이리라.

"봐봐."

현관에 다다르자 하루코 씨가 왼쪽을 가리켰다. 거기에는 희한한 광경이 펼쳐져 있었다. 나무 현관문에서부터 왼쪽으로 흰색 모르타르 벽이 이어졌다. 정원수에 가려서 보이지 않았던 건물 외벽에는 창문이 하나도 없었다.

"집 안을 보여주기가 어지간히도 싫었던 모양이군."

건물은 아무래도 2층 구조인 듯했다. 창문 없이 밋밋한 건조물 위에 낡은 기와지붕이 얹혀 있었다. 정원수가 자라기 전에는 근처 사람들 눈에 아주 이상한 건물로 비쳤으리라. 카야마 가네아키 씨는 과연 어떤 정신 상태로 이 집을 지었을까.

"음, 열려 있네."

빌려 온 열쇠를 꺼낼 것도 없이 현관문은 대번에 열렸다. 이시무라가 부쉈는지 문손잡이가 반쯤 빠진 상태였다.

어둠 속에 가라앉은 현관 복도로 들어갔다.

문을 닫은 순간 시끄럽게 귀를 때리던 빗소리가 멀어졌다.

건물 안에는 곰팡내와 먼지 냄새가 감돌았다. 고여서 탁해진 공기가 폐에 들어오자, 오랫동안 사람이 드나들지 않았다는 것을 짐작할 수 있었다. 현관 바닥과 마룻바닥에는 척 보면 알 수 있을 만큼 먼지가 많이 쌓였다. 그 위에 집 안쪽을 오간 걸로 보이는 운동화 발자국이 두 줄 찍혀 있었다. 이 또한 이시무라가 지나간 흔적이 틀림없었다.

"고시노, 조명 줘."

하루코 씨의 지시에 배낭에서 액션캠과 헤드램프를 결합한 헤드밴드를 사람 수만큼 꺼냈다. 각자 헤드밴드를 머리에 착용하고 녹화 버튼을 눌렀다.

"여기서부터는 전부 기록하죠."

헤드램프 불빛 네 개가 두툼한 어둠을 비췄다. 현관 정면과 왼쪽에 복도가 뻗어 있었다. 정면에는 위층으로 이어지는 계단이, 왼쪽에는 줄지은 맹장지문이 보였다. 양쪽 다 이시무라의 발자국이 있었다.

"지하로 갈 거면 위층은 상관없겠지."

하루코 씨의 의견에 따라 우리는 왼쪽 복도를 나아가기로 했다. 발자국은 제일 앞쪽 맹장지문에서 끊겼다. 이시무라는 여기로 들어간 듯했다. 맹장지문을 열자 약 3평 크기의 방이 나왔다. 가재도구류는 전혀 없었다.

"그 사진은 여기서 찍은 건가?"

구라모토가 스마트폰을 꺼내서 이시무라가 SNS에 올린 사진을 화면에 띄웠다. 사진 속 벽과 다다미는 눈앞에 있는 방과 비슷해 보였다.

"잠깐, 맹장지의 무늬가 다른 것 같은데. 저 안쪽 방 아니야?"

하루코 씨의 지적에 자세히 보니, 확실히 조금 다른 것 같았다. 구라모토가 방 안쪽으로 나아가서 맹장지문을 열었다. 과연 거기에도 비슷한 방이 있었다. 방 사이의 맹장지문을 빼내고 두 방을 연결해 큰 방으로 사용하는 방식인 듯했다. 옛날에 만든 집에서 흔히 볼 수 있는 형태다.

스마트폰을 다시 확인하니, 아무래도 이시무라는 이쪽 방에서 사진을 찍은 것 같았다. 하지만 이 방에는 사진과 다른 점이 한 군데 있었다.

방 한복판의 다다미가 조금 들떠 있었다.

"조용히."

하루코 씨가 입술에 검지를 댔다. 귀를 기울이자 물 끓는 주전자에서 나는 듯한, 가냘픈 바람 소리가 들렸다. 아무래도 약간 들뜬 다다미 틈새에서 들려오는 것 같았다.

"이 밑이야."

하루코 씨의 눈이 빛났다. 나와 구라모토가 좌우로 돌아가서 다다미를 들어 올렸다. 겉보기보다 가벼워서 위로 쑥 올라왔다.

"아이고, 맙소사."

이누이가 아연실색한 표정으로 말했다.

다다미 밑에 동그란 구멍이 입을 벌리고 있었다. 지름은 2미터도 안 된다. 삽 같은 도구로 조금씩 팠는지 투박하게 일그러진 모양새였다. 불빛을 비추자 구멍 내부는 터널처럼 뚫려 있었고, 아래로 계단이 쭉 이어졌다. 불빛이 닿는 범위 밖 계단 저편에는 완전한 어둠이 펼쳐졌다.

"이게 도야마 공원의 지하까지 이어진다는 건가."

하루코 씨도 놀라움을 감추지 못하는 듯했다. 이 집에서 공원까지는 다소 거리가 있고, 공원 자체도 넓다. 터널의 길이는 얼마나 될까. 창문 없는 이 집에서 혼자만의 힘으로 터널을 파낸 카야마 가네아키 씨의 광기를 생각하자 전율이 밀려왔다.

"이, 이봐, 정말로 갈 거야?"

“뭐야, 이누이. 겁나?”

“당연하지, 이건 정상이 아니야.”

이누이는 기가 죽어서 완전히 움츠러들었다. 나도 입 밖에 꺼내지는 않았지만 같은 기분이었다. 동물적 본능이 터널 속으로 가지 말라고 경고했다. 불빛을 비추고 있으니 어둠 속에서 뭔가가 기어 나올 듯한 느낌마저 들어서 눈을 돌리고 싶어졌다.

“이시무라라는 발칙한 녀석이 저 아래서 사진을 찍었어. 적어도 갔다가 돌아올 수는 있겠지. 다만….”

하루코 씨가 구라모토를 보았다.

“너한테는 힘들지 않을까?”

무슨 뜻으로 한 말인지 바로 이해했다. 구라모토는 구멍 크기에 비해 몸집이 너무 크다.

“제2차 세계대전 당시 일본인 남성의 평균 신장은 160센티미터대였을 거야. 카야마 가네아키는 몸집이 상당히 작은 편이었겠지. 이 정도면 나도 아슬아슬해.”

덩치가 작은 이누이는 둘째치고, 하루코 씨와 나도 겨우 지나갈 수 있을까 말까 할 만큼 좁았다. 체격이 좋은 구라모토는 확실히 지나가기가 어려우리라.

“…어쩔 수 없지. 난 여기서 출구를 지키고 있을게. 무슨 일 있으면 소리를 질러. 구조를 요청할 테니까.”

“그럼 나도 출구를 지켜야겠군. 구라모토 혼자 있으면 쓸쓸할 테니까.”

"구라모토, 부탁해. 이누이는 이리로 와."

하루코 씨가 단호한 목소리로 말하자 이누이는 힘없이 고개를 숙였다. 아래에서 무슨 일이 일어날지 모르는 이상, 동행자는 한 명이라도 많은 편이 좋다.

"이걸 가져가."

구라모토가 무전기같이 생긴 노란색 기계를 꺼내서 하루코 씨에게 주었다.

"탄광 같은 데서 사용하는 산소 농도계야. 지금은 21퍼센트지만, 아래는 어떨지 몰라. 18퍼센트를 밑돌면 위험해. 빨간색 불이 켜질 거니까 그러면 철수해."

"알았어."

하루코 씨는 산소 농도계를 받아 들고 지하로 이어지는 터널에 조심스레 들어섰다. 수작업으로 만든 삐뚤빼뚤한 계단을 천천히 내려갔다.

"뭐 해? 빨리 와."

하루코 씨의 성화에 이누이가 풀 죽은 표정으로 걸음을 내디뎠다. 그리고 터널에 들어서기 직전에 이쪽을 돌아보고 물었다.

"야, 고시노. 무슨 종교 믿어?"

"죽으면 스님이 오실 테니 불교 아닐까요?"

"그럼 나 대신 부처님한테 좀 빌어줘. 무사히 돌아올 수 있게 해달라고 말이야."

4

시간이 얼마나 흘렀을까.

하루코 씨, 이누이, 나 순서대로 좁은 터널을 한 발짝 한 발짝 내려갔다. 천장이 몹시 낮아서 구부린 자세로 나아가야 했다. 얼마 지나지 않아 다리와 허리가 비명을 질러댔지만, 그래도 나아가는 수밖에 없었다. 아무리 나아가도 눈앞에 펼쳐지는 광경에 아무 변화도 없어서 이 계단이 무한하게 이어지는 것 아닐까, 하는 착각마저 들었다. 돌아보니 뒤쪽에는 완전한 어둠뿐이었다. 구라모토가 있을 출구는 한참 전부터 보이지 않았다.

"옛날부터 산에 오르면 내려갈 때가 상상돼서 귀찮고 우울했어. 이 계단도 끝나면 다시 올라가야 하잖아."

이누이가 공포를 이겨내기 위해서인지 짐짓 밝은 목소리로 말했다.

“또 분기점이야.”

앞장서서 나아가던 하루코 씨가 그 말을 무시하고 말했다. 얼마쯤 내려간 후부터 종종 분기점이 나타났다. 한쪽 길에는 반드시 빨간 펜으로 ‘×’라고 표시한 큼지막한 돌이 놓여 있었다. 분명 막다른 길을 나타내는 것이라 판단하고 우리는 돌이 없는 쪽 길을 골랐다.

“산소 농도는 괜찮아. 어디선가 바깥 공기가 들어오는 거겠지.”

하루코 씨가 산소 농도계를 들여다보고 말했다. 이누이가 “이야, 최고의 소식이네.” 하고 투덜거리는 목소리가 수작업으로 판 터널에 울려 퍼졌다.

그러고 나서 얼마나 더 나아갔을까.

제일 앞에 있던 하루코 씨가 갑자기 멈춰 서는 바람에 이누이와 나는 추돌 사고를 당한 꼴이 됐다.

“도착했다….”

하루코 씨의 목소리가 아까보다 더 크게 울렸다. 내리막 터널이 느닷없이 끝났고, 헤드램프 불빛이 그 너머에 있는 다른 어둠을 비췄다. 앞서가는 두 사람을 따라 그 공간으로 기어나갔다.

그곳은 인공적인 동굴이었다. 폭은 3미터에 높이는 2미터가 조금 안 되는 정도일까. 나름대로 넓었다. 수작업의 흔적인지 벽면과 천장은 울퉁불퉁했지만, 바닥은 평평하게 다듬어놓았다.

일찍이 전기를 끌어다 썼는지 천장에는 케이블이 쭉 뻗어 있었다. 여기에 사람이 있었다는 증거였다.

우리가 내려온 가네아키 씨의 터널은 이 동굴 옆구리와 맞닥뜨리는 형태였다. 좌우를 살피자 양쪽 다 길이 있었지만, 헤드램프 불빛은 고작 몇 미터 앞까지만 다다랐다.

"일본군의 오컬트 연구시설이 진짜로 있었네."

이누이가 나지막한 목소리로 말했다.

카야마 가네아키 씨가 지은 집과 거기서 지하로 이어지는 터널에서는 한 인간의 광기가 느껴져서 두려웠다. 한편 이 공간에서는 그것과 완전히 별개의 광기가 느껴졌다. 어디까지 이어질지 모르는 짙은 어둠. 피부에 들러붙는 축축하니 불쾌한 공기. 지상에서 이렇게까지 멀리 떨어진 곳에 연구시설을 만들었다는 사실. 아무 소리도 나지 않는데 수많은 사람이 근처에 있는 것처럼 느껴지는 기척. 그리고 무엇보다….

이 냄새.

개골창 같은 냄새가 콧속에 풍겼다.

"틀림없어, 여기야."

하루코 씨가 그렇게 말하며 산소 농도계를 꺼냈다. 표시된 숫자는 20이었다. 문제없는 수치다.

우리는 일단 왼쪽으로 가보기로 했다.

하지만 금방 막다른 곳에 다다랐다. 50미터쯤 앞에서 길이 흙모래에 뒤덮인 상태였다. 하지만 천장의 케이블이 흙모래 너머로 뻗어 있으니 여기가 동굴의 끝이 아닌 건 확실했다.

"무너진 거겠지. 70년 넘게 방치된 곳이니까 무리도 아니야."

하루코 씨의 말을 듣자 나도 모르게 몸이 부르르 떨렸다. 우리 머리 위를 지탱하는 천장 역시 언제 무너져도 이상하지 않다는 건가. 무너진 후 상당한 시간이 흘렀는지 흙모래는 완전히 굳었다. 이 앞으로는 갈 수 없으리라.

원래 있던 곳으로 돌아와 반대편으로 나아갔다.

어둠이 짙은 데다 터널 자체가 살짝 휘어서 앞이 보이지 않았다. 들러붙는 습기와 불쾌한 냄새는 걸음을 내디딜 때마다 강해졌다.

저편에서 뭔가가 기다리고 있다.

아니, '뭔가'가 아니다. 생매장된 다무라 기이치가, 우리가 오기를 기다린다.

조금 걷자 수작업으로 판 동굴이 콘크리트 터널로 바뀌었다.

벽을 따라 같은 간격으로 늘어서서 천장을 지탱하는 빨간 철골이, 마치 후시미 이나리 신사에 있는 수천 개의 붉은 도리이처럼 보이기도 했다. 그 철골도 일부는 녹슬어서 상태가 좋지 못했고, 꺾여서 아래로 축 늘어진 것까지 있었다. 콘크리트 벽도 군데군데 무너져서 속의 철근이 튀어나왔다. 발이 걸려서 넘어지기라도 하면 찔릴 것 같았다.

마치 개미집처럼 터널 좌우에 작은 구멍이 옆으로 쭉 뚫려 있었다. 연구시설이라니까 구멍 안에는 뭔가 연구에 사용한 방이 있으리라.

"넓네. 흩어져서 조사하자."

하루코 씨의 말에 이누이가 입에 거품을 물고 반대했다.

"안 돼. 영화도 안 보냐? 이런 곳에서 혼자 다니는 녀석은 대부분 죽어."

"그럼 이누이는 고시노랑 가. 난 안쪽을 살펴볼게."

하루코 씨는 그렇게만 말하고 동굴 안쪽으로 성큼성큼 들어갔다. 이누이가 멍한 얼굴로 그 뒷모습을 바라보았다.

"저 사람한테는 무섭다든가 하는 감정이 없어요. 초자연현상에 맞닥뜨리면 도망치지도 굳어버리지도 않고 뛰어서 다가가는 사람인걸요."

"공포는 위험을 회피할 수 있도록 생물에게 주어진 경고 신호야. 저 녀석은 제명에 못 죽겠지, 틀림없어."

이누이가 한숨을 쉬고 내 쪽으로 몸을 돌렸다.

"영화에서는 앞장서는 녀석도 죽더라. 네가 먼저 가."

이누이의 성화에 못 이겨 나는 가까운 구멍으로 들어가 보았다.

약 세 평 크기의 작은 방이 나왔다. 유리문이 달린 나무 선반과 나무 책상이 놓여 있는 것이 꼭 사무실 같은 인상이었다. 지상이 공습으로 불바다가 됐을 때도 지하 깊은 곳까지는 불길이 닿지 않았으리라. 70여 년 전의 상태로 시간이 멈춘 공간이 기이한 현실감을 풍기며 눈앞에 펼쳐졌다.

"뭘 찾으면 되는 거야?"

이누이가 책상 서랍을 들여다보며 물었다.

"이시무라는 여기서 의료기구가 든 나무상자와 사진을 가져온 탓에 저주… 같은 뭔가에 걸린 것으로 추정돼요. 사진은 다무라 기이치의 소지품이었을 가능성이 높겠죠. 그게 원래 있었던 곳을 알아내서 돌려놓으면 되지 않을까요?"

"원래 있었던 곳이 어딘지 어떻게 알아?"

"이시무라가 SNS에 올린 사진에는 약병이 주르르 놓인 책상이 있었습니다. 거기에 전리품이 있었는지는 모르겠지만, 적어도 이시무라가 갔었던 장소인 건 분명해요. 그 방을 찾아보죠."

그리고 그 도리이도 이 지하 공간에 있을 것이다.

작은 방을 나서서 다른 구멍에 들어갔다. 거기서도 으스스한 광경이 펼쳐졌다. 다섯 평이 넘을 듯한 널찍한 공간에 가득한 건 우리였다.

개나 고양이가 들어갈 만한 작은 금속 우리를 난잡하게 쌓아놨다. 그중 몇몇 우리에는 삭은 뼈 같은 것도 들어 있었다. 동물을 사용해서 뭔가 실험한 걸까.

그리고 그 안쪽에는 전화 부스 두 개 크기의 나무 우리가 늘어서 있었다.

"취재하다가 본 적 있어. 이건 집에 설치해서 누군가를 감금하기 위해 사용하는 물건이야."

이누이가 나무 우리를 가리키며 말했다.

"그래도 설마 사람이 들어 있었던 건… 아니겠지."

우리 속에는 둘둘 말린 더러운 이불이 있었다. 더는 자세히 들여다보고 싶지 않아서 우리는 그 방을 뒤로했다.

다음으로 들어간 방은 더 이상한 곳이었다.

원래 동굴이었던 공간을 방으로 사용한 듯, 3미터쯤 되는 천장에는 종유석이라고 하나, 고드름 형태의 돌이 달려 있었다. 바깥에서 내리는 비의 영향인지, 돌고드름에서 물이 뚝뚝 떨어졌다.

그리고 그 물이 떨어지는 곳에는 수많은 불상이 있었다.

방 제일 안쪽에는 2미터가 넘고 검게 변색된 여래상, 아마도 대일여래상(大日如來像)이 자리를 잡고 있었다. 그리고 거기로 이어지는 수 미터의 길을 감싸듯 크고 작은 불상이 놓여 있었다. 천장에서 떨어지는 물이 오랜 세월 깎아냈는지, 몇몇 불상에는 머리가 없었다.

기묘한 광경이 펼쳐진 건 그 방뿐만이 아니었다.

어떤 방에 들어가자 벽면에 붙은 거대한 미국 대륙 지도에 경문이 빽빽이 적혀 있었다. 반쯤 썩은 동물 박제가 늘어선 방도 있었는데, 모든 박제에 방독면을 씌워놨다. 한복판의 수술대 같은 받침대에 전통 인형을 눕혀둔 방도 있었다.

이누이와 나는 아무 대화도 없이 방들을 하나씩 확인했다. 여기서 진행한 걸 과연 실험이라 할 수 있을지 의심스러웠다.

그리고 그 방에 다다랐다.

약 네 평쯤 되는 공간에 작업 책상 두 개를 맞대놓았다. 얼핏 보기에는 아무 특징도 없이 평범한 방이었다. 하지만 그 방에 들어선 순간 강렬한 기시감이 밀려왔다. 나무 책상에 주르르 놓인 갖가지 약병들. 이시무라의 사진에 찍힌 곳이다.

"여기, 이것 좀 봐."

이누이의 말에 시선을 주자 약병이 놓인 책상에 먼지가 별로 없는 부분이 있었다. 비교적 최근까지 뭔가 놓여 있었을, 크고 작은 네모 자국 두 개. 여기에 그 나무상자와 사진을 놓으면 딱 일치할 것이다.

"나무상자와 사진은 어디 있지?"

"하루코 씨 배낭에요. 일단 합류하죠."

방을 나서려다 별생각 없이 다른 책상을 힐끗 보았다.

거기에 아무렇게나 놓여 있던 '그것'이 눈에 들어와서 나도 모르게 외마디를 흘렸다.

혹시….

떨리는 손으로 '그것'을 집어서 확인했다.

그런 거였구나.

내내 의문이었다. 이시무라를 덮친 초자연현상은 왜 괴담회 관객에게 전파됐을까. 왜 기리야마 가에데는 매번 관객 중 한 명에게서 기이한 이미지를 보았을까. 왜 전혀 관계없는 다섯 명이 초자연현상의 배턴을 넘겨받았을까.

그 해답이 눈앞에 있었다.

이누이에게도 '그것'을 보여주자 놀랐는지 소리를 질렀다.

"혹시 너도 나랑 같은 생각이야?"

"그거면 앞뒤가 맞는다고 생각합니다."

아무튼 하루코 씨에게 보여줘야 한다. 우리는 그 방을 뛰쳐나갔다.

"하루코!"

이누이의 고함 소리는 터널에 반사돼 몇 번이나 메아리쳤다. 조금 늦게 "여기야." 하고 목소리가 들렸다. 하루코 씨는 어느덧 꽤 멀리까지 간 듯했다.

목소리가 들린 쪽으로 향하니 철골과 콘크리트로 이루어진 터널은 다시 수작업으로 판 동굴로 바뀌었다. 좁은 동굴을 여러 번 꺾어 들자 갑자기 앞쪽에 빛이 보였다. 하루코 씨의 헤드램프 불빛이었다.

달려가자 점점 천장이 높아졌고, 마침내 널찍한 공간으로 나왔다.

거기는 지하 호수였다.

탁한 녹색 수면이 한없이 펼쳐져서 얼마나 큰지 가늠이 되지 않았다. 불빛을 비춰도 벽이나 천장은 보이지 않고 어둠만 눈에 들어왔다. 여러 번 맡아본 개골창 같은 냄새가 지금까지 중에서 제일 강하게 후각을 자극했다. 그건 이 물의 냄새였던 모양이다.

하루코 씨는 호숫가에 서서 어둠에 잠긴 호수 속을 응시하고 있었다. 그 시선 끝, 헤드램프 불빛에 도리이가 비쳤다.

물속에서 뻗어 나온 기둥은 원래 선명한 붉은색이었겠지만, 이끼가 껴서 녹색으로 변했다.

"도리이는 원래 속계와 신계의 경계선이잖아. 저 너머에는 뭐가 있을까."

하루코 씨가 저 멀리 시선을 고정한 채 말했다. 짙은 어둠과 탁한 호수가 방해돼서 도리이 너머에 뭐가 있는지 짐작도 가지 않았다.

"여기 봐봐."

하루코 씨가 발 언저리를 가리키길래 헤드램프로 비췄다.

거기 있는 물건에 무슨 의미가 있는지 이해하는 데 시간이 약간 걸렸다.

호숫가에는 신발이 죽 놓여 있었다.

마치 누군가 정리한 것처럼 신발 일곱 켤레가 가지런히 놓여 있었다. 신발들은 광기에 찬 이 동굴에서 지금까지 목격했던 것들과는 분명 상태가 달랐다. 이건 현대의 물건이다.

흰색 아디다스 운동화. 그 옆에는 크록스 샌들. 데님 생지로 만든 작은 운동화. 에나멜 펌프스. 더러워진 조깅화.

이것들은 괴담회를 관람한 후 실종된 다섯 명의 신발이 아닐까?

그리고 그 안쪽에는 빨간 트래킹 신발. 이시무라의 것일까.

그리고 제일 안쪽에 반쯤 삭은 검은색 가죽구두가 있었다. 카야마 가네아키다.

다들 여기로 왔다.

그리고 가버렸다.

도리이 너머, 탁한 물 아래의 신계로.

이누이가 왼쪽 가슴에 손을 대고 눈을 감았다. 자기 나름대로 조의를 표하는 것이리라. 나도 따라서 두 손을 모았다. 다만 뭐라고 빌면 좋을지 몰랐다.

"그쪽은 뭐 좀 찾아냈어?"

하루코 씨의 말에 고개를 들었다.

"네. 이시무라가 SNS에 올린 사진 속에 있던, 약병이 놓인 책상을 발견했어요. 그런데 거기서 다른 것도 찾아냈죠. 이시무라가 지하에서 가져온 전리품은 나무상자와 사진만이 아니었어요."

나는 아까 방에서 발견한 물건을 하루코 씨에게 내밀었다.

책상 위에서 발견한 '화성 연필'이라고 새겨진 낡은 연필을.

"오컬트 연구회 동아리방에 있던 설문용 연필 가운데 이것과 똑같은 게 있더라고요. 화성 연필은 제2차 세계대전 전에 존재했던 상표려나요. 바로 근처에 나무상자와 사진이 놓여 있던 흔적도 있었고요. 사진이 다무라 기이치의 소지품이라면 이 연필도 그의 물건이라고 추측할 수 있겠죠."

이시무라는 가져온 연필을 동아리방에 방치했다. 그걸 마치 바나나 다른 사람이 발견하고 별생각 없이 다른 연필과 함께 놔뒀다. 그리하여 다무라 기이치의 연필은 괴담회 때 아무것도 모르는 관객 손에 들어갔다.

"그러고 보니 카야마 원장이 마음에 걸리는 이야기를 했지. 다무라 기이치는 카야마 가네아키에게 자기 이름을 부르지 못하게 했어. 본인도 카야마 가네아키의 이름을 부르지 않았고. 다무라 기이치의 능력은 이름을 사용해야 발동되는 유형인 건가?"

하루코 씨가 생각에 잠긴 표정으로 말했다.

"그리고 불행하게도 다무라 기이치의 연필을 받은 관객은 그 연필로 자기 이름을 설문지에 적었어요."

그 행동이 그들 곁에 다무라 기이치를 불러들였고, 결국은 그들 자신을 어두운 호수 바닥으로 이끌었다.

"이시무라는 어떤데?"

"이 연필과 함께 낡은 종잇조각이 떨어져 있었습니다."

종이에는 휘갈긴 글씨로 "이시무라 유키 오셨다!"라고 적혀 있었다. 다녀간 티를 내려고 가벼운 기분으로 적은 걸까, 아니면 나중에 데려온 후배에게 보여줄 작정이었을까. 아무튼 그 행동이 최악의 결말을 초래할 줄은 상상조차 못 했을 것이다.

카야마 가네아키 씨는 어땠을까. 다무라 기이치와의 관계성과 본인이 자청해서 여기 왔다는 걸 고려하면 그만큼은 예외라

할 수 있을지도 모르겠다.

"이누이, 오컬트적인 문맥에서는 이럴 때 어떻게 해?"

"어디 보자. 동아리방에 있는 연필과 다카야마 카렌이 쓴 설문지를 찾아내서 태우는 건 어때?"

그러면 다무라 기이치와 카렌 씨의 연결고리를 끊을 수 있을까.

"해보는 수밖에 없겠군."

하루코 씨가 혼잣말하듯 중얼거렸다.

"좋아, 돌아가자."

말이 끝나기가 무섭게 왔던 길을 재빨리 되돌아갔다. 변함없이 결단이 빠르다.

나는 고요히 서 있는 도리이를 한 번 더 힐끔 쳐다보고 하루코 씨의 뒤를 쫓았다.

철골이 지탱하는 콘크리트 터널에 도착하자, 난 하루코 씨를 연필이 있던 방으로 안내해 나무상자와 사진을 원래 있었을 곳에 돌려놓았다. 이제 와서 효과가 있을지는 모르겠지만, 가지고 돌아가기도 꺼려졌다.

연필은 하루코 씨가 가져가겠다며 한사코 자기 뜻을 꺾지 않았다.

"동아리방에 있는 걸 불태우겠다면, 이걸로 실험해야지."

실험이라니, 이 사람은 누구 이름을 쓸 작정일까. …설마 자기 이름을? 그러면 난 말려야 할까, 하루코 씨 직성이 풀릴 때까지 놔둬야 할까. 판단이 서지 않았다.

우리는 카야마 가네아키 씨가 뚫은 구멍으로 돌아가기 위해, 콘크리트 터널에서 수작업으로 판 동굴로 걸어갔다. 바로 그때였다.

갑자기 커다란 진동이 느껴졌다.

무슨 일인지도 모른 채 발이 뭔가에 걸려서 뒤로 자빠졌다. 넘어진 상태로 강한 힘에 떠밀리듯 왔던 길을 50미터쯤 되돌아 갔다. 몸이 멈춘 것과 동시에 진동도 멎었다.

대체 뭐가 어떻게 된 걸까.

충격으로 머리에 착용했던 헤드램프가 벗겨졌는지 아무것도 보이지 않았다. 손으로 이리저리 더듬거린 끝에 내가 진흙 같은 뭔가에 손발을 쑤셔 넣고 있다는 사실을 알았다.

머리를 회전시키려 애썼지만 잘 안 됐다. 대체 뭐가 어떻게 된 거냐는 물음만이 머릿속에 거듭 떠올랐다.

갑자기 눈앞이 확 밝아져서 눈을 감았다.

"야, 이봐, 괜찮아!"

눈을 떴다. 눈이 빛에 익숙해지자 이누이라는 걸 알 수 있었다. 역광으로 비치는 헤드램프 불빛 때문에 얼굴은 잘 보이지 않았지만 옷은 진흙투성이였다.

"대체 뭐가…"

"동굴 지붕이 무너졌어!"

이누이가 외치듯이 말했다. 그 말을 듣자 드디어 머리에 피가 돌기 시작했는지 상황이 파악됐다.

콘크리트 터널을 빠져나와 동굴로 접어들었을 때, 머리 위를 지탱하던 천장이 무너져 내린 것이다. 다행히 직격은 피했지만 떨어진 흙모래에 휩쓸려 콘크리트 터널까지 되돌아온 건가. 관측 사상 최대급 태풍이 상륙해 지상에는 장대비가 퍼붓고 있을 것이다. 어쩌면 그 영향으로 지반이 약해졌는지도 모른다.

이누이의 헤드램프 불빛에 비친 지면은 수분을 잔뜩 머금은 흙모래에 뒤덮여 진흙탕처럼 변했다. 그 속에 내가 착용했던 헤드램프와 액션캠이 있길래 진흙을 닦고 다시 착용했다.

생명을 되찾은 헤드램프 불빛에 비친 광경을 보고 난 절망감에 휩싸였다.

동굴이 완전히 막혔다.

천장까지 쌓인 흙모래가 돌아갈 길을 빈틈없이 메웠다. 도저히 사람 손으로는 파낼 수 있을 것같이 보이지 않았다. 설마 갇힌 건가.

아참, 하루코 씨는?

허둥지둥 주변을 둘러보았다. 터널 벽면에서 떨어져 나온 콘크리트 덩어리에 기대어 웅크리고 있는 사람이 눈에 들어왔다.

"하루코 씨!"

부리나케 달려가자 하루코 씨가 가냘프게 앓는 소리를 냈다. 다행이다, 살아 있다.

"…고시노. …내 배, 어떻게 된 거야…?"

하루코 씨의 말에 시선을 내린 순간 굳어버렸다.

이럴 수가.

벽에서 튀어나온 철근이 하루코 씨의 등과 배를 뚫고 나왔다. 철근 주변에 생긴 검붉은 얼룩이 순식간에 점점 번져나갔다.

"이런 젠장…. 운이 없네."

내 얼굴을 보고 알아차렸는지 하루코 씨가 떨리는 목소리로 말했다. 어느 틈엔가 옆으로 다가온 이누이가 짤막한 비명을 질렀다.

"하루코, 어으, 이거 어쩌지? 아무튼 빨리 뽑자."

"안 돼. 뽑으면 출혈이 심해질 거야."

상반신에 팔을 두른 이누이를 하루코 씨가 밀쳐냈다.

"…그것보다 …출구는?"

하루코 씨가 고통에 인상을 찡그리며 물었지만 고개를 젓는 수밖에 없었다.

"완전히 막혔어요."

"어떻게 할 거야!"

이누이가 갑자기 소리를 질렀다.

"아아, 망할. 애당초 이런 곳에 오는 게 아니었는데. 너희랑 엮인 게 실수였어. 이런 곳에서 개죽음하다니, 그럴 순 없어!"

이누이는 악을 쓰며 천장까지 쌓인 흙더미로 달려가서 양손으로 마구 파헤쳤다. 아무리 봐도 너무나 절망적인 노력으로 느껴졌다.

“야, 고시노.”

하루코 씨가 부르길래 돌아보았다.

“이누이는 글렀어. 네가 어떻게든 해.”

“하지만 어떻게 해야….”

“스마트폰은?”

호주머니에서 스마트폰을 꺼냈다. 다행히 전원은 켜졌다. 하지만 화면 오른편 위쪽에 ‘통화권 이탈’ 표시가 떴다.

그야 그렇겠지, 하고 하루코 씨가 힘없이 웃었다.

“나갈 곳을 찾아내. 어딘가에 있을 거야. 카야마 가네아키가 판 구멍 외에도 이 시설에 들어오기 위한 정식 출입구가 반드시 있을 테지.”

그렇지만… 아까 시설 내부를 거의 다 탐색했는데도 출구 같은 건 눈에 띄지 않았다.

“만약 못 찾으면…?”

지하에 내려오자마자 무너진 통로를 봤다. 만약 그 너머에 원래 출입구가 있다면?

“그때는 네가 알아서 생각해. 반드시 뭔가 해결책이 있을 거야.”

“저, 저는 못해요.”

입사한 후 내내 상사 이나모리 씨의 호통을 들으며 그가 시키는 대로 했다. 상사가 하루코 씨로 바뀐 뒤로 호통은 듣지 않았지만 하루코 씨의 지시에 따르며 지금까지 지내왔다.

내가 이런 상황을 어떻게 타개한단 말인가.

내게는 어떤 슈퍼파워도 없는데.

"내가 왜 너한테 초자연현상을 같이 조사하자고 제안했을까?"

하루코 씨가 느닷없이 질문했다.

"그야 제가 카메라를 사용할 줄 아니까 그러셨겠죠."

"아니. 네가 영리하기 때문이야."

아아, 내 의욕을 북돋우기 위해 열심히 치켜세우고 있다. 그래봤자 아무 소용 없는데.

"이나모리 그 멍청이 때문에 넌 자신감을 잃었어. 지금도 네 의욕을 북돋우기 위해 내가 거짓말한다고 생각하겠지."

정곡을 찔려서 말을 어물거렸다.

"생각 안 나? 기리야마 가에데가 ESP 능력자라는 사실을 알아차린 건 너야. 이시무라가 마지막으로 갔던 심령 스폿이 바로 근처라고 처음으로 말을 꺼낸 것도 너고."

그랬었나.

"네게는 번뜩이는 재치가 있어. 어려운 상황에서도 포기하지 않는 끈기도 있고. 그래서 네가 필요했던 거야."

하루코 씨가 내 팔을 잡았다.

"한 번 더 말할게. 네가 어떻게든 해. 너만 믿는다."

말을 마치자마자 하루코 씨는 천천히 눈을 감고 힘없이 축 늘어졌다.

“하루코 씨!”

설마…. 당황해서 몸을 흔들자 하루코 씨는 눈을 번쩍 뜨더니, 고통에 겨워 인상을 찌푸리며 나를 노려보았다.

“안 죽었어, 이 자식아. 다친 사람한테 너무 말 시키지 마. 난 안 죽으니까 안심하고 출구 찾기에 집중해.”

“아, 네.”

하루코 씨의 말을 속으로 곱씹었다.

내게는 정말로 이 상황을 해결할 힘이 있는 걸까. 하루코 씨의 도움을 받지 않고도.

하루코 씨는 괴로운 듯 숨을 받게 내쉬었다. 옷은 완전히 피에 물들었다. 너무 지체하면 안 된다.

해내는 수밖에 없다.

일어서서 호흡을 가다듬었다. 아무튼 냉정해져야 한다. 주변을 둘러보았다. 터널에 옆으로 구멍이 쭉 뚫려 있다. 아까 빠뜨리고 지나간 곳이 아직 있을지도 모른다. 일단은 출구를 찾아야 한다.

진흙 속에서 뭔가가 빨갛게 빛나길래 파냈다. 구라모토가 준 산소 농도계였다. 액정에 표시된 숫자는 18이었고, 빨간 불이 깜박거렸다. 산소가 18퍼센트를 밑돌면 위험하다고 하지 않았던가.

아까 낙반 사고가 발생했을 때, 어딘가 통기구 역할을 하던 구멍이 막힌 건지도 모른다. 하루코 씨의 부상과 더불어 서둘러야 할 이유가 하나 더 생겼다.

"어이! 구라모토! 살려줘!"

이누이는 흙더미 파내기를 포기하고 완전히 막힌 동굴을 향해 고래고래 소리를 질렀다.

"이누이 씨, 그만하세요!"

카야마 가네아키 씨의 집에서 꽤 많이 내려왔다. 덧붙여 가네아키 씨가 뚫은 터널과 지하 시설이 합류하는 지점은 여기서 거리가 몇십 미터는 된다. 소리쳐도 들릴 리 없다.

"산소가 줄어들고 있습니다. 소리는 지르지 않는 편이 좋아요."

내 말에 이누이의 안색이 더욱 창백해졌다.

"그럼 끝장이잖아! 젠장, 산소 부족으로 죽는 거냐! 야, 산소가 부족해지면 고통스러워?!"

"진정하세요!"

나도 모르게 이누이의 따귀를 갈겼다.

이누이가 얼떨떨해하는 표정으로 뺨을 누른 채 나를 보았다.

"지금은 혼란에 빠져서 난리를 칠 때가 아닙니다. 이대로 가면 산소가 부족해지기 전에 하루코 씨가 먼저 위험해져요. 아무튼 출구를 찾죠. 분명 어딘가에 있을 거예요."

폭력과 말, 어느 쪽이 효과가 있었는지는 모르겠지만 이누이의 표정에 침착함이 돌아왔다. 체념한 듯 숨을 크게 내쉬고 내 눈을 똑바로 들여다보았다.

“알았어, 하면 되잖아.”

그렇게 말하고 힘껏 내 따귀를 갈겼다.

“받은 건 갚아야지.”

나와 이누이는 죽어라 뛰어다니면서 출구를 찾았다. 금속 우리가 쌓인 방, 머리 없는 불상이 있는 방, 수술대가 있는 방 등 모든 방을 한 번 더 확인했지만 출구 같은 것은 눈에 띄지 않았다.

머리가 아팠다. 어쩐지 숨쉬기가 힘들어진 것 같았다. 산소 농도계를 확인하자 산소 농도는 17퍼센트였다.

“토할 것 같아.”

이누이가 그렇게 말하며 웅크려 앉았다. 우리는 방을 전부 확인한 후 하루코 씨 곁으로 돌아왔다. 하루코 씨는 변함없이 눈을 감은 채 괴로운 듯 얕게 호흡하고 있었다.

“지금쯤 분명 구라모토가 우리를 구하러 오고 있을 거야, 그렇지?”

“네, 그렇겠죠….”

매달리듯 말하는 이누이에게 건성으로 대답했다. 밖은 태풍 때문에 정신없을 것이다. 설령 누군가 가네아키 씨의 터널을 통해 구조하러 오더라도, 흙더미를 파내는 동안 우리는 목숨을 잃을 가능성이 크다. 애당초 구라모토가 이쪽 상황을 눈치 챘을지도 의심스럽다.

역시 우리끼리 알아서 해결하는 수밖에 없다.

하지만 어떻게?

지끈지끈 아픈 머리를 필사적으로 굴렸다. 뭔가 위화감은 없었나? 빠뜨린 점은 없나.

그렇다, 구라모토. 그가 알려준 조사의 원칙은 뭐였더라. '있는 것이 아니라 없는 것에 주목해라'였던가.

없는 건 간단하다. 출구와 산소.

그렇다면… 있어야 하는데 없는 건? 여기에 내려오고 나서 우리는 뭘 봤지? 가네아키 씨가 손수 파낸 터널. 그 끝에 있었던 연구시설. 거기서 발견한 연필…은 지금 상관없나. 시설 제일 안쪽에서 봤던 도리이가 세워진 으스스한 호수. 거기에 가지런히 놓인 신발….

그렇다, 신발이다.

실종자의 신발이 있었다. 그런데 없었던 게 있다.

그들은 밖에서 여기를 찾아와서 호숫가에 신발만 남겨놓고 사라졌다. 그때 어디로 들어왔을까. 가네아키 씨의 터널을 통해? 아니, 이상하다. 만약 그랬다면 가네아키 씨의 집에는 있어야 할 것이 없었다.

발자국이다.

현관을 지나 방에 들어와서 다다미 아래의 터널을 찾아낼 때까지, 이시무라의 발자국밖에 없었다. 그 후에 다섯 명이나 되는 사람이 그 터널을 통과했다면 빈집에 발자국이 훨씬 많이 남아 있어야 할 것이다. 즉, 빈집을 통해 지하로 내려온 사람은 이시무라 한 명뿐인 셈이다.

그럼 나머지 다섯 명은 어디로 들어왔을까.

아무리 둘러봐도 출입구 같은 것은 없었다. 동굴을 막은 흙더미 너머는 외길이고 방 같은 건 없었다. 원래 무너져 있던 길은 파묻힌 지 수십 년은 지난 듯한 상태였으니, 그 너머에 출입구가 있어도 아무 의미 없다.

비밀 통로 같은 게 있는 걸까.

"이누이 씨, 제 말 좀 들어보세요."

내 추리를 설명하자 고개를 푹 숙이고 있던 이누이의 표정이 밝아졌다.

"그래, 맞는 말이야. 용케 알아차렸네. 좋아, 찾아보자."

일어서서 한 번 더 모든 방을 돌아다니면서 살폈다. 선반장 뒤편, 우리 너머 벽. 그런 곳을 중점적으로 확인했다. 어딘가에 다섯 사람이 지나온 길이 있을 것이다.

"고시노, 여기야!"

이누이가 불러서 뛰어갔다. 불상이 있는 방이었다. 이누이가 검게 변색된 대일여래상 뒤편에서 벽에 귀를 대고 있었다.

"여기, 바람 소리가 들려."

나도 귀를 벽에 댔다. 분명 공기가 빠져나가는 소리가 벽 너머에서 희미하게 들렸다. 심장 박동이 빨라졌다. 비밀 문이 분명했다.

한 발짝 물러나서 벽 전체에 불빛을 비추었다. 불상 뒤쪽만 검게 칠한 콘크리트 벽이었다. 자세히 보니 문 같은 모양으로 콘크리트에 홈이 패어 있었다.

시험 삼아 세게 밀어보았다. 꿈쩍도 하지 않았다. 그럼 당겨볼까 싶었지만, 콘크리트 벽 표면은 불룩하거나 오목한 부분 없이 매끈해서 잡을 곳이 없었다. 미닫이문인가 싶어 옆으로 밀어보려고 했지만, 표면이 미끄러워서 잘 안 됐다.

나도 모르게 이누이와 눈을 마주쳤다.

"이 문, 혹시 밖에서만 열 수 있는 거 아니야?"

식은땀이 관자놀이를 타고 흘러내렸다. 이누이의 말이 맞을지도 모른다. 여기로 와서 실종된 다섯 명은 돌아갈 필요가 없었다. 비밀 통로는 일방통행이고, 안에서는 열 수 없다면….

한번 희망을 품었던 만큼 절망이 아까보다 더 크게 다가왔다. 나도 모르게 그 자리에 주저앉고 말았다. 두통이 점점 심해졌고 현기증까지 났다. 산소 농도계를 보자 농도가 15퍼센트까지 떨어졌다.

이누이가 벽을 두드리며 고함을 질렀다. 소용없으리라. 70년이 넘는 세월 동안 아무도 이 시설을 발견하지 못했다. 비밀 통로의 입구도 쉽게는 찾을 수 없는 곳에 있을 것이다. 설령 이누이의 목소리가 바깥까지 다다른다 해도 빗소리에 지워지리라.

벽에 등을 대고 앉았다.

이대로 여기서 죽는 걸까.

죽으면 인간은 어떻게 될까. 죽어도 의식은 이어질까. 유령이라 불리는 존재가 되는 걸까. 지금까지 초자연현상을 조사하면서 막연히 품었던 의문이었다. 그런 생각을 할 때 염두에 두었던 건 '다른 사람'의 죽음이었다. 설마 내가 이렇게 빨리 그런 처지가 될 줄은 상상조차 하지 못했다.

어릴 적에는 죽는다는 게 너무나 무서웠다. 언젠가 내 숨이 멎고, 고통 속에서 생명이 끝난다. 그리고 몸뚱어리는 그냥 고깃덩이로서 불태워져 없어진다. 그렇게 생각하니 무서워서 밤에 잠도 잘 수 없었다.

어른이 된 후로는 그런 생각을 하지 않았다. 죽는 걸 걱정하며 밤에 잠도 이루지 못하다니, 유치하고 바보 같았다. 하지만 전부 자기기만이었다. 난 그저 죽음을 머릿속에서 쫓아내기 위해 무의식중에 죽음을 멀리하고 있었을 뿐이었다.

현대사회는 우리가 '죽음'에 관해 생각하지 않아도 되도록 잘 윤색됐다. 수명은 늘어났고, 사고나 사건을 보도할 때도 피는 보여주지 않으며, 장례식장은 '세리머니 홀'이라고 부른다. 나도 죽음의 공포를 극복했다고 착각했지만, 그냥 보지 않도록 외면했을 뿐이었다.

죽음을 눈앞에 둔 지금, 생생한 공포가 온몸을 지배했다.

호흡이 멎는 게 두려웠다.

심장이 멎는 게 두려웠다.

자유롭게 움직이는 이 손가락이 물체로 변하는 게 두려웠다.

그 손가락을 보는 두 눈이 보이지 않는 게 두려웠다.

이 의식이 사라지는 게 두려웠다.

악을 쓰고 싶을 만큼 무서웠지만 악을 쓸 기력도 체력도 남아 있지 않았다.

고함을 지르던 이누이가 어느 틈엔가 머리를 끌어안고 옆에 앉아 있었다.

차가운 공기가 뺨을 어루만졌다. 숨을 깊이 들이마셨다가 내쉬었다. 두통이 심했지만 이 통증도 곧 사라진다.

가늘게 뜬 눈으로 내 앞에 펼쳐진 광경을 바라보았다.

이게 내가 마지막으로 보는 광경인가. 돌고드름이 달린 동굴에 머리 없는 불상이 줄지은 광경이. 내 삶의 마지막 풍경이라기에는 너무나 최악이었다. 재미도 없는데 웃음이 흘러나왔다.

하루코 씨는 아직 살아 있을까. 너만 믿는다는 말에, 영리하다는 말에, 끈기가 있다는 말에, 나도 뭔가 할 수 있지 않겠느냐고 의욕을 불태웠다. 하지만 다 틀렸다. 결국 아무것도 하지 못했다.

하루코 씨, 제 능력으로는 여기까지네요.

심한 현기증에 몸을 맡기듯 천천히 눈을 감았다.

밝은 빛에 감싸여 있었다.

여기는 어딜까.

너무 밝아서 눈이 아팠다. 불쾌한 빛이 거침없이 쏟아졌다.

눈이 빛에 조금씩 익숙해지자 내가 어디 있는지 알았다.

여기는 카렌 씨 집이다.

나는 조명 기구와 촬영 장비에 둘러싸인 옷장 앞에 서 있었다.

무슨 상황인지 파악하지 못해 돌아보니 낯익은 사람이 있었다.

'하루코 씨!'

이름을 부르려 했지만 입에서 나온 건 전혀 다른 말이었다.

"이러고 있으니 무력감이 밀려오는 것 같지 않나요?"

내 의지와는 상관없이 목소리가 나왔다. 그 말을 뒤쫓듯 기억이 머리를 스쳤다. 아아, 이건 언젠가 내가 한 말이다.

"저희는 늘 전문가에게 잔뜩 부탁하고 기다리기만 하잖아요."

이게 소위 말하는 주마등이라는 걸까. 입과 몸이 저절로 움직이며 예전에 봤던 장면을 재생했다. 하루코 씨가 자애에 찬 미소를 지었다.

"무력감이 밀려온다면."

이름에 걸맞게 맑은 초여름 날처럼 산뜻하고 따스한 목소리.

"할 수 있는 일을 다 했는지 스스로에게 물어봐. 대답이 예스라면, 결과를 기다리면 돼."

그 말이 계기였던 것처럼 갑자기 주변의 불빛이 일제히 꺼졌다. 옷장 앞 풍경이 멀어지고 어둠이 번졌다.

하루코 씨 얼굴에서 핏기가 가셨다. 검붉은 얼룩이 배에서 온몸으로 퍼졌다. 달려가려 했지만 몸이 말을 안 들었다. 괴로운 듯 작게 벌린 하루코 씨 입에서 의외일 만큼 또렷한 목소리가 흘러나왔다.

"너만 믿는다."

눈을 번쩍 떴다.

머리 없는 불상, 어두운 동굴, 고개를 푹 숙인 이누이가 시야에 들어왔다. 현실이 의식을 각성시켰다.

나도 모르게 잠에 빠진 건가, 아니면 정신을 잃은 건가. 하루코 씨는?

"이누이 씨, 저, 얼마나 잤나요?!"

"몰라. …1분 정도?"

다행이다. 시간은 거의 흐르지 않았다.

차가운 공기가 뺨을 쓰다듬었다. 변함없이 두통과 현기증이 심했지만, 아주 잠깐이나마 눈을 붙인 덕분인지 머리가 조금 맑아졌다.

할 수 있는 일을 다 했나?

스스로에게 물어보았다. 대답은 노였다. 아직 시도해 보지 않은 일이 있을 것이다.

기력이 약간 돌아왔다.

난 여기서 죽을지도 모른다. 그래도 아직 살아 있다. 이누이도 살아 있다. 하루코 씨도 분명 살아 있다. 아직 움직일 수 있는 한, 가능성을 조금이라도 찾아야 한다.

느릿느릿 일어섰다.

현기증이 나서 주저앉을 뻔했지만 안간힘을 다해 버텼다.

생각해라, 아직 뭔가 있을 것이다. 이 상황을 타개할 마지막 수단이.

마지막 수단.

그 말을 지난 며칠간 몇 번 들어본 것 같았다. 그렇다, 옆에 있는 이누이가 한 말이다. 어떤 상황이었더라.

'그냥 나가게 두고 어디로 가는지 뒤를 밟으면 되잖아?'

분명 첫 번째는 기리야마 가에데의 행방을 몰라서 벽에 부딪혔을 때. 그리고 두 번째는 이시무라가 마지막으로 탐사한 심령 스폿이 어딘지 몰라서 더는 어찌할 방법이 없었을 때.

몽유병 환자처럼 집을 나가서 돌아다닌 카렌 씨를 그냥 놔둬보자고 이누이가 제안하지 않았던가.

다무라 기이치의 저주에 걸린 사람이 다들 그렇게 걸어서 여기까지 왔다면. 이 비밀 문을 밖에서 열고 들어와 그 지하 호수로 향했다면.

지금 이 문을 찾아올 수 있는 사람이 딱 한 명 있다.

카렌 씨는 우연찮게도 산겐자야의 집이 아니라 이 근처 이시무라의 자취방에 있다. 기리야마 가에데의 보호를 받으며.

필사적으로 머리를 회전시켰다.

어떻게 하면 카렌 씨를 여기로 오게 할 수 있을까?

카렌 씨는 무의식중에 두 번 집을 나가려 했다. 첫 번째는 하루코 씨와 단둘이 있었을 때. 하루코 씨는 갑자기 불이 꺼졌고, 어느새 카렌 씨가 집을 나가려 했다고 말했다. 두 번째는 이누이가 지키고 있었을 때. 마찬가지로 불이 꺼진 직후에 현관문을 열고 나가서 근처를 걷고 있다가 발견됐다.

그렇구나. 즉, 불을 끄면 된다.

이시무라의 집을 환히 밝히고 있는 조명 기구를 꺼서 어둡게 만들면, 다무라 기이치가 카렌 씨를 여기까지 데려온다. 지금 조명 기구를 끌 수 있는 사람은 카렌 씨 곁에 있을 기리야마 가에데뿐이다.

문제는 어떻게 기리야마 가에데에게 불을 끄라는 메시지를 전달하느냐다.

스마트폰은 못 쓴다. 소리를 질러도 물론 안 들린다. 유효한 전달 수단이 지하에는 전혀 없다.

아니.

딱 하나 있잖은가.

전파가 필요하지 않은 연락 수단이.

옆을 봤다. 이누이는 여전히 고개를 푹 숙인 채 머리를 끌어안고 있었다.

그의 어깨를 잡고 억지로 이쪽을 보게 했다.

"이누이 씨, 보내죠. 텔레파시를."

이누이를 질질 끌다시피 '그곳'으로 향했다.

이제 방법은 이것밖에 없었다.

"내 능력에 기대하지 말라고 전에도 말했을 텐데. 내게 책임을 지우지 말라고도 했어. 잘 들어. 4분의 1 확률이 3분의 1이 된다고 해서 오로지 내 능력만으로 맞힐 확률이 3분의 1이라고 생각하면 큰 오산이야. 그건 원래 사지선다형 실험이었다고. 감으로도 맞힐 확률이 4분의 1이라는 뜻이지. 그 확률도 뺀 게 내 능력이야."

"전에 능력이 특별히 잘 발휘되는 환경이 있다고 말씀하셨죠."

ESP 능력자에게는 각자 선호하는 환경이 있다. 천리안 실험을 했던 미후네 지즈코는 여러 사람이 지켜보자 능력을 제대로 발휘하지 못했고, 반대로 기리야마 가에데는 괴담회 관객들의 시선 속에서 능력이 더 예리해졌다. 그리고 이누이는.

'나한테는 밤바다가 최고의 환경이야. 페루에서 수행하다가 깨달았지. 어두운 물가가 집중력을 높여줘.'

처음 만났을 때 그런 이야기를 했었다. 어두운 물가라면 여기에 있지 않은가.

도리이가 눈에 들어왔다. 그 앞에서 지하 호수의 수면이 으스스하게 물결치고 있었다.

"그리고 ESP 능력자끼리는 텔레파시에 성공할 확률이 올라간다고도 하셨어요."

텔레파시 수신자는 다름 아닌 기리야마 가에데다. 기리야마 가에데가 ESP 능력자라는 건 의심할 여지 없는 사실이다.

그리고 이누이는 텔레파시 '송신'이 특기인 희귀한 능력자였을 것이다.

텔레파시를 성공시키기 위한 조건이 골고루 갖추어졌다.

"이제 해보는 수밖에 없어요. 부탁드립니다, 이누이 씨."

이누이가 침을 꼴깍 삼켰다. 등산가가 이제부터 등반할 산을 올려다보듯 불안과 기대가 뒤섞인 표정이었다. 여기서라면 할 수 있겠느냐고 스스로에게 물어보는 걸까.

"…뭐라고 보내면 돼?"

이누이가 각오를 다진 눈으로 날 보았다.

"내가 보낼 수 있는 건 이미지뿐이야. 말은 안 돼. 사진밖에 못 보내는 팩스라고 보면 되겠지. 덧붙여 보내는 데 성공한다 해도 이미지 하나뿐이야. 복잡한 건 못 보내."

그 말을 듣고 고민했다. 뭘 보내면 이쪽 의도가 전해질까.

"누전차단기요. 누전차단기를 내린 이미지를 기리야마 가에데에게 보내주세요."

알았어, 하고 이누이가 고개를 끄덕였다.

"실패해도 탓하지 마라."

"실패하면 셋 다 죽기밖에 더 하겠어요? 같이 유령이 돼서 나오도록 하죠."

이누이가 작게 웃었다.

"죽기밖에 더 하겠냐니, 너도 꽤 배짱이 있구나."

이누이가 호수를 보고 책상다리로 앉았다. 양손을 관자놀이에 대고 심호흡했다.

"뭔가 도와드릴 건 없을까요?"

"정신이 산만해지니까 저리 가. 아참, 그렇지. 비밀 문이 열리면 닫히지 않도록 고정해. 아니면 다카야마 카렌까지 네 명이 죽을 테니까."

이누이 말이 옳다.

부탁드립니다, 하고 말하자 이누이는 심호흡을 되풀이했다. 텔레파시를 보내는 걸까. 나는 그 자리를 떠나 불상이 있는 방으로 향했다.

도중에 하루코 씨의 상태를 확인했다. 다행히 얕으나마 계속 숨을 쉬고 있었지만 출혈이 심했다. 오래는 못 버틸지도 모르겠다. 제발 빨리 오라고 비는 수밖에 없었다.

불상이 있는 방으로 가서 낑낑대며 대일여래상을 옆으로 치웠다. 비밀 문이 있는 벽을 정면으로 보고 앉아 변화가 일어나기를 기다렸다.

산소 농도계를 확인하자 14라는 숫자가 표시됐다. 머리가 몽롱했다. 하지만 지금 여기서 의식을 잃을 수는 없었다.

1분이 지나고 2분이 지났다. 아니, 시간이 정확히 얼마나 흘렀는지는 모르겠지만, 그 정도쯤 지난 것 같았다. 숨겨진 입구는 지상의 어디쯤 있을까. 도야마 공원의 중앙 부근에 있다고 가정하면, 이시무라의 자취방에서 10분 가까이 걸릴지도 모른다.

정신을 집중해 문이 열리기를 기다렸다.

'잘 아는 사람에게 맡기고, 자기 나름대로 할 수 있는 일을 꾸준히 하면서 결과가 나오기를 기다리는 거지.'

언젠가 하루코 씨가 한 말이 머릿속에 되살아났다. 내가 할 수 있는 일은 기다리는 것뿐이다. 하지만 기다리는 것만으로 좋은 상황을 만든 것도 나다. 이제는 이누이를 믿는 수밖에 없다.

얼마나 그러고 있었을까.

시간 감각이 점점 사라지고 두통과 현기증은 더욱 악화됐다. 귀울음도 심했다. 그래도 시선을 내리지 않고 벽을 계속 바라보았다.

벽을 비추는 헤드램프 불빛이 조금씩 약해지는 걸 문득 깨달았다. 배터리가 다 떨어져 가나 싶었지만, 그게 아니라는 걸 바로 알아차렸다.

어두워진 건 내 시야였다.

공기가 희박하다. 호흡이 빨라졌다. 진정해, 진정해, 하고 나 자신을 거듭 타일렀다.

이대로 정신을 잃을 수는 없다.

마음과는 달리 어둠이 점점 시야를 뒤덮기 시작했다.

제발 조금만 더.

드륵.

작은 소리가 고막을 흔들었다.

조금 늦게 깨달았다. 이건 무거운 콘크리트가 서로 문질리는 소리다.

혼신의 힘을 다해 일어서서 벽을 응시했다. 콘크리트 벽에 작은 틈새가 생겼다. 내가 바라보는 가운데 틈새가 조금씩 커졌다. 문이 이쪽으로 천천히 열리고 있다는 걸 몽롱한 머리로 인식했다. 문밖에서 빛이 희미하게 비쳐 들었다.

오랜 시간에 걸쳐 두꺼운 문이 완전히 열렸다. 내 헤드램프 불빛에 사람 형체가 비쳤다.

카렌 씨였다.

장대비 속을 걸어온 탓인지 온몸이 흠뻑 젖은 카렌 씨가 문밖에 서 있었다. 두 눈은 총기 없이 뿌옇게 흐려졌고, 창백한 피부에서는 생기가 전혀 느껴지지 않았다.

카렌 씨가 문에서 손을 떼고 걸음을 내디디자, 문이 천천히 닫히기 시작했다. 나는 휘청이는 몸을 채찍질해 달려가서 문을 붙잡았다. 이게 닫히면 끝장이다. 무슨 장치라도 있는지 무거운 문은 서서히 원래 위치로 돌아가려 했다. 나는 문틈에 몸을 밀어 넣고 손을 뻗어 대일여래상을 끌어당겼다. 거대한 불상을 끼우자 드디어 문이 멈췄다.

이제 탈출 경로는 확보했다.

문밖은 다른 터널이었고, 좀 떨어진 곳에 빛이 보였다. 저기까지 가면 살 수 있다. 빨리 하루코 씨와 이누이를 데려와야 한다.

그렇게 생각하며 몸을 돌렸을 때 이변이 생겼음을 알아차렸다.

거기 있어야 할 카렌 씨가 없었다.

설마. 서둘러 방을 뛰쳐나와 콘크리트 터널로 돌아갔다.

철퍽.

그 소리였다. 한순간 움찔했지만, 소리의 정체가 뭔지 바로 알아차렸다. 몇 미터 앞에 카렌 씨의 뒷모습이 보였다. 지하 호수 쪽으로 향하고 있었다.

철퍽.

카렌 씨가 한 걸음 내디딜 때마다 비에 젖은 옷이 그 소리를 냈다. 카렌 씨는 망가진 꼭두각시 인형처럼 부자연스러운 걸음 걸이로 한 발짝씩 '신계'로 나아갔다.

제지해야 한다.

얼른 달려가서 카렌 씨의 팔을 붙잡았다.

하지만 카렌 씨가 믿기지 않는 힘으로 내 손을 뿌리쳐서 엉덩방아를 찧었다. 그사이에도 카렌 씨는 걸음을 멈추지 않았다. 이번에는 뒤에서 끌어안아 멈추려 했지만, 또 카렌 씨가 힘껏 뿌리쳐서 튕겨 나갔다. 여자가 맞나 싶을 만큼 힘이 셌다. 반면 산소가 부족해서인지 나는 몸에 힘이 들어가지 않았다. 카렌 씨는 땅에 엎어진 나를 본체만체, 숨 한 번 헐떡이지 않고 앞으로 나아갔다.

"이누이 씨! 문이 열렸어요!"

힘을 쥐어짜서 큰 소리로 불렀다. 동굴 안쪽에서 "좋았어!

난 천재야!” 하고 환성이 들렸다.

“그런데 문제가 발생했어요! 빨리 와주세요!”

안쪽에서 달려오는 발소리가 들렸고, 이어서 이누이의 비명이 동굴에 울려 퍼졌다.

“으앗, 다카야마 카렌!”

“붙잡으세요. 놔두면 호수에 들어갈 거예요!”

내가 뒤쫓아가서 이누이와 협공하는 형태가 됐다. 카렌 씨는 이누이가 보이지 않는 듯 ‘철퍽’ 하는 소리를 내며 계속 앞으로 나아갔다. 어쩔 줄 몰라 발만 동동거리는 이누이 대신, 내가 뒤에서 겨드랑이 밑으로 팔을 넣어 카렌 씨를 꽉 붙잡았다. 그래도 카렌 씨는 나를 끌고 앞으로 나아갔다.

“다리를 붙잡으세요! 들어서 밖으로 옮기죠.”

“알았어.”

이누이가 허리를 구부리고 카렌 씨의 다리에 손을 뻗으려는데, 날카로운 발길질이 이누이의 옆얼굴을 때렸다. 이누이는 동굴 벽면에 몸을 부딪친 후, 얼굴을 누른 채 고통스러워하다가 기절했다. 너무 갑작스러운 사태에 놀라 멍하니 있으니, 카렌 씨가 몸을 앞으로 확 구부리며 나를 동굴 벽에 내팽개쳤다. 아무 대비도 하지 못했던지라 벽에 뒤통수를 찧었다. 극심한 통증이 머리와 목을 덮쳤다.

의식이 날아갈 것 같았다. 흐릿해진 시야 속에서 카렌 씨의 뒷모습이 멀어졌다.

어떻게든 붙잡아야 한다.

통증을 참으며 안간힘을 다해 호수로 기어갔다.

카렌 씨의 뒷모습과 그 너머의 도리이가 보였다. 당장이라도 물속으로 들어가려 한다. 나는 죽을힘을 다해 뒤따라가서 다리에 매달렸다. 순간적으로 카렌 씨의 움직임이 멈췄지만, 곧 다리를 세게 흔들어서 날 떼어냈다. 그리고 명치를 발끝으로 걸어찼다. 한순간 숨이 턱 막혀서 그 자리에 벌렁 나동그라졌다.

카렌 씨가 한쪽 발을 탁한 녹색 물에 넣었다. 이어서 다른 발도. 조금씩 물속으로 나아간다. 쫓아가려 했지만 아파서 몸을 일으킬 수 없었다.

이제 됐잖아.

그런 생각이 머리를 스쳤다. 사념이 온몸을 감싼 고통의 힘을 빌려 말을 걸었다.

다카야마 카렌은 구해줄 가치가 있는 사람이야?

이 인간이 부하에게 무슨 짓을 했는지 생각해 봐.

그냥 놔두면 나 같은 사람이 구원받지 않겠어?

아니, 그래서는 안 된다.

들러붙는 사념과 체념을 떨쳐냈다. 여기서 카렌 씨가 죽으면 지금까지 해온 모든 일이 헛수고가 된다. 하루코 씨, 이누이, 구라모토의 노력도. 실종된 사람들의 희생도.

필사적인 심정으로 일어섰다. 카렌 씨는 이미 무릎까지 물속으로 들어갔다. 땅을 박찼다. 천천히 멀어지는 카렌 씨에게 죽자 살자 매달렸다.

카렌 씨의 팔을 붙잡았다. 카렌 씨가 발을 멈추고 고개만 천천히 돌렸다. 뿌옇게 흐려진 눈으로 나를 보았다.

그 순간 생각지도 못했던 일이 일어났다. 카렌 씨가 눈부신 듯 눈을 오므리고 작게 비명을 질렀다. 카렌 씨의 평소 목소리와는 동떨어진, 야수같이 굵은 목소리였다.

설마. 잠시 생각하다 깨달았다. 헤드램프 불빛이다.

광명이 보였다… 싶었던 찰나, 강한 충격이 이마를 덮쳤다. 시야가 깜깜해졌다. 박치기당한 걸 알아차린 순간 다음 일격이 날아왔다. 힘껏 떠밀려 등부터 수면에 내동댕이쳐졌다.

헤드램프가 완전히 박살 났다. 암흑이 동굴을 뒤덮었다. 어둠 속에서 카렌 씨가 물을 헤치는 소리만 들렸다. 그 소리는 조금씩 멀어졌다.

어둠에 익숙해진 눈이 멀어지는 뒷모습을 포착했다. 카렌 씨는 이미 허리까지 물속에 있었다.

헤드램프는 더 이상 못 쓴다. 아파서 몸도 움직이지 않았다.

대체 어떻게 하면….

"잘했어, 고시노."

동굴에 한 줄기 빛이 비쳤다.

뒤쪽에서 익숙한 목소리가 들렸다. 들으면 신기하게도 안심되는 그 따스한 목소리.

"이제 내가 어떻게 해볼게."

돌아보자 헤드램프 불빛이 이쪽을 비추고 있었다. 몇 초 후 하루코 씨가 당장이라도 쓰러질 것 같은 걸음걸이로 역광 속에 나타났다. 배를 관통한 철근을 뽑은 건가. 얼굴이 창백했고 발밑에는 핏물이 고였다.

"카렌. 아니, 다무라 기이치인가? 내 부하를 만신창이로 만들었겠다."

하루코 씨가 귀에 쏙 들어오는 목소리로 말했다. '다무라 기이치'라는 이름에 반응했는지 카렌 씨가 이쪽으로 몸을 돌렸다. 감정 없이 뿌연 눈으로 하루코 씨를 쳐다보았다.

"네 정체가 뭐든지 간에."

하루코 씨가 옆구리에 낀 배낭에 손을 넣어 뭔가를 꺼냈다.

"쫓아내는 방법이라면 알지."

머리의 헤드램프를 벗겨내서 손에 든 물건에 불빛을 댔다.

그 순간, 동굴 전체에 은은한 빛이 비쳤다. 그 빛을 보고 하루코 씨 손에 있는 물건이 뭔지 알아차렸다. 기리야마 가에데의 수정구슬이다.

빛을 받은 카렌 씨가 절규했다. 포효라고 해야 할지도 모르겠다. 마치 땅 밑에서 솟아오르는 것처럼 무시무시한 울부짖음이었다. 나도 모르게 귀를 막고 싶어졌다.

하루코 씨는 수정구슬에 불빛을 댄 채 한 발짝씩 카렌 씨에게 다가갔다. 절규가 점차 커졌다. 충분히 접근하자 하루코 씨는 헤드램프를 내던지고 카렌 씨의 팔을 잡았다. 그 순간 건전지가 다 떨어진 것처럼 절규가 멎고, 카렌 씨가 하루코 씨에게 기대듯이 쓰러졌다.

"윽, 무거워. 고시노, 도와줘!"

헐레벌떡 일어나서 달려갔다. 둘이 함께 카렌 씨를 물속에서 끌어내 호숫가에 눕혔다. 카렌 씨는 독기가 빠져나간 듯 평온한 얼굴로 정신을 잃었다.

하루코 씨도 그 옆에 힘없이 쓰러졌다.

"괜찮으세요!"

"배에 구멍이 났는데 괜찮겠냐?"

하루코 씨가 힘없이 웃었다.

"이거, 만약을 위해 빌려 오길 잘했네."

옆에 놓아둔 수정구슬을 소중하게 쓰다듬으며 말했다.

"이렇게 어두운 곳에 오래 있으면 빛이 싫어질 만도 해."

목소리에 힘이 없었다. 그래도 하루코 씨는 늠름하게 웃으며 나를 올려다보았다.

"나, 멋있었지?"

"…그러게요. 빨리 돌아가죠."

뒤에서 이누이가 손으로 머리를 누르며 다가왔다. 나는 하루코 씨를, 이누이는 카렌 씨를 업었다.

그때 갑자기 땅울림과 함께 지면이 살짝 흔들렸다.

"야, 여기도 무너지겠어."

이누이의 말이 끝나기도 전에 동굴 천장이 무너지기 시작했다. 암석과 흙모래가 호수에 떨어져서 물기둥이 일었다. 쏟아진 흙모래를 맞고 도리이가 크게 기울어졌다.

"큰일이다. 서두르죠."

우리는 서둘러 출구로 향했다.

몸은 한계를 넘었지만, 그래도 발을 계속 내디뎌야 했다.

콘크리트 터널까지 돌아왔을 때, 뒤쪽 동굴이 무너져서 파묻혔다. 콘크리트 터널을 지탱하는 철골도 천천히 휘어지기 시작했다.

"여기도 더는 못 버텨! 뛰어!"

이누이가 소리쳤다. 휘청이는 다리를 겨우 움직여 불상이 있는 방으로 뛰어들었다. 뒤쪽 터널이 점점 흙모래에 파묻혔다.

불상이 있는 방도 무너지기 시작했다. 돌고드름이 천장에서 떨어져 근처에 있던 작은 불상이 박살 났다.

나와 이누이는 두 사람을 업고 죽을 둥 살 둥 내달려 간신히 대일여래상으로 고정해 둔 비밀 문에 도착했다. 우리가 틈새로 몸을 밀어 넣어 바깥 통로로 나간 후, 커다란 바위가 떨어져 대일여래상을 뭉개버렸다.

통로 저편에 빛이 보였다.

땅 울리는 소리가 계속 들려왔다.

등에 업은 하루코 씨에게서는 온기가 느껴졌다.

말을 듣지 않는 다리를 필사적으로 움직여 빛 아래로 달렸다.

5

“야, 고시노. 잠깐 와봐.”

“네, 죄송합니다!”

이나모리 씨가 위협적인 목소리로 불러서 나도 모르게 2센티미터쯤 튀어 올랐다. 벌떡 일어나 2초 만에 이나모리 씨 자리로 달려갔다. 전화는 전화벨이 세 번 울리기 전에 받아야 하고, 이나모리 씨가 부르면 3초 안에 달려가야 한다.

“아시야 병문안 갈 거지? 이거 가져가.”

무슨 질책이 날아들지 몰라 마음의 준비를 단단히 했는데, 이나모리 씨가 미쓰코시 백화점의 종이봉투에 든 고급 과자를 내밀었다.

“내가 보냈다고 하지 말고, 회사 사람들이 보낸 거라고 해.”

눈이 동그래진 나를 거들떠보지도 않고 이나모리 씨가 말했다. “알겠습니다.” 하고 나는 갑질 사장이 서툴게 표현한 다정함을 받아 들었다.

어두워지기 전에 회사를 나서서 지하철과 버스를 갈아타고 신주쿠구 도야마에 자리한 거대한 병원으로 향했다.

태풍이 상륙해 잔뜩 찌푸렸던 것이 거짓말 아닌가 싶을 만큼 하늘은 맑았다. 이제 9월도 하순인데 여름 더위가 되돌아온 것같이 햇살이 쨍쨍해서 조금만 걸어도 땀이 났다.

대기 공간 겸 로비가 아주 널찍해서 좀 헤맸지만, 겨우 면회 접수를 마쳤다. 안내받은 1인용 병실로 가자 이미 구라모토와 이누이가 하루코 씨 침대 곁에 있었다.

"고시노, 날 사흘이나 병원에 내버려두다니."

하루코 씨가 입을 삐죽거렸다.

"아무개 씨가 구멍 낸 업무를 대신하느라 바빠서 면회 올 여유가 없었어요. 어제도 그저께도 막차를 타고 들어갔는걸요."

"시끄러워. 난 배에 구멍이 났다고. 업무에 구멍 좀 난 게 대수냐."

하루코 씨는 자기가 한 말에 웃다가 배가 아픈지 얼굴을 찡그리며 앓는 소리를 냈다. 참 바쁜 사람이다.

배에 구멍이 났지만 기적적으로 장기 손상은 면했다. 앞으로 며칠 경과를 관찰하고 괜찮으면 퇴원할 수 있다고 했다. 하루코 씨 말로는 '평소 행실이 올발랐던 덕분'이라고 한다.

극도로 피로했던 탓인지 그날 있었던 일은 단편적으로만 기억난다.

나와 이누이가 다다른 곳은 말라붙은 우물 밑이었다.

우물 벽면에 사다리가 설치돼 있었지만, 사람을 업고 올라가기는 불가능했다. 그렇지만 스마트폰 전파가 되살아난 걸 알아차리고 지상에 있던 구라모토와 기리야마 가에데를 불러 끌어올려 달라고 했다. 그날, 기리야마 가에데는 이시무라의 자취방을 뛰쳐나간 카렌 씨를 금방 놓쳤고, 구라모토와 합류해 부근을 찾고 있었다고 했다.

우물은 도야마 공원 안에 자리한 교회의 바닥 아래에 있었다.

나중에 알았는데 그 교회는 전쟁 중에 육군의 집회소로 사용된 곳에 지어진 건물인 듯했다. 지하에 극비 연구시설이 잠들어 있었지만, 70년 넘게 아무도 발견하지 못했던 셈이다.

하지만 그것도 이제 모조리 흙모래에 파묻히고 말았다.

도야마 공원 일대에는 대규모 지반 침하가 발생했다. 공원 내부 운동장과 잡목림의 넓은 범위가 함몰됐고 하코네산도 높이가 조금 낮아졌다고 들었다. 국소적인 호우와 지하에 뻥 뚫린 공간이 원인이었다. 부상자가 나오지 않았고, 지반 침하의 영향으로 무너진 집도 없었던 것이 불행 중 다행이었다.

오래된 우물에서 기어 나온 우리는 인근 주민에게 지반이 침하됐다는 신고를 받고 상황을 살펴보러 온 소방대원에게 발견됐다. 출혈이 심한 하루코 씨는 병원으로 이송됐고, 나머지는 경찰에 넘겨졌다.

우리는 초자연현상에 대해서는 언급하지 않고 '실종된 이시무라에 관해 조사하다 카야마 가네아키 씨의 옛날 집에 갔고 거기서 지하도를 발견했다'라고 진술하기로 입을 맞췄다. 뭘 물어보든 그 이야기만 되풀이했다. 카야마 원장이 열쇠를 맡겼다고 인정해 준 덕분에 다행히 처벌은 받지 않았고, 위험한 날 위험한 곳에 가면 안 된다고 단단히 주의를 받은 후 풀려났다.

다만 한 가지 실수를 했다. 난 지하도가 있다는 걸 믿어줬으면 하는 마음과 실종된 사람들의 시신을 찾아주길 바라는 마음에서 액션캠에 찍힌 영상을 경찰관에게 보여줬다. 경찰관들은 험악한 표정으로 방을 나갔고, 그대로 두 시간쯤 대기한 끝에 검은 양복 차림 남자들이 나타나 임의로 제공해 달라며 영상 데이터를 억지로 빼앗아 갔다.

"아이고, 아까워라. 귀중한 영상이었는데."

그 이야기를 하자 하루코 씨는 노골적으로 언짢아하는 표정을 지었다.

"너도 참, 임의라면 주질 말아야지."

"말과는 달리 거부를 용납하지 않는 분위기였거든요."

지하 시설이 흙더미에 묻힌 이상, 지하에서 보고 들은 사실은 그 영상 데이터에만 기록돼 있다. 그 시설에서 행해졌던 일도, 실종된 사람들도 이대로 어둠 속으로 사라지는 걸까.

"검은 양복 차림 남자들은 내 예전 동료일 거야. 옛 일본군이 얽힌 일은 여러모로 민감한 사안이지. 만약 중국이나 한국에서 끌고 온 사람을 거기서 인체 실험했다는 증거가 나오고,

매스컴이 그걸 기사로 쓴다면 한바탕 난리가 날 거야."

구라모토가 씁쓸하게 말했다. 어쩐지 상상이 가는 이야기였다. 냄새나는 것에는 뚜껑을 덮어라, 라는 옛말이 생각났다.

"영상이 없다면 그 연필이 유일한 물적 증거인 셈인데… 그것도 불태웠지?"

하루코 씨가 묻길래 나와 이누이는 머뭇머뭇 고개를 끄덕였다.

경찰서에서 대기하는 동안 우리는 다치바나에게 연락해 동아리방에 있는 연필과 설문지를 태워달라고 했다. 그러지 않으면 병원에 실려 간 카렌 씨가 또 이상한 행동에 나설 위험이 있다고 판단했기 때문이다.

그 판단이 옳았는지 오늘까지 카렌 씨에게는 아무 이상도 없었던 듯하다. 다만 심신이 극도로 쇠약해진 탓에 이 병원에서 다양한 검사를 받으며 입원 생활을 하고 있었다.

"마법의 연필로 이것저것 실험해 보고 싶었는데."

하루코 씨가 불만스럽게 말했다. 마법의 연필이라기보다 저주의 연필이리라.

지하에서 발견해 하루코 씨가 가져오려 했던 또 다른 연필도 어느 틈엔가 사라졌다. 흙모래에 떠밀려 갔을 때 잃어버렸을지도 모르겠다.

"증거도 없고, 현장도 없군. 그렇다면 상상으로 이야기를 나누는 수밖에에…. 일단 오컬트를 사랑해 마지않는 아저씨의 의견을 들어볼까.”

하루코 씨가 발언권을 주자 이누이는 고개를 꼬았다.

“글쎄. 근본적인 원인은 다무라 기이치겠지. ESP 능력자였던 다무라는 지하에서 빠져나오지 못하고 죽었어. 버려졌다는 생각에 카야마 가네아키와 세상 모든 사람에게 원한을 품고서 말이야. 하지만 지하 깊은 곳에 잠들어서 아무도 눈치채지 못했지. 그런데 죄책감을 품은 카야마 가네아키가 터널을 뚫는 바람에 다무라 기이치가 다시 눈을 뜬 거야.”

이누이의 목소리에 서서히 열기가 깃들었다.

“그리고 이시무라라는 멍청이가 그 터널을 발견하고 지하에서 다무라 기이치의 연필을 가져왔어. 다무라의 저주가 발동하려면 상대의 이름이 필요했겠지. 아무것도 모른 채 그 연필로 자기 이름을 쓴 사람들은 차례차례 저주받아 괴현상에 시달렸어.”

“기리야마 가에데는 뭔데? 걔는 이름을 쓰지 않았는데도 괴현상을 체험했어.”

구라모토가 끼어들었다.

“이건 가설인데… 기리야마는 제 나름대로 저주받은 사람들을 구하려고 그 영문 모를 괴담을 들려준 거잖아? 바꿔 말하면 저주에 간섭했던 거야.”

즉, 하고 이누이는 손가락을 세웠다.

“걔는 호랑이 꼬리를 밟은 셈이지.”

그런 걸까. 다들 생각에 잠긴 듯 아무도 말을 꺼내지 않았다.

"나머지는 너희도 아는 대로야. 불쌍하게도 저주에 걸린 사람들은 홀린 듯이 지하 시설을 찾아가서 물속에 들어갔어. 그렇게 된 거겠지."

이렇게 다시금 정리하자 역시 터무니없는 이야기로 들렸다. 내가 카렌 씨 집과 지하에서 실제로 체험하지 않았다면, 완성도 낮은 창작물이라고 생각하리라. 하지만 지금으로서는 이게 가장 수긍이 되는 가설처럼 느껴졌다.

"구라모토 생각은 어때?"

하루코 씨가 묻자 구라모토도 복잡한 표정을 지었다.

"난 오컬트 부류는 믿지 않지만, 이번에는 믿지 않을 수 없는 사례도 다소 있었어. 예를 들면 이누이가 기리야마 가에데에게 보낸 텔레파시지. 그 상황에서 기리야마 가에데가 자발적으로 누전차단기를 내리는 건 합리적인 판단이라고 볼 수 없으니까."

그때 이시무라의 자취방에서 무슨 일이 있었는지 사실 우리는 잘 모른다. 기리야마 가에데는 "텔레파시가 전해졌지?" 하고 이누이가 집요하게 캐물어서 질렸는지, 그 부분에 관해서는 아무것도 알려주지 않았다.

"솔직히 저주에 대해서는 아는 바가 없어. 그러니 이왕이면 오컬트를 배제하고 추리해 볼까. 이번 사건에서는 지하에서 일곱 명이 죽은 걸로 추정돼. 증거는 신발이야."

도리이 앞에 가지런히 놓여 있던 신발들이 떠올라서 등골이 약간 서늘해졌다.

"일단 제 발로 들어간 카야마 가네아키는 상관없으니까 제외할게. 이시무라도 비슷한 경우니까 일단 고려하지 않겠어. 그러면 왜 관계없는 다섯 사람이, 본인들이 알 리 없는 지하 시설로 갔느냐는 수수께끼를 풀 필요가 생기지."

괴담회를 관람한 것 외에 다섯 명의 공통점은 없을 터였다.

"빈집에는 이시무라의 발자국밖에 없었으니 다섯 사람은 교회 바닥 아래를 통해 지하로 간 셈이야. 문제는 어떻게 그 경로를 알았느냐겠지. 우리가 알기로 그 경로를 알고 있었던 사람이 딱 한 명 있어. 다카야마 카렌이야."

"그건 알고 있었다기보다 저주 때문에 끌려간 거야."

이누이의 반박을 구라모토가 손으로 제지했다.

"오컬트는 배제하고 추리하겠다고 했잖아. 다카야마 카렌은 누가 안내해 준 것도 아닌데, 그 경로를 통해 지하 시설로 들어가서 너희 앞에 나타났어. 내가 만약 경찰관이고, 이 사실만 듣는다면 이렇게 생각하겠지. 다카야마 카렌이 다섯 사람을 지하로 데려가서 호수에 빠뜨려 살해했다."

추론으로서는 앞뒤가 맞을지도 모른다. 하지만 그 전제를 바탕으로 하면 새로운 수수께끼가 여러 개 생긴다. 카렌 씨는 처음에 어떻게 그 경로를 발견했을까. 그리고 왜 그 다섯 명을 선택했을까.

"조금 마음에 걸려서 조사해 봤지. 그 다섯 사람에게 실은 뭔가 공통점이 있는 것 아닐까 싶어서 말이야. 시험 삼아 다카야마 카렌을 중심에 놓았더니, 뭔가 보이더군."

억지스럽게 갖다 붙이기는 했지만, 하고 말하며 구라모토가 가방에서 종이를 한 장 꺼냈다.

"일단 회사원 오야 쇼코는 근무지가 도라노몬이었어. 더구나 다카야마 카렌이 근무하는 홍보대행사가 있는 빌딩에서 안내데스크 직원으로 일했던 모양이야. 다음으로 대학생 가미야마다 신지는 취업 활동을 하다가 이 홍보대행사에서 면접을 봤어. 그리고 대학생 사카키 겐타는 산겐자야의 음식점에서 아르바이트를 한 듯해. 무직인 시게노 다카시는 놀랍게도 다카야마 카렌과 같은 고교를 1년 차이로 졸업했지."

모두 카렌 씨와 접점을 가질 기회는 있었던 셈이다. 하지만 구라모토 말처럼 억지스럽게 갖다 붙인 것 같기도 했다.

"마지막으로 괴담 마니아 미요타만은 연관성을 찾지 못했어. 하지만 이걸 봐봐."

구라모토가 사진 두 장을 내밀었다. 두 장 다 앞머리 숱이 적고 안경을 낀 남자가 찍혀 있었다.

"오른쪽이 미요타고, 왼쪽이 이노우에야."

아아, 하고 나도 모르게 탄성이 흘러나왔다. 이노우에는 카렌 씨를 스토킹하다가 파견 계약이 해지됐다는 사람이다. 둘은 말하지 않으면 다른 사람인 줄 모를 만큼 인상이 비슷했다.

"나이는 꽤 차이가 나지만 이노우에는 노안이었어. 그러니 어두운 밤길에 마주치면 구분이 안 될지도 모르지."

어두운 밤길. 카렌 씨는 분명 이노우에가 집 근처에서 말을 걸었다고 했었다.

"찜찜해서 이노우에에게 다시 연락해 봤지. 놈은 스토킹했다는 건 인정하면서도, 밤길에 말을 걸지는 않았다고 한사코 부정했어. 그럴 용기는 없대."

과연 카렌 씨가 본 인물은 누구였을까….

"뭐, 아까도 말했듯이 이것도 전부 억지야. 오컬트를 철저히 배제하면 이런 추론을 세울 수밖에 없다는 뜻이지. 모순이 많은 데다 초자연현상도 실제로 일어났잖아?"

확실히 그렇다. 접점이 있다고 해서 그게 그들을 살해할 이유는 되지 않는다. 우리가 체험하고 기록해 온 사실과 모순되는 점도 많다.

결국은 우리의 세계관을 시험받을 뿐이다.

유령은 존재하는가, 저주는 존재하는가. 그걸 인정하느냐 마느냐에 따라 사건을 대하는 시각은 크게 달라진다. 실제로 유령이나 저주가 존재하는지는 아직 모른다. 실험과 검증에 사용하기 위한 물건도, 장소도 잃었으므로 확인하기도 불가능하다.

하지만 존재가 확인된 것도 있다. 우리가 카렌 씨 집에서 기록한 몇몇 초자연현상과 피해를 입은 관련자들은 분명히 존재한다.

"하루코는 어떻게 생각해?"

구라모토가 묻자 하루코 씨는 미간에 주름을 잡았다.

"난…."

생각하듯 잠깐 뜸을 들이다가 천천히 말을 꺼냈다.

"구라모토의 가설은 본인이 말한 대로 그냥 억지로 갖다 붙인 거야. 경찰은 그 가능성에 달려들지도 모르니까, 카렌 씨는 나중에 좀 고생할 수도 있겠지."

다만, 하고 이누이를 올려다보았다.

"저주라는 가설도 전면적으로 긍정할 수는 없어. 이상한 소리, 수수께끼의 물, 빛을 싫어하는 성질…. 모든 요소가 다무라 기이치의 저주를 중심에 두면 납득이 되지. 하지만 그러면…."

할 말을 찾는지 또 잠깐 입을 다물었다.

"저주나 유령 등 우리가 과거에 픽션이나 통설을 통해 획득해 온 개념에 너무 기대는 것 같기도 해. 현재로서는 상황 증거일 뿐이야."

"그럼 대체 뭐라는 건데?"

이누이가 두 손 다 들었다는 것처럼 말했다.

"아직 모든 가능성을 검토하지 못했다는 뜻이야. 예를 들면… 예를 들면 말인데, 사람을 조종해서 물로 끌어들인다는 측면만 보면 연가시 같은 것이 개입됐을 가능성도 있어."

분명 사마귀 등의 숙주를 조종해 물로 들어가게 해서 죽이는 기생충이다.

"그 가설을 채택하면 설명이 되지 않는 부분도 있으니, 꼭 그게 옳다고 생각하는 건 아니야. 다만 저주든 뭐든 실제로 존재한다고 인정받으려면 재현성이 있어야 해. 연구실 카메라 앞에서도 동일한 조건으로 같은 현상을 일으킬 수 있어야 비로소 저주가 실제로 존재한다는 사실이 검증되는 거지. 안타깝게도 이번에 우리는 그 단계까지 나아가지 못했어."

거기까지 단숨에 말하고 한숨을 푹 쉬었다.

"뭐, 이렇게 된 이상 어쩔 수 없지. 다른 초자연현상을 찾으면 그만이야."

하루코 씨는 아무렇지도 않은 듯한 표정으로 말하고 크게 기지개를 켜다가 배가 아픈지 끙끙거렸다.

유령을 믿느냐, 믿지 않느냐.

저주를 믿느냐, 믿지 않느냐.

그런 이원론에는 분명 의미가 없다. 우리가 할 수 있는 일은 '믿느냐, 믿지 않느냐'라는 고정관념을 기준 삼아 판단하는 게 아니라 눈앞에서 일어나는 현상을 하나하나 꼼꼼히 관찰 및 기록해서 분석하는 것이리라.

"좋아, 그럼 의뢰인의 얼굴이라도 보러 갈까."

하루코 씨가 그렇게 말하며 천천히 침대에서 몸을 일으켰다.

아직 몸 상태가 좋지는 않은지 걸음걸이가 부자연스러웠다.

우리는 줄줄이 같은 층에 입원한 카렌 씨의 병실로 향했다.

복도의 이름표에서 '다카야마 카렌'이라는 글씨를 찾아냈다. 4인실이지만 지금은 카렌 씨 혼자밖에 없는 듯했다.

노크하고 문을 열었다. 병실은 커튼을 단단히 쳐놔서 깜깜했다. 카렌 씨는 창가 침대에 잠들어 있었다. 씐 것이 떨어져 나간 것처럼 평온한 얼굴이었다.

"나중에 다시 올까요?"

"우리는 생명의 은인이야. 잠깐 깨운다고 벌은 받지 않겠지."

하루코 씨가 커튼을 확 걷었다.

저녁 햇살이 얼굴을 비추자, 카렌 씨는 인상을 찡그리더니 천천히 눈을 떴다.

"아아, 아시야 씨, 여러분….."

우리 얼굴을 보고 기운 없이 말했다. 문득 눈이 마주쳤다. 색소가 옅은 눈이 나를 쳐다보았다. 카렌 씨의 눈동자는 이런 색깔이었나. 기억이 잘 나지 않았다.

의뢰인은 창문으로 비쳐 드는 햇빛을 막듯 손을 쳐들고 눈부신 것처럼 눈을 오므렸다.

    “아, 재미있었다. 단숨에 다 읽고 나서
그런 생각이 드는 작품을 쓰고 싶습니다.”

가미조 가즈키

예전에도 일본에 호러소설은 있었지만 장르 자체를 견인하며 대중 앞에 두각을 나타낸 작품은 스즈키 코지의 『링』이 처음 아닐까 싶다. 1991년 출간된 『링』은 시리즈 네 작품을 합쳐 총 800만 부가 판매되는 기염을 토하며 J-호러의 상징적인 작품으로 자리매김한다. 그 후 호러에 특화된 신인상인 ‘일본 호러소설 대상’(현재 ‘요코미조 세이시 미스터리 & 호러 대상’)이 창설되고, 호러 전문 문고 레이블 ‘가도카와 호러 문고’가 창간되는 등 장르의 저변이 넓어진다.

이후로도 J-호러는 부침을 되풀이하며 명맥을 유지해 오다가 레이와 시대(2019~)에 다시 전환점을 맞이한다. 유튜버이자 웹 미디어 ‘오모코로’의 필자 우케쓰의 『이상한 집』(2021)과, 소설 투고 사이트 ‘가쿠요무’에서 활동하던 세스지의 『긴키 지방의 어느 장소에 대하여』(2023)가 엄청난 인기를 끌면서 모큐멘터리 호러소설 붐이 인 것이다.

모큐멘터리는 '다큐멘터리 방식으로 만든 픽션'이라는 뜻으로, 이 방식으로 쓴 호러소설이 현실과 비현실의 경계를 오가며 독자들에게 실감 나는 공포를 선사해 J-호러계에 새로운 활기를 불어넣었다.

출판사들도 호러 붐에 발맞춰 새로운 작품을 출간하고, 새로운 작가를 발굴하기 시작했다. 그 가운데 '도쿄소겐샤'는 창립 70주년을 기념해 단발성으로 '소겐 호러 장편상'을 개최하는데, 그 수상작이 바로 이 작품 『심연의 텔레패스』다.

저자 가미조 가즈키는 '소겐 호러 장편상'의 심사위원인 사와무라 이치의 데뷔작 『보기왕이 온다』를 읽고 호러소설에 빠져들었다고 한다. 그리고 회사를 이직해서 생활에 여유가 생기자 웹 미디어 오모코로에서 필자로 활동, 글을 쓰고 싶다는 어린 시절의 꿈을 이룬다. 오모코로에서 활동하던 중에 『이상한 집』(원래는 오모코로에 투고된 기사)이 큰 화제를 모았고, 가미조 가즈키도 그에 영향을 받아 호러 기사와 호러 단편소설을 쓰게 된다.

그러다 트위터(현재 X)에서 '소겐 호러 장편상' 공지를 보고, 심사위원이 자신을 호러소설의 세계로 이끈 사와무라 이치라는 이유로 난생처음 장편을 써서 투고하기로 마음먹었다고 한다. 2010년대 J-호러의 새로운 물결이었던 사와무라 이치와 레이와 시대 호러 붐의 선발 주자인 우케쓰에게 영향을 받아 신인 작가가 탄생했으니 선순환이라 하지 않을 수 없다. 그러나 가미조 가즈키의 작풍은 두 작가와 사뭇 다르다.

가미조 가즈키는 『심연의 텔레패스』에서 '초심리학'을 중요한 요소로 내세운다. 초심리학은 이른바 초자연현상을 과학적으로 분석해서 검증하려는 학문이다. 그래서인지 이 작품은 공포의 대상인 괴이나 초자연현상을 영적 능력으로 퇴치하는 것이 아니라, 수집하고 분석해 다각도로 해명하려는 자세를 보인다. 초자연현상이 아니라 인간의 소행일 가능성은 없는지, 초자연현상이라면 어떤 조건에서 무슨 현상이 어떻게 발생하는지, 원인은 무엇이며 해결할 (퇴치가 아니라) 방법은 없는지를 추구한다. 유령(초자연현상)이 있다, 없다를 단정하지 않고, 유령이 있는지 없는지 확정되지 않은 상태에서 객관적으로 접근하려 애쓴다고 할 수 있겠다.

그렇기에 너무 무섭지는 않다고 느낄 수도 있는데, 이는 저자가 의도한 바다.

"'무섭지, 무섭지, 더 무섭게 해줄게.' 하고 무작정 공포를 부추기기보다는 순수한 엔터테인먼트를 지향해서 쓴 소설이에요. 너무 무서운 콘텐츠는 싫어하는 분들도 꼭 이 소설을 호러의 세계로 들어서는 입구로 삼아주시면 기쁘겠습니다." (작가의 인터뷰

중에서)

　따라서 『심연의 텔레패스』는 호러에 내성이 없는 독자도 즐길 수 있다. 그러나 너무 얕봐서는 안 된다. 이래 보여도 2025년 '이 호러가 대단하다' 1위, 2024년 '베스트 호러' 1위를 차지한 작품이니까. 요컨대 무서우면서도 재미가 보장된 작품이라는 뜻이다.

　J-호러에 새바람을 일으킨 유망한 신인의 데뷔작을 한국 독자 여러분들도 꼭 읽어보시길 바라는 바이다.

2026년 1월
김은모

옮긴이 김은모

일본 문학 번역가. 일본 문학을 공부하던 도중 일본 미스터리의 깊은 바다에 빠져들어 헤어나지 못하고 있다. 옮긴 책으로 치넨 미키토『유리탑의 살인』, 우타노 쇼고 '밀실살인게임 시리즈', 이케이도 준 '변두리 로켓 시리즈', 이사카 고타로『페퍼스 고스트』『트리플 세븐』, 미치오 슈스케『용서받지 못한 밤』, 히가시가와 도쿠야『속임수의 섬』, 고바야시 야스미 '죽이기 시리즈', 미쓰다 신조『걷는 망자, '괴민연'에서의 기록과 추리』, 이마무라 마사히로 '시인장의 살인 시리즈', 유키 하루오『방주』『십계』, 우케쓰 '이상한 집 시리즈' 등이 있다.

심연의 텔레패스

초판 1쇄 발행 2026년 3월 23일

지은이 가미조 가즈키
옮긴이 김은모

펴낸이 허정도
책임편집 박윤희 **디자인** 서윤하
마케팅 신대섭 김수연 배태욱 김하은 이영조 **제작** 조화연

펴낸곳 주식회사 교보문고
등록 제406-2008-000090호(2008년 12월 5일)
주소 경기도 파주시 문발로 249 (10881)
전화 대표전화 1544-1900 **주문** 02)3156-3665 **팩스** 0502)987-5725

ISBN 979-11-7061-336-7 (04830)
ISBN 979-11-7061-335-0 (set)
책값은 표지에 있습니다.